Mulheres com homens

Richard Ford

Mulheres com homens

Tradução de
BEATRIZ HORTA
NEUZA CAPELO

EDITORA RECORD
RIO DE JANEIRO • SÃO PAULO
2001

CIP-Brasil. Catalogação-na-fonte
Sindicato Nacional dos Editores de Livros, RJ.

F794m Ford, Richard, 1944-
    Mulheres com homens / Richard Ford; tradução de
    Beatriz Horta e Neuza Capelo. – Rio de Janeiro: Record,
    2001.

    Tradução de: Women with men
    ISBN 85-01-05596-4

    1. Ficção norte-americana. I. Correa, Beatriz Horta.
    II. Título.

01-0604   CDD – 813
                            CDU – 820(73)-3

Título original em inglês:
WOMEN WITH MEN

Copyright © 1992, 1997 by Richard Ford

Todos os direitos reservados. Proibida a reprodução, armazenamento
ou transmissão de partes deste livro através de quaisquer meios, sem
prévia autorização por escrito.
Proibida a venda desta edição em Portugal e resto da Europa.

Direitos exclusivos de publicação em língua portuguesa para o Brasil
adquiridos pela
DISTRIBUIDORA RECORD DE SERVIÇOS DE IMPRENSA S.A.
Rua Argentina, 171 – Rio de Janeiro, RJ – 20921-380 –Tel.: 585-2000
que se reserva a propriedade literária desta tradução

Impresso no Brasil

ISBN 85-01-05596-4

PEDIDOS PELO REEMBOLSO POSTAL
Caixa Postal 23.052
Rio de Janeiro, RJ – 20922-970

EDITORA AFILIADA

Kristina

Gostaria de agradecer a meus amigos Bill Buford, Charles McGrath e, principalmente, a Gary Fisketjon, que leu estes contos e me deu ótimos conselhos em relação ao texto. Quero agradecer também aos amigos Michel Fabre e Suzanne Mayoux por suas preciosas opiniões. E, finalmente, lembrar minha dívida de gratidão com os contos e romances de Richard Yates, um escritor pouco valorizado.

SUMÁRIO

O mulherengo   11

Ciúme   103

Ocidentais   153

O mulherengo

1

MARTIN AUSTIN entrou na ruazinha — Rue Sarrazin — esperando encontrar no final uma rua maior que conhecia, a Rue de Vaugirard, e por ela chegar ao apartamento de Joséphine Belliard, ao lado do Jardin du Luxembourg. Ia ficar com o filho de Joséphine, Léo, enquanto ela se encontraria com os advogados para assinar os papéis do divórcio. Mais tarde, Austin a levaria para um jantar romântico. O marido de Joséphine, Bernard, era um romancista barato que publicara um livro escandaloso no qual ela era personagem de destaque. O nome dela foi usado, suas partes íntimas foram descritas com crueza, sua infidelidade exibida em detalhes obscenos. O livro fora lançado recentemente e todos os conhecidos dela estavam lendo.

— Muito bem. Talvez não seja tão ruim *escrever* um livro assim — disse Joséphine na noite em que conheceu Austin, na semana anterior, quando ele também a tinha levado para jantar. — Ele quis escrever, eu o faço infeliz. Mas publicar isso? Em Paris? Não. — Ela balançou a cabeça, numa decidida negativa. — Desculpe, mas é demais. Meu marido é um merda. E o que posso fazer? Só me separar dele.

Austin era de Chicago. Casado, sem filhos, representante comercial de uma antiga empresa familiar que vendia papel caro, de acabamento especial, para editores de livros estrangeiros. Tinha quarenta e quatro anos e há quinze trabalhava na empresa Lilienthal, de Winnetka. Conheceu Joséphine Belliard no coquetel oferecido por um editor — com quem ele costumava falar pelo telefone — para um de seus autores importantes. Austin fora convidado só por cortesia, já que o livro não usava o papel de sua empresa, era um texto de sociologia que calculava a solidão suburbana dos imigrantes árabes por meio de complexas equações diferenciais. O francês de Austin era deficiente — tinha mais facilidade para falar do que para entender o que lhe diziam — e por isso ficou meio isolado da reunião, tomando champanhe, sorrindo amavelmente, esperando ouvir alguém falando inglês para poder se comunicar, em vez de dizer alguma coisa em francês e começar uma conversa que jamais entenderia.

Joséphine Belliard trabalhava como subeditora nas Éditions Périgord. Era uma francesinha esguia, de cabelo castanho, com trinta e poucos anos e uma beleza estranha — a boca um pouco larga e fina demais, um queixo inexistente, quase inexistente, mas uma pele macia, cor de caramelo, e olhos e sobrancelhas escuros que Austin achou atraentes. Ele já a vira antes, quando esteve na editora, na Rue de Lille. Ela estava em sua mesa de trabalho, numa sala pequena e escura, falando rápida e animadamente ao telefone, em inglês. Ele deu uma olhada quando passou por sua mesa, mas esquecera-se dela até que Joséphine o procurou no coquetel, sorriu e perguntou em inglês o que achava de Paris. Mais tarde, foram jantar, e no final da noite, ele a levou para casa de táxi, depois voltou sozinho para o hotel e dormiu.

Mas, no dia seguinte, telefonou para ela. Não tinha nada para dizer, ligou sem motivo. Talvez pudesse dormir com ela — embora nem tivesse pensado nisso. Era só uma possibilidade, uma idéia inevitável. Quando perguntou se ela gostaria de vê-lo outra vez, respondeu que sim, se ele quisesse. Não comentou se gostara da noite anterior. Não tocou no assunto — era como se nem tivessem saído, achou Austin. Mas gostou disso. Ela era inteligente. Era crítica. Não tinha um comportamento americano. Nos Estados Unidos, a mulher tem que demonstrar interesse — provavelmente, mais do que sentia ou poderia ter sentido depois de um encontro casual.

Naquela noite, eles foram a um pequeno e barulhento restaurante italiano perto da Gare de l'Est, um lugar muito iluminado, cheio de espelhos nas paredes e com uma comida meio fraca. Encomendaram um vinho suave da Ligúria, ficaram um pouco bêbados e começaram uma conversa longa e um tanto íntima. Joséphine contou que nascera no subúrbio de Aubervilliers, ao norte de Paris, e era louca para sair da casa dos pais. Entrou para a universidade e estudou sociologia enquanto morava com eles, mas agora não tinha contato com nenhum dos dois, o pai mudara-se para os Estados Unidos no final dos anos 70 e não dera mais notícias. Disse que fora casada durante oito anos com um homem de quem gostava, mas não muito, e dois anos atrás teve um caso com um homem mais jovem. O caso durou pouco, como ela esperava. Depois, pensou que podia retomar a vida de casada mais ou menos do ponto em que a havia interrompido, uma contínua rotina burguesa. Mas o marido ficou chocado e irritado com a infidelidade dela, saiu do apartamento onde moravam, largou o emprego numa agência de publicidade, foi morar com outra mulher e passou a escrever um romance cujo único tema eram os supostos deslizes de Joséphine — algumas coisas, ela disse a Austin, era óbvio que ele inventara mas outras, por incrível que parecesse, eram reais.

— Eu não o culpo muito, sabe? — disse Joséphine rindo. — Essas coisas acontecem, as pessoas fazem o que bem entendem.

— Ela olhou pela janela do restaurante para a fila de pequenos carros estacionados na rua. — E daí?

— Mas como estão as coisas agora? — perguntou Austin, tentando encontrar algo na história que fosse uma brecha para entrar. Uma frase, um nicho onde pudesse demonstrar seu interesse — embora não parecesse que essa frase fosse surgir.

— Agora? Moro com meu filho. Sozinha. Minha vida é só isso.

— De repente ela encarou Austin, os olhos bem abertos, como se perguntasse: "E o que existe além disso?" — E perguntou mesmo:

— E o que existe além disso?

— Não sei — respondeu Austin. — Você acha que vai voltar para seu marido? — Gostou muito de fazer essa pergunta.

— Acho. Não sei. Não. Pode ser — disse Joséphine, esticando ligeiramente o lábio inferior e levantando um ombro num gesto de descaso que Austin achava típico das francesas. Em Joséphine, o gesto não o desagradava, mas ele não costumava gostar quando as pessoas o faziam, parecia afetado. Era bem falso, usado sempre em assuntos importantes, quando a pessoa queria fingir que não eram importantes.

Joséphine, porém, não parecia o tipo de mulher que tinha um caso e depois falava sobre ele levianamente com alguém que mal conhecia. Parecia mais uma mulher descasada querendo que alguém se interessasse por ela. Obviamente, ela era mais complicada, talvez até mais inteligente, do que ele pensava, uma mulher realista a respeito da vida, embora um pouco desiludida. Provavelmente, se ele quisesse insistir nas confidências, poderia levá-la para o seu apartamento — algo que já fizera antes, em viagens de negócios, poucas vezes, mas o suficiente para achar que fazer isso naquele momento não seria nada de extraordinário ou significativo, pelo menos para ele. Desfrutar de uma intimidade inesperada poderia intensificar a vida de ambos.

Mas havia um pouco de incerteza em torno dessa idéia — estava tão acostumado a pensar nisso que não conseguia evitar.

Talvez fosse verdade que, embora gostasse dela, da franqueza e da objetividade em relação a ele, não era intimidade o que ele queria. Ela o atraía de uma forma surpreendente, mas não fisicamente. E talvez, pensou ele, olhando-a do outro lado da mesa, ter um contato íntimo fosse a última coisa no mundo em que *ela* estivesse interessada. Era francesa e ele não entendia nada de francesas. Todas as francesas deviam transmitir uma ilusão de intimidade potencial, todo mundo sabia disso. Provavelmente, ela não tinha qualquer interesse nele, estava só passando o tempo. Ele gostou de alimentar essa visão diferente da situação.

O jantar terminou com os dois pensativos, num silêncio pesado. Austin achou que estava na hora de começar a falar de sua vida — seu casamento, sua duração e intensidade, suas opiniões em relação à vida conjugal e a ele mesmo. Queria falar da sensação de dificuldade e insegurança que vinha tendo por não saber exatamente como fazer com que os próximos vinte e cinco anos de sua vida fossem tão produtivos e agitados quanto os vinte e cinco anteriores, uma sensação fincada na esperança de que, se preciso, seria corajoso, e na certeza de que cada pessoa tinha a vida nas mãos e era obrigada a viver com seus próprios medos, erros etc. Ele era feliz com Barbara, claro, nada lhe faltava. Não era aquele típico homem desesperado, saindo de um casamento que se desgastara. Na verdade, Barbara era a mulher mais interessante e mais bonita que ele já conhecera, a pessoa que mais admirava. Ele não estava procurando uma vida melhor. Não estava procurando nada. Amava a mulher e esperava apresentar a Joséphine Belliard uma perspectiva humana diferente daquelas a que ela devia estar habituada.

— Ninguém pensa por você quando deita a cabeça no travesseiro à noite — era uma frase sensata que Austin costumava dizer para si mesmo e para as poucas mulheres que conheceu desde que se casara — inclusive para Barbara. Estava disposto a iniciar uma conversa franca acerca desse tema, quando Joséphine perguntou sobre ele.

Mas o assunto não evoluiu. Ela não perguntou sobre o que pensava das coisas, ou sobre ele. E também não falava sobre *si mesma*. Falou do trabalho, do filho Léo, do marido e dos amigos do casal. Ele já dissera sua idade e que era casado, contou que freqüentara a Universidade de Illinois e fora criado na pequena cidade de Peoria. Mas parecia que ela não queria saber mais nada, já era o suficiente. Estava gentil e parecia gostar dele, mas não era de muitas respostas, o que Austin achou estranho. Ela parecia ter coisas mais importantes em que pensar e parecia levar a vida a sério — qualidade que Austin admirava. Na verdade, tornava-a atraente de um jeito que não tinha notado antes, quando ele estava apenas pensando em sua aparência e imaginando se gostaria de dormir com ela.

Ao se encaminharem para o carro dela, andando pela calçada que terminava nas luzes brilhantes da Gare de l'Est e no Boulevard Strasbourg, cheio de táxis às onze da noite, Joséphine segurou o braço de Austin e se aproximou, encostou a cabeça no ombro dele e disse:

— Está tudo tão confuso.

E Austin ficou pensando: "*o que* está confuso?" Não era nada com ele. Não era confuso. Concluiu que era uma boa companhia para ela, ideal para a atual situação. A vida dela já tinha muita confusão. Um marido ausente. Um filho. Sobreviver sozinha. Era o suficiente. Mas retirou o braço que ela segurava, colocou-o em torno dos ombros dela e a manteve apertada contra si até chegarem ao pequeno Opel preto e entrarem, quando o contato físico acabou.

Chegaram ao hotel dele, um antigo convento com um jardim interno, que ficava a duas quadras da ampla e iluminada confluência do Boulevard St.-Germain com a Rue de Rennes. Ela parou o carro e ficou olhando para a frente, como se esperasse Austin sair do carro. Não falaram em um novo encontro, e ele deveria ir embora dentro de dois dias.

Austin ficou sentado no escuro, sem dizer nada. Havia uma delegacia de polícia na esquina da rua escura. Um camburão parou com as luzes piscando e vários policiais uniformizados, de cintos Sam Browne brancos e brilhantes, conduziram para a delegacia uma fila de homens algemados, todos com as cabeças inclinadas como penitentes. Era abril e a rua brilhava com o ar úmido da primavera.

Claro que essa era a hora de pedir para ela entrar, se é que isso poderia acontecer. Mas era muito pouco provável e os dois sabiam. Embora admitisse para si mesmo, Austin não estava muito preocupado com isso. Ele queria fazer *alguma* coisa boa, diferente, que agradasse a ela e desse aos dois a certeza de que algo um pouco fora do comum havia ocorrido naquela noite — que poderia ser uma lembrança boa mais tarde, quando cada um estivesse em sua cama — mesmo se não acontecesse muita coisa.

A cabeça dele estava pensando no que poderia ser essa coisa extraordinária, o que um homem faz quando não faz sexo com uma mulher. Um gesto. Uma palavra. Que palavra?

Todos os prisioneiros tinham finalmente entrado na delegacia, os policiais voltaram para o camburão e seguiram pela Rue de Mézières, onde Austin e Joséphine Belliard continuavam sentados na escuridão silenciosa. Obviamente, ela estava esperando que Austin saísse do carro e ele não sabia o que fazer. Embora estivesse saboreando aquele momento, aquele estranho instante antes de alguma coisa acontecer, quando todas as possibilidades estão em aberto, antes que a vida tome esse ou aquele rumo — em direção ao arrependimento, ao prazer ou à felicidade, a alguma definição.

Era um instante maravilhoso, torturante, encantado e importante, que valia a pena preservar, e ele sabia que ela também sabia, e que ela queria que durasse o quanto ele quisesse.

Austin ficou sentado com as mãos no colo, sentindo-se grande e desajeitado dentro daquele carro mínimo, ouvindo a própria respiração, consciente de que estava prestes a fazer o que esperava ser o gesto certo — o mais certo. Ela não se mexeu. O carro estava ligado, com os faróis baixos iluminando suavemente a rua vazia, os mostradores do painel dando um tom meio esverdeado ao interior.

Austin subitamente — ou, pelo menos, foi o que lhe pareceu — rompeu a distância que havia entre os dois, tirou da direção a pequena e cálida mão de Joséphine e segurou-a como se fosse um sanduíche entre suas mãos grandes, também cálidas — o que, de certa forma, poderia parecer um gesto protetor. Ele a protegeria, a defenderia de qualquer perigo, ou fosse lá que nome tivesse, de suas preocupações secretas, embora mais imediatamente a protegeria dele mesmo, pois percebeu que era a indecisão dela que os separava, impedindo que estacionassem o carro, entrassem no hotel e passassem a noite juntos, enlaçados.

Ele apertou a mão dela com força e, depois, mais delicadamente.

— Gostaria de fazer você feliz, de algum jeito — disse com uma voz sincera, e esperou uma resposta que não veio. Ela não retirou a mão, mas também não respondeu. Era como se ele tivesse falado algo sem sentido, ou que ela nem tivesse ouvido. — É apenas humano — continuou Austin, como se ela *tivesse* respondido alguma coisa, tivesse dito "Por quê?" ou "Não tente nada", ou "Você não seria capaz", ou "Agora é tarde demais".

— O quê? — perguntou ela, olhando-o pela primeira vez desde que pararam o carro. — É o quê? — Não tinha entendido o que ele disse.

— É apenas humano querer fazer alguém feliz — repetiu Austin, segurando sua mão cálida, leve como pluma. — Gosto muito de você, saiba disso. — Eram essas as palavras certas, por mais comuns que soassem.

— Sim, está bem. Para quê? — perguntou Joséphine, com uma voz fria. — Você é casado, tem uma mulher. Mora longe. Daqui a dois, três dias, não sei, vai embora. Então, para que gosta de mim?

— O rosto dela parecia impenetrável, como se falasse com um motorista de táxi que acabara de dizer algo inconveniente. Ela deixou a mão na dele, mas ficou olhando para a frente.

Austin queria falar outra vez. Queria dizer alguma coisa — que também fosse totalmente adequada — nesse novo vazio que se abrira entre os dois, palavras que ninguém podia planejar dizer nem saber de antemão, mas algo que concordasse com o que ela disse, mostrasse que ele admitia que estava certa, mas, ao mesmo tempo, permitisse surgir um outro instante no qual os dois entrassem num caminho novo e desconhecido.

Mas a única coisa que Austin podia dizer — e ele não sabia por quê, já que parecia uma tolice, além de prejudicial — era: — *As pessoas pagaram caro por se envolverem comigo.* — Sem dúvida, eram as palavras erradas, pois ele sabia não serem muito verdadeiras e, mesmo se fossem, eram tão arrogantes e melodramáticas que fariam Joséphine ou qualquer outra pessoa morrer de rir.

Ele podia dizer aquilo e imediatamente acabar tudo entre eles e esquecer, o que seria um alívio. Embora não fosse alívio o que ele quisesse. Queria que acontecesse alguma coisa entre eles, alguma coisa definida e real que se encaixasse em suas vidas, queria avançar num terreno onde nada parecia possível por enquanto.

Austin soltou lentamente a mão de Joséphine. Depois, segurou com as duas mãos o rosto dela, virando-o para ele e inclinou-se no espaço vazio. Antes de beijá-la, disse:

— Pelo menos, vou te dar um beijo. Acho que tenho o direito e vou dar.

Joséphine Belliard não ofereceu qualquer resistência, embora não retribuísse. Seu rosto era suave e submisso. Tinha a boca fina, os lábios nada carnudos, e quando Austin encostou seus lábios nos dela, Joséphine não se aproximou. Apenas deixou que a beijasse, o que Austin percebeu na mesma hora, com um choque. O que acontecia era o seguinte: ele estava insistindo com aquela mulher e teve a sensação, quando seus lábios apertaram mais os dela, de que era um fracasso, um bobo, um patético — o tipo do homem de quem riria, se alguém lhe contasse só esta parte. Foi uma sensação horrível, como a de envelhecer de repente, e ele sentiu um buraco no estômago, os braços pesados como toras. Queria sumir daquele assento de carro e não lembrar nenhuma das idiotices nas quais pensara um minuto antes. Foi *esse* o primeiro movimento definitivo, quando as probabilidades acabaram — e foi o movimento errado, o pior possível. Foi ridículo.

Mas antes que conseguisse terminar o beijo, percebeu que Joséphine Belliard estava dizendo alguma coisa, falando com os lábios grudados nos dele, baixinho e, por não resistir, estava mesmo beijando-o. O rosto dela, quase sem querer, se rendia ao que ele queria. Enquanto Austin beijava seus lábios finos, ela dizia — sussurrando, como se estivesse num sonho:

— *Non, non, non, non, non*. Por favor, não posso. Não posso. *Non, non*.

Mesmo assim, ela não parou. *Non* não era exatamente o que queria dizer — ela abriu um pouco os lábios num sinal de gratidão. Após um instante, um longo instante em suspenso, Austin se afastou, recostou-se no banco e deu um longo suspiro. Colocou as mãos outra vez no colo e deixou que o beijo preenchesse o espaço entre eles, espaço que ele esperara completar com palavras. Foi a coisa mais inesperada e instigante que poderia acontecer com seu desejo de agir certo.

Ela não deu qualquer suspiro audível. Apenas sentou-se como estivera antes que ele a beijasse, não falou e nem pareceu ter nada a dizer. As coisas ficaram mais ou menos como antes de ele a beijar, só que ele a *tinha* beijado — *eles* tinham se beijado — o que fazia uma enorme diferença.

— Gostaria de encontrar você amanhã — disse Austin com firmeza.

— Sim — concordou Joséphine, quase lastimando, como se não pudesse deixar de aceitar. — Está bem.

Ele ficou satisfeito por não haver mais nada a dizer. As coisas estavam como deviam estar. Nada daria errado.

— Boa noite — disse Austin, com a mesma firmeza de antes. Abriu a porta do carro e saiu para a rua.

— Está certo — disse ela, sem olhar pela porta aberta, apesar de ele ter se inclinado e olhado. Estava com as mãos no volante, olhando para a frente, parecendo a mesma pessoa que tinha parado cinco minutos antes para ele descer — só um pouco mais cansada.

Ele queria dizer mais uma palavra adequada que ajudasse a equilibrar o que ela sentia naquele instante — embora não tivesse a menor idéia de como ela estava se sentindo. Joséphine estava opaca em relação a ele, completamente opaca, o que não chegava a ser nem interessante. Mas a única coisa que ele conseguia imaginar para dizer era tão boba quanto a última coisa tinha sido prejudicial. *Duas pessoas nunca vêem a mesma paisagem.* Foram essas as terríveis palavras em que ele pensou, embora não as dissesse. Apenas sorriu para ela, ergueu-se, fechou a porta do carro com força e se afastou um pouco para Joséphine poder manobrar e seguir pela Rue des Mézières. Ficou vendo o carro ir embora e teve certeza de que ela não o olhou pelo espelho retrovisor. Era como se, num instante, ele não existisse.

2

O QUE AUSTIN ESPERAVA que fosse a Rue de Vaugirard, que contornaria e subiria até a entrada do prédio de Joséphine, era, na verdade, a Rue St.-Jacques. Ele tinha se distanciado e estava perto da Faculdade de Medicina, onde havia apenas vitrines às escuras, com insípidos livros médicos e objetos poeirentos, anacrônicos.

Ele não conhecia bem Paris — só alguns hotéis onde já se hospedara e restaurantes onde não pretendia voltar. Não sabia bem quais eram os bairros, a que distância ficava um lugar de outro, como tomar o metrô, e nem mesmo como sair da cidade, a não ser de avião. Todas as ruas largas pareciam iguais, cortadas por esquinas esquisitas, e todos os marcos famosos pareciam estar em locais inesperados quando surgiam por cima dos prédios. Nos dois dias que estava em Paris — depois de sair de casa de repente e tomar o avião para Orly — esforçou-se para lembrar em que direção do Boulevard St.-Germain os números aumentavam. Mas não conseguia prestar atenção e nem sempre encontrava o Boulevard St.-Germain quando queria.

Na Rue St.-Jacques, ele olhou para baixo, onde achava que ficavam o rio e a Petit Pont — lá estavam eles. Era um dia quente de primavera e as calçadas à margem do rio estavam cheias de turistas percorrendo as bancas de fotos e olhando, impressionados, a enorme catedral do outro lado.

A paisagem vista da Rue St.-Jacques pareceu, subitamente, familiar — ele reconheceu a fachada de uma farmácia e um café com um nome famoso. Horloge. Olhou para trás, para a rua por onde tinha vindo e percebeu que estava a apenas meia quadra do pequeno hotel onde ficara uma vez com a mulher, Barbara. O Hôtel de la Tour de Notre Dame, que prometia uma vista da catedral, mas não tinha nenhuma. Era administrado por paquistaneses e tinha quartos tão pequenos que, quando se abria a mala, era impossível chegar à janela. Quatro anos antes, trouxera Barbara numa viagem de negócios e ela fez compras, foi aos museus e almoçou no Quai de la Tournelle, enquanto ele fazia contato com os clientes. Quase não ficaram no apartamento, só quando o cansaço os jogava na cama, diante de uma indecifrável televisão em francês que acabava fazendo-os adormecer.

Austin lembrava-se nitidamente agora, ali na movimentada calçada, a caminho do apartamento de Joséphine Belliard, de que ele e Barbara tinham saído de Paris no dia primeiro de abril, pensando em embarcar num vôo direto para Chicago. Depois de conseguirem tirar toda a enorme bagagem do quarto, de se apertarem no pequeno e abafado elevador e chegarem ao saguão, pareciam refugiados sitiados, mas prontos para pagar a conta e sair. Foi aí que o paquistanês da recepção, que falava um perfeito inglês britânico, olhou por cima da bancada, preocupado, e perguntou:

— Oh, Sr. Austin, não soube da má notícia? Sinto muito.

— O que foi? — Austin disse, afobado. — Que má notícia? — Olhou para Barbara, que segurava uma sacola de roupas e uma caixa de chapéu, sem a menor vontade de ouvir más notícias.

— Há uma greve geral — disse o homem, parecendo muito sério. — O aeroporto está fechado e ninguém pode sair de Paris hoje. Lastimo dizer que seu quarto já está reservado para outro hóspede, um japonês. Sinto muito mesmo.

Austin ficou no meio das malas com um ar de derrota, frustração e raiva que tinha certeza ser inútil demonstrar. Olhou para a rua pela janela do saguão. O céu estava nublado e soprava um vento meio frio. Ouviu Barbara dizer atrás dele, como se falasse mais consigo mesma do que com ele:

— Ah, bom. Vamos fazer alguma coisa. Vamos encontrar outro hotel. É terrível. Pode ser que vire uma aventura.

Austin olhou para o recepcionista, um homenzinho amarelado com o cabelo preto bem penteado e um colete branco de algodão, em pé, atrás de sua mesa de mármore. O recepcionista sorria. Austin percebeu que o homem não se importava com a situação: ele e a mulher não tinham para onde ir, não agüentavam mais Paris, tinham trazido roupa demais e comprado coisas demais para levar. Tinham dormido mal todas as noites, estranho, o tempo esfriava cada vez mais, estavam sem dinheiro e saturados dos arrogantes franceses. Nada disso interessava àquele homem — de certa forma, pensou Austin, ele talvez até gostasse, a ponto de achar graça.

— O que é tão engraçado, droga? — perguntou Austin para o nanico do subcontinente indiano. — Por que o meu problema faz com que o senhor ache tanta graça? — O homem seria o alvo de sua raiva. Ele não conseguia se conter, a raiva não iria piorar nada. — Não se importa com o fato de que somos hóspedes deste hotel e estamos numa situação complicada? — Sua própria voz lhe soou suplicante.

— Primeiro de abril! — disse o recepcionista, e começou a dar uma risadinha cacarejante. — Rá, rá, rá, rá, rá. É só uma brincadeira, *monsieur* — explicou o homem, muito satisfeito consigo mesmo, mais ainda do que quando mentiu para Austin. — O aeroporto está funcionando. Está aberto. Podem viajar. Não há problema, está tudo ótimo. Foi só uma brincadeira. *Bon voyage*, Sr. Austin, *bon voyage*.

3

Nos dois dias seguintes à noite em que ela o deixou na rua, após ter-lhe dado o primeiro beijo e sentido que tinha feito algo absolutamente certo, Austin viu Joséphine Belliard várias vezes. Tinha planos de pegar o trem-bala para Bruxelas, depois ir a Amsterdã, onde tomaria o avião para Chicago, de volta para casa. Mas na manhã seguinte enviou mensagens para os clientes e o escritório dizendo que estava com "problemas de saúde" que tinham, por alguma razão, "voltado", embora achasse que "não era nada de grave". Terminaria o trabalho por fax, quando chegasse em casa na semana seguinte. Disse a Barbara que tinha decidido ficar em Paris mais alguns dias — para descansar e fazer coisas que nunca fizera por falta de tempo. Talvez visitar a casa de Balzac. Flanar pelas ruas como um turista. Alugar um carro e ir até Fontainebleau.

Quanto a Joséphine Belliard, resolveu que passaria todos os momentos possíveis com ela. Nem por um instante pensou que a amava, ou que ficar com ela faria com que um dos dois tomasse alguma atitude importante. Ele era casado, não tinha nada para oferecer a ela. Iludir-se sobre isso só causaria problema — o tipo de problema que, quando você é mais jovem, ignora, e quando é mais velho, ignora riscos. Ele sentia que ficar indeciso diante dos problemas devia ser uma qualidade.

Mas, exceto isso, fez tudo o que pôde. Foram ao cinema. Visitaram um museu. Estiveram em Notre Dame e no Palais Royal. Andaram pelas ruas estreitas do Faubourg St.-Germain. Olharam vitrines. Pareciam dois namorados. Tocaram-se. Ela deixou que ele segurasse sua mão. Trocaram olhares cúmplices. Ele aprendeu a fazê-la rir e ouviu com atenção as pequenas proezas que contou. Ela se comportava como antes — parecendo desinteressada, mas condescendente — como se tudo fosse idéia dele e obrigação dela, apenas uma obrigação que, para surpresa sua, apreciava. Austin achava essa relutância muito atraente. E isto fez com que a cortejasse com tanta intensidade que ele próprio se surpreendeu. Levou-a para jantar em dois restaurantes caros, foi ao apartamento dela, conheceu seu filho e a camponesa que ela pagava para tomar conta do menino durante a semana. Viu onde ela morava, dormia, comia, depois observou o Jardin du Luxembourg pelas janelas do apartamento e as ruas tranqüilas das redondezas. Soube como ela vivia, coisa que estava ansioso por descobrir e, quando satisfez essa curiosidade, sentiu como se tivesse conseguido algo difícil e raro.

Ela não acrescentou muita coisa sobre si mesma, nem perguntou nada sobre ele, como se não se interessasse pela vida dele. Contou que esteve uma vez nos Estados Unidos, conheceu um músico na Califórnia e resolveu morar com ele numa casinha de madeira à beira-mar, em Santa Cruz. Foi no início dos anos 70. Ela era uma adolescente. Mas, certa manhã — depois de quatro meses — acordou num colchão no chão, coberta com um tapete de couro de vaca curtido, levantou-se, fez a mala e foi embora.

— Era demais — explicou Joséphine, sentada na janela do apartamento, olhando o crepúsculo e a rua, onde crianças jogavam futebol. Disse que o músico ficou perturbado e irritado, mas ela voltou para a casa dos pais, na França. — Não conseguimos viver muito tempo num lugar que não é nosso não é verdade? — Olhou-o e levantou os ombros. Ele estava sentado numa cadeira, tomando uma taça de vinho tinto, olhando para os telhados e apreciando a luz amarelada que parecia inflamar os delicados arabescos dos frisos dos edifícios. O aparelho de som estéreo tocava suavemente um jazz, um melodioso solo de saxofone. — Não é verdade? — perguntou ela. — A gente não consegue.

— Tem toda razão — respondeu Austin. Ele fora criado em Peoria. Morava a noroeste de Chicago e freqüentara uma universidade estadual. Achava que ela estava absolutamente certa, embora não visse nada de errado em estar ali naquele instante, na casa daquela mulher, apreciando a luz do sol sumindo aos poucos até desaparecer sobre os telhados. Era algo que parecia admissível.

Ela falou sobre o marido, cujo retrato estava na parede do quarto de Léo. Era um judeu de pele escura, rosto inchado, com um bigode preto e espesso que o fazia parecer um armênio. Um tanto decepcionante, pensou Austin. Imaginava que Bernard fosse bonito, um homem de pele fina como Louis Jourdan, com o defeito fatal de ser enfadonho. O homem real parecia o que era — um gordo que durante certa época fez *jingles* para as rádios francesas.

Joséphine disse que o caso com o jovem mostrara que ela não amava o marido, embora um dia talvez tivesse gostado dele, e que, apesar de algumas pessoas conseguirem viver com quem não amavam, ela não conseguia. Olhava para Austin em busca de aprovação. Aquilo não era, claro, o que havia dito antes a respeito de seus sentimentos em relação ao marido, quando afirmara que, depois do caso, poderia retomar o casamento, mas ele foi embora de casa. Austin pensou que aquilo era o que ela sentia no momento e a verdade devia estar num meio-termo. Ela contou que o marido lhe dava muito pouco dinheiro, não costumava visitar o filho regularmente e foi visto com uma nova namorada, alemã.

Além disso, claro, ele escrevera aquele livro horrível, que todos os conhecidos dela estavam lendo, o que a fazia sofrer e ficar muito constrangida.

— Mas, o que posso fazer? — perguntou ela, balançando a cabeça como se quisesse expulsar os pensamentos. — Isso mesmo, o que posso fazer? Levo minha vida, com meu filho. Tenho mais vinte e cinco anos para trabalhar e então estará acabado.

— Pode ser que aconteça alguma coisa melhor — disse Austin. Não sabia o que poderia ser, mas não gostava de vê-la tão pessimista. Era como se, de certa forma, ela o estivesse culpando, o que ele achava uma atitude muito francesa. Seria melhor se ela tivesse uma postura mais esperançosa, uma visão mais americana, pensou ele.

— O que pode ser? O que é melhor? — perguntou Joséphine, e olhou para ele sem raiva, mas desamparada. — O que vai acontecer? Diga, quero saber.

Austin pôs sua taça de vinho no chão encerado, levantou-se e foi até a janela aberta onde ela estava sentada; lá embaixo, a rua ia aos poucos se transformando numa escuridão densa. A bola de futebol continuava sendo chutada numa parede repetidamente, e por trás desse barulho havia o som de um carro acelerando, ali perto. Austin pôs os braços em torno dos ombros dela, encostou a boca em seu rosto frio e apertou-a contra si.

— Talvez apareça alguém que a ame — disse ele. Estava querendo animá-la e sabia que ela sabia disso e que não levaria a mal. — Você não é uma pessoa difícil de se amar. De jeito nenhum. — Apertou-a mais um pouco. — Na verdade, é até bem fácil — disse Austin.

Joséphine deixou que ele a abraçasse e apertasse. Encostou a cabeça no ombro dele. Austin pensou: é perigoso ficar na janela, sendo abraçada por um homem. Ele sentia o ar frio da rua nas costas das mãos e no rosto, que estava meio fora e meio dentro da sala. Era emocionante, embora Joséphine não o abraçasse, não retribuísse de alguma forma o gesto dele, só permitindo o abraço como se fosse uma forma fácil de agradá-lo, mas que não a interessasse muito.

Naquela noite, ele a levou para jantar no Closerie des Lilas, um famoso bistrô freqüentado por escritores e artistas nos anos 20 — um lugar cheio de luzes e espelhos, barulhento, onde os dois tomaram champanhe, ficaram de mãos dadas, mas não falaram muito. Pareciam estar fugindo da conversa. As coisas mais naturais a dizer seriam assuntos ligados a eles, com algum futuro. Mas Austin ia embora na manhã do dia seguinte e esse tema parecia não interessar a nenhum dos dois, embora ele tivesse vontade de falar nisso e conseguisse imaginar por trás dos fatos inevitáveis que os dois podiam ter um futuro. Certamente, se as circunstâncias fossem diferentes e melhores, seriam amantes e começariam a passar mais tempo juntos, descobririam o que havia a descobrir entre eles. Austin tinha muita necessidade de dizer a ela essas coisas quando se sentaram em silêncio diante das taças de champanhe, apenas iniciar a conversa de um lado da mesa, aguardando o que viria do outro lado. Mas o restaurante era muito barulhento. Quando ele tentou começar, as palavras pareceram soar alto demais. E não devia ser assim. Essas palavras eram importantes e precisavam ser ditas respeitosamente, até com certa solenidade, com o inevitável sentido de perda que continham.

Mas as palavras ficaram na cabeça dele quando Joséphine, mais uma vez, percorreu de carro a curta distância até a Rue de Mézières e a esquina onde o deixara na primeira noite em que saíram. As palavras pareciam ter perdido o momento certo de serem ditas.

Precisavam de um outro contexto, um lugar mais concreto. Dizê-las no escuro, num Opel apertado com o motor ligado, na despedida, daria a elas um peso sentimental que não deviam ter, já que eram, apesar de toda a tristeza inerente, uma expressão de otimismo.

Quando Joséphine parou o carro, a poucos passos da entrada do hotel, manteve as mãos no volante, olhando fixamente para a frente, como fizera duas noites antes. Ficou quieta, não disse uma palavra, não fez um gesto, não deu nem mesmo um olhar. Para ela, aquela noite era a última que teriam, depois Austin iria para Chicago, encontrar a mulher em casa e, provavelmente, nunca mais voltaria, jamais tentaria prosseguir a partir daquele momento — aquela noite era exatamente como a primeira, que Joséphine esqueceria assim que a porta fosse fechada e os faróis de seu carro iluminassem a rua vazia a caminho de casa.

Austin olhou pela janela de Joséphine o rústico portão de madeira do hotel, atrás do qual havia um pátio cheio de samambaias, com postes de iluminação, portas duplas, o saguão e as escadas de dois lances que levavam ao seu pequeno quarto. Ele queria levá-la para lá, trancar a porta, fechar as cortinas e fazer um amor com sentimento até de manhã, até precisar chamar um táxi para levá-lo ao aeroporto. Mas essa não era a coisa certa a fazer, depois de ter chegado até esse ponto sem complicação, sem muita confusão ou mágoa de nenhuma das partes. Ela *podia* se magoar por se envolver com ele, pensou Austin. Os dois sabiam disso, não era preciso dizer. Ela não pensaria em dormir com ele, de jeito nenhum. Para ela, *não* significava *não* mesmo. E essa era a forma certa de lidar com a situação.

Austin sentou-se com as mãos no colo e ficou quieto. Era assim que tinha imaginado a despedida. Triste da parte dele. Fria da parte dela. Achou que não devia segurar a mão dela, como da outra vez.

Numa segunda vez, isso se transformava em encenação, e ele já a havia tocado várias vezes — com carinho, com inocência, sem tentar mais nada, exceto um rápido e breve beijo. Desta vez — a última — deixaria que as coisas se passassem exatamente do jeito que ela quisesse, não ele.

Esperou. Pensou que Joséphine pudesse dizer alguma coisa, algo irônico ou inteligente, frio ou apenas banal, algo que quebrasse sua pequena lei do silêncio, e ele depois poderia responder e talvez dizer a última boa palavra, que deixaria os dois intrigados e atormentados, certos de que não tinham perdido um momento fugaz, mas importante. Porém, ela continuou calada. Estava decidida a não fazer nada que fosse diferente do que faria naturalmente. E Austin sabia que, se saísse do carro naquela hora sem se despedir, ela iria embora em seguida. Talvez tenha sido por isso que o marido escreveu um livro sobre ela, pensou Austin. Pelo menos assim tinha certeza de que chamaria sua atenção.

Joséphine parecia estar esperando que o assento ao lado dela ficasse vago. Austin olhou para ela na escuridão do carro e por um instante ela deu-lhe uma olhada de relance, mas não disse nada. Isso era irritante, pensou Austin. Irritante, estúpido e francês, esse jeito tão fechado para o mundo, essa relutância em permitir que um momento de doçura e liberdade lhe desse felicidade — quando felicidade era um artigo tão escasso. Percebeu que estava prestes a se irritar, a não falar nada, a apenas sair do carro e ir embora.

— Você sabe que poderíamos ser amantes — disse ele, de um jeito mais irritado do que queria. — Temos um interesse recíproco. Não tenho dúvidas a respeito disso. É verdade: eu gosto de você. Você gosta de mim. Tudo o que eu queria era aproveitar isso para fazer você feliz, pôr um sorriso no seu rosto. Só isso. Não preciso dormir com você. Isso causaria tanto problema para mim quanto para você. Mas isso não é motivo para não nos gostarmos. —

Olhou-a com firmeza, o perfil dela suavizado contra as luzes da fachada do hotel, do outro lado da rua. Ela ficou quieta, mas ele achou que ouviu um riso fraco, pouco mais que um suspiro, que, pensou ele, pretendia demonstrar o que ela achava de tudo o que tinha dito. — Desculpe — disse Austin, com raiva, girando os joelhos para a porta. — Desculpe mesmo.

Joséphine segurou-o pelo pulso e puxou-o, sem olhá-lo, falando de frente para o pára-brisa gelado.

— Não sou tão forte assim — murmurou, e apertou o pulso dele.

— Para quê? — perguntou Austin, baixo também, com um pé sobre o calçamento da rua, olhando para trás no escuro.

— Não sou suficientemente forte para ter alguma coisa com você — confessou ela. — Pelo menos, não agora. — Virou-se para ele com os olhos suaves e grandes, uma das mãos segurando o pulso dele e a outra no colo, meio fechada.

— Você está dizendo que não se sente com muita força ou que não é muito forte? — perguntou Austin, mais à vontade, porém com firmeza.

— Não sei. As coisas ainda estão muito confusas para mim, desculpe — explicou Joséphine.

— Bem, isso é melhor do que nada — concluiu Austin. — Pelo menos você me concedeu isso. Fico satisfeito. — Esticou o braço, apertou o pulso dela e saiu do carro. Ela pôs a mão no câmbio e engrenou a primeira marcha, fazendo um som arranhado.

— Se você voltar, me telefone — disse ela, ríspida, pela janela do carro.

— Certo, eu ligo. Não sei que outra coisa eu poderia fazer em Paris.

Fechou a porta com força e Joséphine deu partida no carro, girando os pneus no calçamento escorregadio. Austin atravessou a rua em direção ao hotel, sem olhar as luzes traseiras do carro que desapareciam.

À UMA HORA DA MANHÃ, quando eram seis da tarde em Chicago, ele ligou para Barbara e eles quase discutiram. Isso deixou Austin irritado porque, quando discou o número de sua casa e ouviu o telefone chamando, ficou feliz — feliz por faltarem poucas horas para sair de Paris, feliz por estar indo para casa e por ter não apenas uma mulher à espera, mas aquela mulher, Barbara, que ele amava e respeitava. E feliz também por ter feito o "contato" com Joséphine Belliard (estava usando essa palavra. Antes, pensara em "aproximação", mas a substituíra.) Feliz por não haver nenhuma conseqüência ruim a lastimar — nenhuma promessa falsa para dar falsas esperanças, nem despedidas lacrimosas, nenhuma obrigação a cumprir, nenhuma sensação de estar pisando em ovos. Nenhuma perda a deplorar.

O que não significa que nada tivesse ocorrido, porque tinha — coisas que ele e Joséphine Belliard sabiam e que foram ditas quando ela segurou seu pulso no carro e confessou que não era forte o bastante, ou que aquilo era forte demais para ela.

O que se pode querer da vida? Foi o que Austin pensou naquela noite, encostado na cabeceira da cama, segurando uma taça de champanhe morna que pegou no minibar. Estava com a calça do pijama azul, deitado na colcha, descalço, olhando sua própria imagem refletida no espelho embaçado que revestia uma parede inteira — um homem numa cama, com uma lâmpada de cabeceira acesa, uma taça equilibrada na barriga. O que mais alguém deseja na vida, quando já fez muita coisa, já sofreu um pouco, persistiu, tentou ser bom quando foi possível? O que essa experiência tem para ensinar que nos possa ser útil? Que a lembrança da dor, pensou

Austin, se acumula e dá um peso significativo ao presente — um peso sombrio — e a verdade que precisa ser descoberta é: exatamente o que é possível, mas também valioso e desejável entre seres humanos, para haver um grau de sucesso aceitável num relacionamento esporádico.

Não era fácil, pensou ele. Certamente, nem todo mundo podia fazer isso. Mas ele e Joséphine Belliard tinham de certa forma conseguido, encontrado um ponto de contato que só teve conseqüências positivas para ambos. Sem histeria. Sem confusão. E, ao mesmo tempo, algo significativo. Percebeu que, por ele, Joséphine estaria agora ali na cama, embora só Deus pudesse saber do nervosismo, das horas passando, do sexo como única esperança de consolo para eles. Foi um pensamento desagradável. *Havia* problema, e não se teria ganho nada — apenas perdido um pouco. Mas os dois preferiram tomar outro caminho, que acabou deixando-o sozinho no quarto e se sentindo muito bem com tudo. Até eficiente. Quase fez um brinde a si mesmo no espelho, mas isso pareceu ridículo.

Esperou um pouco para telefonar para Barbara porque achou que Joséphine poderia ligar — uma voz sonolenta no meio da noite, deitada na cama, uma oportunidade para ela falar mais alguma coisa, algo interessante ou talvez sério, que não quis dizer quando estavam juntos no carro e poderiam se tocar.

Mas ela não ligou e Austin ficou olhando aquele telefone de modelo estrangeiro, desejando que tocasse. Durante vários minutos, teve uma longa conversa imaginária com Joséphine — queria dizer que gostaria que estivesse ali, embora já tivesse chegado à conclusão de que poderia ser um encontro amargo. Mas pensou nela dormindo sozinha e isso lhe causou um vazio e uma sensação quase de enjôo. Depois, por algum motivo, pensou em Joséphine encontrando-se com o homem mais jovem com quem teve o desastroso caso que provocou o fim de seu casamento. Pegou o fone para ver se o aparelho estava funcionando. Pôs no lugar outra vez. Pegou de novo e ligou para Barbara.

— O que fez esta noite, querido? Divertiu-se? — Barbara estava animada, na cozinha, preparando o jantar. Ele ouviu o som de pratos e panelas batendo. Imaginou-a, alta e bela, confiante na vida.

— Convidei uma mulher para jantar — contou ele de repente. A ligação estava ótima, era como se ele estivesse ligando do escritório. Mas alguma coisa o estava deixando irritado. O som das panelas, pensou ele; o fato de Barbara achar que fazer o jantar era tão importante que não devia interromper enquanto conversava com ele. Sua sensação de importância estava diminuindo.

— Ah, que ótimo — disse Barbara. — Alguém especial ou apenas uma mulher que encontrou na esquina e parecia esfomeada? — Ela estava fazendo graça.

— Uma mulher que trabalha nas Éditions Périgord — informou Austin secamente. — Uma editora.

— Que ótimo — disse Barbara, e sua voz pareceu um pouquinho mais aguda. Ele ficou pensando se a voz *dele* estava dando algum sinal que ela percebesse, por mais que tentasse ser natural, algo que Barbara já ouvira naqueles anos todos e que não podia ser dissimulado.

— *Estava* ótimo — disse Austin. — Tivemos uma noite agradável. Mas volto amanhã para casa.

— Bem, nós estamos te esperando — disse Barbara, alegre.

— Nós, quem? — perguntou Austin.

— Eu, a casa, as plantas e janelas. Os carros. Sua vida. Estamos todos à sua espera com caras bem sorridentes.

— Que bom — disse Austin.

— É muito bom — disse Barbara. Depois houve um silêncio — silêncio caro, ligação transoceânica. Austin sentiu que precisava recuperar seu bom humor. Não tinha nada com que se preocupar. Nem que o incomodasse. Estava tudo bem. Barbara não tinha feito nada, nem ele. — Que horas são aí? — perguntou ela, casualmente. Ouviu outro prato batendo e a água caindo na pia. Sua taça estava mais morna, com aquele champanhe insípido e doce.

— Mais de uma da manhã — respondeu ele. — Estou com sono, amanhã terei um longo dia.

— Então vá dormir — recomendou Barbara.

— Obrigado — disse Austin.

Houve outro silêncio.

— Que mulher é essa? — perguntou Barbara, meio irritada.

— Uma moça que conheci. Casada, tem um filho. É *la vie moderne* — explicou Austin.

— *La vie moderne* — repetiu Barbara. Ela agora estava provando alguma coisa da comida que preparava.

— Certo, vida moderna — confirmou Austin.

— Sei. *La vie moderne*. Vida moderna — concluiu Barbara, batendo com força uma colher na borda da panela.

— Está contente com a minha chegada?

— Claro — garantiu Barbara, e fez outra pausa, enquanto Austin tentava imaginar a expressão do rosto dela. Todos os traços em seu belo rosto pareciam afinar quando se irritava. Ele ficou pensando se estariam assim naquele momento.

— Acha — perguntou Barbara, tentando parecer apenas curiosa — que esta noite você não me deu o devido valor? — Silêncio. Ela continuava cozinhando. Estava sozinha em casa, fazendo seu jantar, enquanto ele estava num ótimo hotel em Paris — um antigo convento — tomando champanhe, de pijama. Havia alguma divergência, ele tinha de admitir. Embora, no fim das contas, não tivesse muita importância, já que os dois estavam bem. Mas ficou com pena dela, pena por ter pensado que ele não a valorizava, não era isso —

na verdade, ele a amava e estava ansioso para encontrá-la. Era pena que ela não soubesse como ele se sentia naquele instante, como a considerava. Se soubesse, pensou ele, ficaria feliz.

— Não? — respondeu Austin, finalmente. — Não acho que não lhe dou valor. Você pensa que algum dia fiz isso?

— Não? Então está ótimo — disse Barbara. Ele ouviu a porta de um armário sendo fechada. — Não gostaria que você pensasse que não me dá valor, é só.

— Por que estamos falando nisso agora? — perguntou Austin, sem jeito. — Vou voltar amanhã. Estou ansioso para ver você. Não estou preocupado com nada, por que você está?

— Não estou — garantiu Barbara. — Está bem, isso não importa. Eu penso em coisas e depois esqueço. — Mais ruído de colher batendo.

— Eu te amo — disse Austin. Sua orelha começava a doer porque estava segurando o fone no ombro.

— Ótimo, vá dormir me amando — disse Barbara.

— Não quero discutir.

— Então não discuta. Talvez eu não esteja bem. Desculpe — disse Barbara.

— Por que você está zangada? — quis saber Austin.

— Às vezes fico, não sei por quê — disse Barbara, depois calou-se. — Às vezes você faz pouco de mim — reclamou.

— Ah, droga — disse Austin.

— Droga é uma boa palavra. Droga. Não é nada, vá dormir — disse ela.

— Ótimo, eu vou — concordou Austin.

— Te vejo amanhã, querido.

— Claro — disse Austin, querendo parecer normal. Começou a dizer outra coisa, dizer que a amava, sempre com sua voz normal. Mas Barbara tinha desligado.

Sentou-se na cama, de pijama, vendo seu reflexo no espelho embaçado. Era uma imagem diferente da anterior. Ele parecia tenso, triste, a luz da cabeceira estava desagradável, reveladora, a taça de champanhe vazia, a noite tinha sido um fracasso, infeliz, meio humilhante. Parecia drogado. Era essa sua verdadeira imagem, pensou ele. Mais tarde, sabia que pensaria de modo diferente, veria as coisas de uma forma mais benevolente, mais agradável. Seu humor iria melhorar, como sempre acontecia, ele se sentiria muito animado por alguma coisa, qualquer coisa. Mas, naquele instante, era hora de fazer uma boa avaliação, pensou, quando a maré estava baixa e tudo estava exposto — inclusive ele mesmo — como era de verdade, na realidade. A vida real *existia* e ele não tinha ilusões quanto a isso. Era com essa música que ele devia dançar.

Sentou-se na cama sentindo-se abatido, tomou o resto do champanhe e pensou em Barbara sozinha, provavelmente preparando a casa para a chegada dele na tarde seguinte — arrumando flores frescas no jarro ou cozinhando alguma coisa de que ele gostasse. Talvez estivesse fazendo isso enquanto falavam ao telefone. Neste caso, fora um erro ter ficado aborrecido.

Depois de pensar nisso durante algum tempo, pegou o telefone e começou a discar o número de Joséphine. Eram duas da manhã. Iria acordá-la, mas não tinha importância, ficaria contente por tê-la acordado. Ele diria a verdade — que não conseguiu deixar de ligar, que ela não lhe saía da cabeça, que gostaria que estivesse lá no hotel com ele, que já estava com saudade, que aquela história tinha mais conteúdo do que parecia. Mas, quando discou, o número estava ocupado. E continuou durante cinco minutos. Quinze minutos. Meia hora. Assim, ele acabou perdendo a vontade, apagou a luz da cabeceira, deitou a cabeça no travesseiro e dormiu logo.

4

NA PEQUENA COMUNIDADE suburbana de Oak Grove, Illinois, Austin resolveu concentrar-se em sua vida normal — indo e voltando de carro do escritório da Lilienthal, que ficava na cidade próxima de Winnetka; ajudando a treinar um time da Little League patrocinado pela fábrica de linóleo de um amigo em Oak Grove, passando as noites em casa com Barbara, que era corretora numa grande firma de imóveis comerciais e estava numa excelente fase de vendas.

Mas Austin sentia que alguma coisa não ia bem, e isso o incomodava. Embora Barbara tivesse resolvido manter a vida cotidiana como se nada disso fosse verdade, ou como se aquilo que o incomodava estivesse simplesmente fora do controle dela, e porque o amava, o problema dele seria finalmente resolvido, ou seria levado na correnteza da vida feliz e normal. Barbara era sempre otimista e achava que, tomando a atitude certa, tudo se resolvia da melhor maneira possível. Dizia que tinha essa visão porque sua família era de presbiterianos escoceses. Austin admirava essa postura, embora nem sempre encarasse as coisas assim. Achava que a vida era capaz de triturar qualquer um — como a vida dos pais dele em Peoria, por exemplo, que ele não agüentaria — e às vezes era preciso tomar providências incomuns. Barbara dizia que esse ponto de vista era típico de irlandeses simplórios.

No dia em que Austin chegou — no aeroporto quente, iluminado por um sol de primavera — sentindo a diferença dos fusos horários, mas de muito bom humor, Barbara tinha preparado coxa de veado com bastante molho de figo — cujos ingredientes teve de conseguir com uns vizinhos húngaros, em West Diversey — guarnecido de batatas Brabant e alhos assados (que Austin adorava), mais um ótimo Merlot que ele bebeu bastante enquanto contava, sem qualquer remorso, mentiras sobre todas as coisas que fizera em Paris. Barbara tinha comprado um vestido novo de primavera, pintado mechas no cabelo, e teve certa dificuldade em organizar uma boa recepção e esquecer aquela desagradável conversa telefônica de madrugada. Austin achava que competia a ele afastar da lembrança aquele momento ruim e providenciar para que seu duradouro casamento fosse novamente uma fonte de boa e segura felicidade.

Naquela terça-feira, mais tarde, ele e Barbara, bêbados, fizeram sexo rápido no escuro do quarto de cortinas grossas, com o cachorro *spaniel* do vizinho latindo sem parar na rua ao lado. A prática do amor era sem muito entusiasmo, repetida há anos, uma série de protocolos e convenções carinhosamente seguidas como uma liturgia que sugeria, mas que, na realidade, tinha pouco dos mistérios e ardores que em outros tempos faziam desse amor uma necessidade extrema. Austin percebeu pelo relógio digital da cabeceira que tudo levou exatos nove minutos, do começo ao fim. Ficou pensando friamente se aquela era a duração normal para os americanos da sua idade e de Barbara. Supunha que era menos que o normal, e devia ser por falha dele.

Depois, deitados em silêncio, lado a lado, olhando para o teto de gesso branco (o cachorro do vizinho parara de latir, como se fosse comandado por um observador oculto do ato encenado pelos dois), ele e Barbara procuraram alguma coisa para dizer. Um sabia que o outro estava se esforçando para isso; um derradeiro acorde que continuasse soando e afastasse o pensamento dos últimos dois ou três anos, que não tinham sido tão maravilhosos para ambos — uma época de viagens a esmo para Austin e de paciência para Barbara. Esperavam que algo inofensivo lhes permitisse dormir pensando neles próprios como fingiam que eram.

— Está cansado? Você deve estar exausto — comentou Barbara, de modo casual, no escuro. — Coitadinho — lastimou, dando uma batidinha no peito dele. — Durma, amanhã vai estar melhor.

— Estou ótimo, não estou cansado — replicou Austin, rápido.

— Pareço?

— Não, acho que não.

Ficaram em silêncio outra vez e Austin sentiu-se relaxar ouvindo a voz dela. Na verdade, estava completamente exausto. Mas queria dar um bom final para a noite, que achava ter sido boa, para sua volta à casa, para o tempo que esteve fora e ridiculamente apaixonado por Joséphine Belliard. Aquele encontro — não houve *encontro*, claro — mas, de qualquer modo, aquelas declarações e preocupações podiam ser relegadas. Podiam ser disciplinadas, mantidas à distância. Não faziam parte da vida real — pelo menos não do básico, da vida *mais* real, aquela da qual todo mundo dependia — ainda que por pouco tempo tivesse se ressentido e tentado fazer diferente. Não era um bobo. Não era tão idiota a ponto de perder o senso de medida. Era um sobrevivente, pensou ele, e sobreviventes sempre sabem onde fica a terra firme.

— Eu só queria saber o que é possível fazer agora — disse Austin de repente. Estava quase dormindo e conversava ao mesmo tempo com duas pessoas — com Barbara, sua mulher, e com Joséphine Belliard, e ambas estavam se misturando. Aquela resposta não teria a menor lógica para qualquer pergunta feita por Barbara. E, que se lembrasse, ela não perguntara nada. Ele estava resmungando, meio dormindo, e sentiu um calafrio, gelou de medo de ter dito alguma coisa — meio adormecido e meio bêbado — da qual depois se arrependesse, algo que revelasse a verdade em relação a Joséphine. Mas, no estado em que se encontrava, não era capaz de saber que verdade seria essa.

— Não deveria ser difícil, não? — argumentou Barbara, no escuro.

— Não — concordou Austin, pensando se estava acordado.

— Acho que não.

— Estamos juntos e nos amamos. Devemos ser capazes de conseguir o que queremos. — E tocou a perna dele por cima do pijama.

— É, está certo — disse Austin, desejando que Barbara pegasse no sono. Não queria dizer mais nada. Falar era um terreno minado, já que não sabia o que iria dizer.

Barbara ficou quieta, enquanto ele se contraía por dentro, e depois, aos poucos, começou a relaxar outra vez. Decidiu não dizer mais nada. Minutos depois, Barbara virou-se para as cortinas. O tecido da cortina filtrava a luz que vinha da rua e Austin ficou imaginando se a tinha feito chorar sem perceber.

— Ah, você vai se sentir melhor amanhã. Boa noite — disse Barbara.

— Boa noite — respondeu Austin. Sem mais o que fazer, ajeitou-se para dormir, sentindo que não agradara muito a Barbara, achando que, provavelmente, ele agora não agradava muito a ninguém, e que na sua vida — entre as coisas que deviam fazê-lo feliz e que sempre o fizeram — poucas coisas lhe davam prazer de verdade.

Nos DIAS SEGUINTES, Austin foi trabalhar como sempre. Ligou para seus contatos em Bruxelas e Amsterdã. Disse a um homem que conhecia há dez anos e respeitava muito que os médicos descobriram uma "inflamação estranha" na parte superior do seu estômago, mas, por sorte, não seria preciso operar, a cirurgia podia ser evitada com o uso de remédios. Tentou lembrar o nome do remédio que estava "tomando", mas não conseguiu. Depois, ficou deprimido por dizer uma mentira tão inútil, e preocupado, porque o homem poderia comentar alguma coisa com o chefe. Olhou para o mapa azimute de bela moldura, dado por Barbara quando ele foi premiado com as prestigiadas contas européias, que estava pendurado na parede atrás de sua mesa, com pequenas flâmulas vermelhas nos lugares onde tinha aumentado o lucro da companhia — Bruxelas, Amsterdã, Dusseldorf, Paris — e pensou se sua vida, seu cotidiano, estava escapando do controle, tão lentamente que não dava para perceber. Concluiu que não, e a prova disso era o fato de estar se distraindo com essa idéia no escritório, num dia comum de trabalho, com tudo no seu devido lugar e prosseguindo normalmente, em vez de estar em algum café parisiense parecendo alguém que passou por uma calamidade: um homem com lapelas sujas, precisando fazer a barba e com pouco dinheiro, rabiscando seus pensamentos depressivos num caderninho espiral como todos os outros malucos que ele tinha visto jogar a vida fora. Esse sentimento, essa sensação de peso, da vida se desprendendo, era, ele achava, um sentimento de alerta, de peso da responsabilidade, a prova de que ter sucesso na vida nunca foi fácil.

    Na quinta-feira, assim que chegou ao trabalho, ligou para o escritório de Joséphine. Ela não saía um instante de sua cabeça — suas feições estranhamente harmoniosas, mas tão enternecedoras, o jeito de andar como um menino, com a ponta dos pés viradas para fora, parecendo um camponês rude. E seu corpo suave e discreto, os braços macios, sua voz baixinha dizendo:

— *Non, non, non, non, non.*

— Alô, sou eu — saudou Austin. Dessa vez, houve um problema na ligação e ele ouvia sua própria voz ecoando na linha.

Não soou do jeito que queria, a voz estava muito alta, como de criança.

— Olá — foi só o que Joséphine respondeu. Estava mexendo em papéis, um som que o irritava.

— Estava pensando em você — disse ele. Houve um longo silêncio, que mal conseguiu suportar.

— Sei — disse ela. E fez outra pausa. — Eu também estava. Como vai você?

— Ótimo — garantiu Austin, embora sem muita segurança. Queria enfatizar que sentia falta dela. — Estou com saudade — disse, e sentiu-se frágil, ouvindo o eco de sua voz.

— Sei — disse ela finalmente, embora sem muito entusiasmo. — Eu também.

Austin não sabia se ela ouvira mesmo o que ele disse. Provavelmente, estava conversando com outra pessoa no escritório. Sentiu-se desorientado e pensou em desligar. Mas sabia como se sentiria se fizesse isso: a pessoa mais desprezível do mundo. Na verdade, precisava insistir naquela hora, ou acabaria se sentindo desprezível do mesmo jeito.

— Gostaria muito de vê-la — disse Austin, apertando o fone no ouvido.

— Sim — concordou Joséphine. — Venha à noite e me leve para jantar — sugeriu ela, dando um riso amargo, irônico. Ficou imaginando se ela estava dizendo isso para outra pessoa ouvir, alguém que estava no escritório e sabia de tudo a respeito dele e o achava um idiota. Ouviu mais barulho de papéis. Sentiu as coisas rodando.

— Estou falando sério — disse ele.

— Quando você vem a Paris?

— Não sei. Logo, eu espero. — Não sabia por que disse isso, já que não era verdade, ou, pelo menos, não fazia parte dos seus planos. Só naquele instante pareceu possível. Qualquer coisa seria possível. E realmente *aquilo* parecia mesmo possível logo. Ele apenas não sabia como fazer. Não se pode resolver passar o fim de semana em Paris. A França não é o Wisconsin.

— Então me telefone, espero — pediu Joséphine. — Eu te encontro.

— Vou ligar — garantiu Austin, com o coração começando a bater mais forte. — Quando chegar, eu ligo.

Ele queria perguntar alguma coisa, mas não sabia o quê. Não tinha nada para perguntar. — Como vai Léo? — disse, usando seu sotaque inglês.

Joséphine riu, mas sem ironia — Como vai Léo? — repetiu ela, usando o mesmo sotaque. — Está bem, em casa, daqui a pouco vou para lá. É só.

— Bem — disse Austin. — Que ótimo. — Virou-se para trás e ficou olhando Paris no mapa. Como sempre, se surpreendeu porque a cidade ficava bem no alto da França, em vez de estar exatamente no centro, como ele sempre imaginou. Austin queria saber por que ela não tinha telefonado na última noite em que se encontraram, assim ficaria sabendo que ele gostaria que tivesse ligado. Mas depois lembrou-se de que o telefone dela estava ocupado e queria saber com quem ela estava falando. Mas não podia perguntar isso. Não era da sua conta.

— Ótimo — repetiu ele, sabendo que em cinco segundos a ligação estaria terminada e Paris ficaria tão longe de Chicago como sempre. Ele quase falou "Eu te amo" mas isso seria um erro, então não disse, embora uma parte dele quisesse muito. Depois, quase disse isso em francês, pensando que talvez significasse menos do que em inglês. Mas se conteve de novo. — Gostaria muito de vê-la — declarou por fim, fraco, rendido.

— Então, me procure. Um beijo para você — terminou Joséphine Belliard, com uma voz estranha, que nunca tinha ouvido antes, quase emocionada. E desligou rapidamente.

Austin ficou sentado na cadeira do escritório olhando para o mapa, imaginando o que significava aquela voz, o que seria, como poderia interpretá-la. Seria uma voz amorosa ou alguma estranha interferência na linha telefônica? Ou seu ouvido estaria lhe pregando uma peça, dando-lhe algo que ele queria ouvir para que não se sentisse tão desprezível quanto supunha, mas, na verdade, não se sentia. Pois estava ótimo. Eufórico. O melhor que já esteve desde a última vez que a encontrou. Vivo. E não havia nada de errado nisso, havia? Se alguma coisa nos faz feliz por um instante e ninguém está se prejudicando, por que não se conceder essa felicidade? Muita gente se negava isso. Para quê? Os colegas que ele conheceu na faculdade, que não saíam da linha, jamais desfrutavam de um instante de euforia e talvez jamais soubessem a diferença. Mas ele *sabia* e valia a pena, não importavam as dificuldades para enfrentar as conseqüências. Você só tem uma vida, pensou Austin. Use-a. Ele ouviu exatamente o que tinha ouvido.

NAQUELA NOITE, pegou Barbara na imobiliária e foram a um restaurante. Faziam sempre isso. Barbara costumava trabalhar até tarde e os dois gostavam de um restaurante polinésio meio pretensioso em Skokie, chamado Hai-Nun, um lugar escuro, revestido de madeira e bambu, onde os drinques eram sempre duplos e, às vezes, quando se estava muito bêbado para conseguir ir até uma mesa, era possível pedir um prato e se recuperar jantando no bar.
Um conhecido de Austin, um comerciante chamado Ned Coles, passou algum tempo com eles no bar, comentando sem parar que a confusão na Câmara de Comércio era coisa do passado; sobre as grandes oportunidades na Europa depois de 1992 e que os Estados Unidos iam provavelmente perder a vez, e que os Fighting Illini estavam conseguindo boas posições nos treinos da primavera

e, finalmente, sobre sua ex-mulher, Suzie, que estava se mudando para Phoenix na semana seguinte para poder participar mais dos esportes. Ned Coles disse que ela estava interessada em participar das competições de triatlon.

— Ela não pode ser triatleta em Chicago? — perguntou Barbara, que mal conhecia Ned Coles e estava se entediando com a conversa dele. A mulher de Ned também estava "seqüestrando" os dois filhos deles para o Arizona, o que o deixou muito aborrecido, mas ele não queria criar problema.

— Claro que pode — respondeu Ned. Ele era pesado, tinha uma cara vermelha e aparentava mais do que os quarenta e seis anos que tinha. Freqüentou Harvard, depois voltou para casa para trabalhar na empresa do pai e logo se transformou num bêbado maçante. Austin o conheceu no curso noturno de mestrado em administração, quinze anos antes. Eles não se viam socialmente.

— Mas esse não é o grande problema — continuou Ned.

— Qual é o grande problema? — perguntou Austin, mexendo uma pedra de gelo no gim.

— *Moi-même* — afirmou Ned, parecendo triste. — Ela diz que eu sou um campo de força de negativismo que se irradia por todos os subúrbios do norte. Por isso preciso me mudar para Indiana para ela ficar aqui, mas esse sacrifício é grande demais. — Ned riu, sem graça. Ele sabia muitas piadas de Indiana que Austin já conhecia. Para Ned Coles, Indiana era o lugar onde podíamos ver as bandeiras dos navios poloneses e visitar o monumento em homenagem aos heróis argentinos da guerra. Ned era um velho morador de Chicago e também um idiota, pensou Austin, desejando que a mulher dele fizesse uma boa viagem para o Arizona.

Quando Ned, trôpego, se encaminhou para o restaurante, deixando-os sozinhos no bar de madeira laqueada, Barbara ficou calada. Os dois tomavam gim e em silêncio deixaram o *barman* servir mais duas doses com gelo. Austin sabia que estava meio bêbado e que Barbara devia estar mais do que ele. Algo lhe dizia que poderia haver algum problema — não sabia bem qual. Mas ansiava pela sensação que teve quando desligou o telefone, depois de falar com Joséphine Belliard naquela manhã. Ebulição. Estar completamente vivo. Foi uma sensação passageira, ele sabia perfeitamente bem. Mas ansiava naquele momento, mais ainda por seu teor ilusório, sua ingênua fugacidade. Até os realistas às vezes precisam de uma pausa, pensou.

— Você se lembra da outra noite? — começou Barbara, como se escolhesse as palavras com cuidado. — Você estava em Paris, eu em casa, e perguntei se era possível que você não estivesse me dando valor. — Ela ficou olhando a borda do copo e de repente levantou os olhos e encarou Austin. Havia outro casal no local e o *barman* lia um jornal, sentado num banquinho no fundo do bar. Era hora do jantar e havia muita gente no restaurante. Alguém pedira um prato que precisava vir da cozinha flambando e Austin via a chama amarela iluminar o teto, ouviu o alto *sssss* e os comensais encantados, fazendo "Ooooh".

— Não achei que isso fosse verdade — Austin respondeu com firmeza.

— Sei que você não achou — concordou Barbara, balançando a cabeça devagar. — E pode ser que esteja certo. Vai ver que me enganei. — Ela olhou de novo seu copo de gim. — Mas o que *é* verdade, Martin, e é pior — a seu respeito — é que *você* não se dá valor. — Barbara continuou balançando a cabeça sem olhar para ele, como se tivesse descoberto um parodoxo filosófico interessante, mas intrigante. Quando se zangava com ele, sobretudo se estivesse um pouco bêbada, balançava a cabeça e falava desse jeito excessivamente meticuloso, como se tivesse pensado muito no assunto e quisesse, com suas conclusões esclarecedoras, contribuir para o bom senso. Austin chamava essa mania de "ler os ingredientes de um coquetel Molotov", detestava isso e queria que Barbara não começasse, embora nunca tivesse encontrado um bom momento para tocar no assunto.

— Desculpe, mas não sei o que você está querendo dizer com isso — ele falou com a voz mais natural possível. Barbara olhou para ele com curiosidade, seu rosto de rainha da associação estudantil Lambda Chi tinha se tornado tão definido e anguloso quanto suas palavras. — O que quero dizer é que você pensa que não pode ser mudado, como se estivesse *petrificado*. Por dentro, claro. Você se considera uma pessoa imutável, acha que ir para algum país estrangeiro e o que fizer lá não mudará nada em você, não vai fazer diferença. Mas não é verdade, Martin, porque você *está* diferente. Na verdade, você está inacessível e foi ficando assim faz tempo. No mínimo, há dois ou três anos. Tentei agüentar e fazer você feliz porque isso sempre me fez feliz também. Mas agora não, porque você mudou e não sei nem se tem consciência do que se tornou — e, sinceramente, não me interessa muito saber. Tudo isso me ocorreu hoje à tarde, enquanto procurava uma escritura. Desculpe a franqueza.

Barbara fungou, olhou para ele e pareceu sorrir. Não ia chorar. Estava com os olhos secos e era objetiva, como se estivesse contando que morreu um parente distante de quem nenhum dos dois se lembrava direito.

— Lastimo ouvir isso — disse Austin, querendo permanecer calmo como ela, embora não tão frio. Não sabia direito o que aquilo queria dizer, ou por que tinha acontecido, já que não achava que tivesse feito nada de errado. Não ocorrera nada há dois ou três anos que ele conseguisse lembrar. Ficou um pouco impressionado com Joséphine Belliard, mas passaria, como tudo. A vida parecia estar seguindo seu curso. Na verdade, achava que estava se comportando do jeito normal, como esperava.

Mas será que aquilo significava que Barbara tinha desistido dele e estava tudo acabado? Isto seria um choque, pensou ele, algo que realmente não queria. Ou será que ela estava apenas querendo dizer que ele precisava melhorar e ficar mais acessível, voltar a ser do jeito que ela gostava — e ele diria que continuava o mesmo. Ou talvez estivesse dizendo que agora ela queria mudar, ser menos complacente, menos interessada nele, menos amorosa, que queria preocupar-se mais consigo mesma e que o casamento deles ia começar outra vez de um jeito novo, mais justo — algo em que ele não gostava nem de pensar.

Ficou sentado, pensativo, no silêncio concedido por ela exatamente para isso. Claro que ele precisava dar uma resposta. Precisava responder às acusações de uma forma inteligente, segura, e demonstrar que compreendia como ela estava perturbada. Mas precisava também se defender e, ao mesmo tempo, oferecer uma saída prática para esse dilema. Em outras palavras, ela estava pedindo muito dele. Parecia esperar que ele resolvesse tudo — assumisse as *duas* posições, a dele e a dela, juntando-as de forma que tudo voltasse a ser como antes, ou melhorasse, para os dois serem mais felizes e poderem sentir que, se a vida era uma série de perigosas montanhas que escalamos com dificuldade, quando, por acaso, conseguíssemos chegar ao topo, as inúmeras recompensas de felicidade fariam com que todos os pesadelos valessem a pena.

Era uma forma incrível de ver a vida, pensou Austin. Era uma visão firme e tradicional, bem americana, e que fazia com que todos tivessem um sentimento de elevação, sonhadores e seguros. Era uma visão que Barbara sempre tivera — e que ele sempre invejara. Barbara era bem americana. Foi uma das maiores razões para tê-lo nocauteado anos antes, pois Austin sabia que ela seria a melhor pessoa que ele ou qualquer outro homem jamais poderia amar. Só que agora não via o que poderia fazer para realizar os desejos dela, se de fato soubesse quais eram. Por isso, o que ele disse, depois de confessar que lastimava ter ouvido o que ela dissera, foi:

— Acho que não posso fazer nada. Gostaria de poder. Sinto muito.

— Então você não passa de um idiota — disse Barbara, e balançou a cabeça outra vez, segura e decidida. — E é também um mulherengo e um verme. E eu não quero mais ser casada com nenhum desses tipos. É isso. — Tomou um grande gole do gim e pôs o copo grosso com força sobre o guardanapinho úmido. Repetiu, como se estivesse gostando da segurança de sua voz: — Foda-se e adeus. — Levantou-se, saiu do Hai-Nun a passos firmes (tão firmes que Austin nem se perguntou se ela estava em condições de dirigir o carro) e sumiu por trás do biombo de bambu. Na mesma hora, outra língua de fogo amarela surgia no restaurante escuro, crepitando, e veio mais um "Ooooh" dos comensais encantados — um casal chegou a aplaudir.

Essa foi certamente um reação exagerada de Barbara, pensou Austin. Em primeiro lugar, ela não sabia nada sobre Joséphine Belliard, pois não havia nada para saber. Nada que o incriminasse. Ela estava apenas supondo, sem razão. Era mais provável que ela não estivesse bem e quisesse jogar a culpa para cima dele. Em segundo lugar, não era fácil dizer a verdade quando essa verdade não é a que a pessoa amada queria ouvir. Ele fez o que pôde quando disse que não sabia como fazê-la feliz. Aquilo tinha sido o começo. Ele achava que a certeza dela foi uma posição estratégica e, embora uma boa briga pudesse estar a caminho, poderia ser acalmada durante a noite, terminando em desculpas — depois disso os dois se sentiriam até melhores, mais livres. Tinha sido assim antes, quando ele esteve algum tempo interessado em outra mulher que conhecera longe de casa. Casos sem importância, pensou ele.

Mas as mulheres, às vezes, eram meio problemáticas. Ele gostava da companhia delas, gostava de ouvir suas vozes, de escutar algumas confidências e seus problemas cotidianos. Mas as tentativas que fazia para conhecê-las costumavam criar um sentimento peculiar, como se ele tivesse numa das mãos segredos que não queria guardar, e na outra, uma porção essencial da vida — sua vida com Barbara, por exemplo — ficasse pouco valorizada, desperdiçada, de certa forma.

Mas Barbara tinha passado dos limites indo embora. Naquele instante, os dois estavam sozinhos em pequenos casulos separados de amargura e tentando se explicar, e era aí que as coisas pioravam, em vez de melhorar. Todo mundo sabia disso. Ela criou essa situação, não ele, e ela teria de agüentar as conseqüências, não importa quais fossem. A bebida tinha algo a ver com a situação, pensou. Com ele e com ela. Havia muita tensão no ar naquela hora e beber era uma reação natural. Ele não pensava que nenhum dos dois tivesse problema com bebida — principalmente ele. Mas decidiu, sentado no bar de madeira indiana, diante de um copo de Beefeater's, que ia parar de beber assim que pudesse.

Quando chegou ao estacionamento escuro, não conseguiu achar Barbara em nenhum lugar. Já se passara meia hora. Pensou que talvez a encontrasse no carro, zangada ou dormindo. Eram oito e meia. Estava frio e a Avenida Old Orchard estava cheia de carros.

Quando chegou em casa, todas as luzes estavam apagadas; o carro de Barbara, que ela deixara no escritório quando ele foi buscá-la, não estava na garagem. Austin entrou em casa, acendeu as luzes até chegar no quarto. Abriu a porta devagar para não acordar Barbara, caso estivesse lá, jogada sobre as cobertas, dormindo. Mas não estava. O quarto só estava iluminado pela luz do relógio digital. Viu-se sozinho na casa, sem saber onde estava sua mulher, só que ela provavelmente tinha ido embora. Com certeza, estava zangada.

A última coisa que disse foi "foda-se". Depois, saiu — algo que nunca fizera antes. Concluiu que qualquer pessoa acharia que ela o estava deixando.

Austin tomou um copo de leite na cozinha bem iluminada e pensou em depor num tribunal de justiça sobre todos aqueles momentos e fatos, como também sobre o desagradável episódio ocorrido no Hai-Nun e as últimas palavras de sua mulher. Um tribunal de divórcio. Imaginou-se sentado a uma mesa com seu advogado e Barbara em outra com o advogado dela, os dois olhando para a frente, para a tribuna do juiz. No estado em que se encontrava, Barbara não aceitaria a versão dele da história. Ela não mudaria de opinião, nem resolveria apenas esquecer tudo no meio de um tribunal depois que ele a olhasse bem nos olhos e contasse apenas a verdade. Mesmo assim, um divórcio não era uma boa solução, pensou ele.

Austin foi até a porta corrediça que dava para o quintal, a escuridão e os jardins sem cerca dos vizinhos, com as luzes suaves de suas casas e o reflexo dos armários da sua própria cozinha e dele mesmo com um copo de leite na mão, e da mesa de café e as cadeiras, tudo combinado num perfeito diorama à meia-luz.

Pensou, depois (primeiro, pensou num divórcio complicado, seguido de uma triste reconciliação após concluírem que não tinham estrutura para divórcio), que *ele estava fora*.

Quem tinha ido embora? *Ela*. *Quem* ameaçou, reclamou, falou meio bêbada, xingou e fez retiradas teatrais em plena noite? *Ela*. Quem quis ficar sozinha? *Ela*. E como conseqüência, *ele* estava livre. Livre para fazer o que quisesse, não ter de ouvir perguntas ou responder, sem desconfianças e acusações. Sem meias-verdades como explicação. Era uma revelação.

Antes, quando ele e Barbara brigaram e ele teve vontade de pegar o carro e ir para Montana ou para o Alasca trabalhar no serviço florestal — sem jamais escrever para ela, sem telefonar, embora não chegasse ao ponto de esconder sua identidade ou paradeiro — viu que nunca poderia enfrentar essa separação. Seus pés simplesmente não conseguiriam sair do lugar. E ele, sentindo-se orgulhoso do fato, não era bom de despedidas. Achava que ir embora tinha algo de traição — de trair Barbara. De trair a si mesmo. Ninguém se casa com uma pessoa para abandoná-la, disse para ela uma vez. Na verdade, não podia nem pensar seriamente em ir embora. Quanto ao serviço florestal, ele só conseguiu imaginar o primeiro dia — quando estaria cansado e esmagado pelo trabalho duro, com a cabeça vazia de preocupações. Mas depois, ficou sem saber o que viria a seguir — outro dia exaustivo como o anterior. Isso significava, entendeu ele, que não queria ir embora e que sua vida, seu amor por Barbara eram fortes demais. Ir embora era coisa para gente fraca. Lembrou-se outra vez de seus colegas de faculdade como maus exemplos, os covardes que iam embora. A maioria tinha se divorciado, tinha filhos de todas as idades espalhados pelo mapa e, amargurados, mandavam regularmente polpudos cheques para Dallas, Seattle e Atlanta, cheios de remorso. Eles tinham ido embora e agora lastimavam. Mas seu amor por Barbara valia mais. Ele tinha uma força vital poderosa demais, completa demais para poder ir embora — o que significava algo, algo que era duradouro e importante. Sentia que essa força era o tema de todos os grandes romances que já tinham sido escritos.

    Claro que lhe ocorreu a idéia de que podia ser apenas um capacho, um covarde que não tinha coragem de encarar a vida sozinho, incapaz de defender-se num mundo complexo, cheio das conseqüências de seus próprios atos. Mas isso era apenas uma forma convencional de entender a vida — uma outra visão novelesca, que ele conhecia melhor. Ele era um homem que resistia. Um homem que não precisava fazer as coisas óbvias. Ele agüentaria as conseqüências confusas dos problemas da vida. Era sua força de caráter inata, pensou ele.

Só que naquele instante, estranhamente, ele se sentia num limbo. "Aquele lugar" em que prometera ficar parecia ter subitamente se partido em pedaços, retrocedido. E isto era animador. Na verdade, sentia que, embora Barbara parecesse ter trazido o tema à baila, ele poderia ter provocado tudo, embora talvez fosse inevitável — estava destinado a acontecer com os dois, não importam as causas ou conseqüências.

Foi até o carrinho de bebidas que ficava no pequeno escritório, despejou um pouco de uísque no leite, voltou e sentou-se na cadeira da cozinha em frente à porta envidraçada. Dois cachorros correram pela grama no retângulo de luz formado pela janela. Pouco depois, mais dois cachorros apareceram — um, o *spaniel* que ele costumava ouvir latindo à noite. Depois, um cachorrinho veio cheirando a grama atrás dos outros quatro, parou, olhou para Austin, piscou e sumiu no escuro.

Austin ficou imaginando Barbara se registrando num hotel caro do centro, bebendo champanhe, pedindo à copa uma salada Cobb pelo telefone e pensando nas mesmas coisas que ele. Mas estava começando a sentir, melancolicamente, que, quando pressionado pelos acontecimentos, a conseqüência de quase tudo o que ele fizera durante muito tempo *na verdade* não lhe tinha dado qualquer prazer. Apesar das boas intenções e apesar de amar Barbara como poucas pessoas jamais amaram alguém, e sentindo que poderia ser culpado por tudo o que havia acontecido naquela noite, ele considerou que, sem sombra de dúvida, não poderia fazer nada de bom para sua mulher naquele momento. Era ruim para ela. E se sua própria débil incapacidade de atender às queixas que ela fez tão sinceramente — em parte, com razão — não era prova suficiente e de seu fracasso, então a opinião dela bastava:

— Você é um idiota — foi o que ela disse.
Austin concluiu que estava certa. *Era* um idiota. Era as outras coisas também e odiava pensar nisso. A vida não muda seu curso — mais tarde, você descobre que *tinha* mudado. Naquele momento. E lastimava isso como nunca lastimou nada. Mas não havia o que fazer. Não gostava do que não gostava e não podia fazer o que não podia fazer. O que *podia* fazer era ir embora. Voltar para Paris. Imediatamente. Naquela mesma noite, se possível, antes que Barbara voltasse para casa e os dois afundassem outra vez nos problemas da vida a dois e ele precisasse enfrentar o fato de ser um idiota. Sentia como se um finíssimo fio de alta tensão esticado entre as pontas dos pés e a nuca tivesse sido tocado vigorosamente por um dedo invisível, fazendo com que tivesse uma vibração gelada, um zunido forte que se espalhava da barriga até as pontas dos dedos.

Sentou-se ereto na cadeira. Estava indo embora. Depois ele poderia se sentir horrível, desolado e sem dinheiro, talvez até sem casa, vivendo do seguro social e muito doente de um mal causado por tristeza. Mas, naquele momento, sentia-se incandescente, vigoroso, irrequieto de tanta euforia. E aquilo não duraria para sempre, pensou ele, provavelmente nem duraria muito tempo. O mero som de uma porta de táxi batendo na rua detonaria toda aquela fragilidade e impediria que aproveitasse a oportunidade de agir.

Levantou-se, foi rapidamente até a cozinha e chamou um táxi pelo telefone, depois deixou o fone fora do gancho. Percorreu a casa, verificando se todas as portas e janelas estavam bem fechadas. Entrou no quarto do casal, acendeu a luz, pegou uma mala dupla embaixo da cama, abriu-a e começou a colocar apenas isso: de um lado, dois ternos; do outro, cuecas, camisas, mais um par de sapatos, um cinto, três gravatas listradas e seu estojo de toalete, que ainda estava arrumado. Respondendo a alguém invisível que estava no quarto, disse alto:

— Não trouxe muita coisa. Só botei algumas coisas na mala. Fechou a mala e levou-a para a sala. O passaporte estava na escrivaninha. Guardou-o no bolso da calça, pegou um casaco no armário junto à porta da frente — uma comprida capa de chuva comprada através de catálogo — e vestiu-a. Pegou sua carteira e as chaves, virou-se e ficou olhando a casa.

Estava indo embora. Dentro de alguns instantes, não estaria mais ali. Era bem provável que nunca mais passasse por aquela porta, visse aquelas salas, tivesse aquela mesma sensação. Claro, alguma coisa podia acontecer de novo, mas não tudo. E era tão fácil: num minuto você está numa vida; no minuto seguinte, está totalmente em outra. Faltava cumprir alguns detalhes.

Um bilhete. Achava que devia deixar um bilhete e foi depressa até a cozinha, pegou um bloco de papel verde da mercearia Day-Glo na gaveta e rabiscou nas costas do papel: "Querida B", só que não sabia o que mais escrever. Alguma coisa emocionada ocuparia páginas e páginas, além de ser absurdo e irrelevante. Se escrevesse alguma coisa curta, seria irônico ou sentimental e demonstraria de uma forma completamente diferente que era um idiota — ele queria que o bilhete desse exatamente a impressão contrária. Virou o papel do outro lado e viu uma lista impressa de produtos de mercearia, com espaços em branco para serem preenchidos a lápis com as quantidades desejadas.

Pain...
Lait...
Cereal...
Oeufs...
Veggies...
Hamburger...

Lard...
Fromage...
Les Autres....

Ele podia escrever em *Les Autres* (outros), pensou, "Paris", que era certamente *autres*. Mas *só* um idiota faria isso. Virou o papel para o lado em que estava escrito "Querida B". Não conseguia pensar em nada que fosse adequado. Tudo apontava para a vida a dois, mas não podia ser assim. A vida deles era deles e não podia ser representada por nada, a não ser a vida deles, não por algo rabiscado no verso de uma lista de mercearia.

O táxi buzinou na porta. Sem saber por quê, ele pegou o fone, pôs no gancho outra vez, e quase no mesmo instante, começou a tocar — toques altos, estridentes, enervantes, que encheram a cozinha amarela como se as paredes fossem de metal. Ele podia ouvir os outros telefones tocando nos outros cômodos. A casa virou subitamente um caos insuportável. Embaixo do "Querida B.", ele rabiscou, com raiva "Eu ligo. Beijos, M.", e prendeu o bilhete embaixo do telefone que tocava sem parar. Correu para a porta da frente, pegou a mala e saiu da casa vazia para a suave noite de primavera no subúrbio.

5

Nos PRIMEIROS e desanimados dias que passou em Paris, Austin não ligou para Joséphine Belliard. Havia coisas mais urgentes a fazer: conseguir, falando em telefones péssimos, uma licença do trabalho. "Problemas pessoais", disse ele ao chefe com voz fraca, na certeza de que ele acharia que Austin estava com esgotamento nervoso.

— Como vai Barbara? — perguntou Fred Carruthers, simpático, o que incomodou Austin.

— Está ótima. Ligue para ela, vai gostar de falar com você — sugeriu Austin. Depois desligou, pensando que jamais veria Fred Carruthers outra vez e não se importava nem um pouco com isso, só que sua própria voz tinha soado desesperada, o que ele não queria.

Conseguiu que seu banco em Chicago enviasse dinheiro — o suficiente, pensou ele, para passar seis meses. Dez mil dólares. Ligou para uma das duas pessoas que conhecia em Paris, um ex-integrante da Lambda Chi que era homossexual, aspirante a romancista e morava em algum ponto de Neuilly. Dave, seu velho irmão da associação estudantil, perguntou se ele tinha virado homossexual, depois caiu na gargalhada. Finalmente, Dave lembrou-se de um amigo de um amigo e, depois de duas noites mal dormidas no seu velho Hôtel de le Monastère, preocupado com dinheiro, Austin recebeu as chaves de um luxuoso apartamento de gays, cheio de metais, veludos e com enormes espelhos no teto do quarto, na Rue Bonaparte, perto do Café Deux Magots, onde dizem que Sartre gostava de ficar sentado ao sol, pensando.

Nos primeiros dias — brilhantes e suaves dias de meados de abril — Austin ficou quase o tempo todo sentindo os efeitos da diferença de fusos horários e, exausto, parecia doente e assustado no espelho do banheiro. Não queria encontrar Joséphine daquele jeito. Tinha ficado em casa apenas três dias e em uma noite louca teve uma briga feia com a mulher, correu para o aeroporto, aguardou muitas horas por um vôo, na lista de espera para Orly, e ficou numa poltrona entre duas crianças francesas. Foi uma loucura. Foi muito louco. Talvez *estivesse* mesmo tendo um esgotamento nervoso e muito fora de si para perceber. Barbara e um psiquiatra acabariam tendo que levá-lo para casa numa camisa-de-força, depois de aplicar-lhe muitos sedativos. Mas isso seria mais tarde.

— Onde você está? — perguntou Barbara com frieza, quando ele finalmente a encontrou em casa.

— Estou na Europa, vou passar um tempo aqui — disse ele.

— Que ótimo para você — concluiu ela. Austin tinha certeza de que ela não sabia o que pensar de tudo disso. Ficou satisfeito por tê-la enganado, embora também achasse que esse era um comportamento pueril.

— Carruthers talvez ligue para você — disse ele.

— Já falei com ele — replicou Barbara.

— Tenho certeza de que ele acha que sou maluco.

— Não, não acha — negou ela, sem dizer o que ele achava.

Do lado de fora do apartamento, o tráfego na Rue Bonaparte estava barulhento e ele se afastou da janela. As paredes do apartamento eram de camurça vermelha e verde-escura, com brilhantes tubos de aço em formas abstratas dependurados; o tapete era preto, assim como os sofás de veludo. Ele não tinha a menor idéia de quem era o dono do apartamento, mas concluiu naquele instante que, muito provavelmente, o dono estava morto.

— Você está pensando em pedir divórcio? — perguntou Austin.

Pela primeira vez a palavra foi pronunciada, mas era inevitável, e ele, no fundo, estava satisfeito por ser o primeiro a mencioná-la.

— Na verdade, não sei o que vou fazer — disse Barbara. — Pelo jeito, parece que não tenho mais marido.

Austin teve vontade de dizer que foi ela que saiu de casa, não ele, foi ela que provocou isso. Mas não era bem verdade e, em todo caso, dizer qualquer coisa a respeito iria iniciar uma conversa que ele não queria e que ninguém *poderia* ter àquela distância. Seriam só acusações, reclamações e raiva. Subitamente, percebeu que não tinha nada a dizer e ficou nervoso. Só queria avisar que estava vivo e não morto, e terminar a ligação.

— Você está na França, não é? — perguntou Barbara.

— Estou, por quê?

— Imaginei — disse ela, como se isso a aborrecesse. Só podia ser, certo?

— Certo — concordou ele.

— Volte para casa quando ficar cansado de quem for, seja qual for o nome dela — falou Barbara com suavidade.

— Talvez volte — disse Austin.

— Talvez eu esteja esperando. Ainda acontecem milagres, mas a partir de agora vou ficar mais atenta.

— Muito bem — e começou a dizer outra coisa, mas teve a impressão de que ela desligara. — Alô? Barbara, está me ouvindo?

— Ah, vá *pro* inferno — disse Barbara, e desligou.

DURANTE DOIS DIAS, Austin fez longas e cansativas caminhadas nas mais diversas direções, surpreendendo-se com os lugares onde chegava, depois pegava um táxi de volta para o apartamento. Seu sentido de orientação ainda parecia completamente errado, o que o deixava frustrado. Ele achava que a Place de la Concorde ficava mais longe do apartamento e em outra direção. Nem sempre conseguia lembrar de que lado estava o rio e, infeliz, andava pelas mesmas ruas e passava pelo mesmo cinema onde estava em cartaz *Cinema Paradiso*, pelas mesmas bancas de jornais e revistas várias vezes, como se estivesse andando em círculos.

Ligou para seu outro amigo, chamado Hank Bullard, que trabalhara para a Lilienthal e depois resolveu abrir uma loja de ar-condicionado em Vitry. Era casado com uma francesa e morava no subúrbio. Combinaram um almoço, mas Hank desmarcou porque tinha um trabalho a fazer — um serviço urgente fora da cidade. Hank sugeriu que combinassem um outro dia, mas não disse quando. Austin acabou almoçando sozinho num restaurante caro no Boulevard du Montparnasse, sentado diante de uma janela envidraçada, tentando ler o *Le Monde*, mas desistiu quando as palavras foram ficando cada vez mais incompreensíveis. Preferia o *Herald Tribune* para saber o que estava acontecendo no mundo, enquanto deixava seu francês melhorar aos poucos.

A cidade tinha ainda mais visitantes que na semana anterior, quando estivera lá. Estava começando a temporada turística e Paris inteira, pensou ele, mudaria e ficaria insuportável. Concluiu que franceses e americanos eram basicamente parecidos, só se diferenciavam pela língua e por um jeito suave, quase efeminado, que ele não sabia descrever. Em sua mesinha na calçada, longe da multidão de pedestres, Austin achou que aquela rua estava cheia de pessoas que sonhavam fazer o que ele estava fazendo, sair e largar tudo para trás, e ficar ali, sentar nos cafés, andar pelas ruas, provavelmente pensando em escrever um romance ou pintar aquarelas, ou apenas abrir uma loja de ar-condicionado, como Hank Bullard.

Mas isso tinha um preço. E o preço não parecia nada romântico. Parecia sem propósito, como se ele não tivesse um objetivo, pois agora não havia qualquer idéia de futuro, pelo menos como ele sempre pensou no futuro — como algo concreto que encaramos de modo confiante, mesmo se pudesse ser triste, ou trágico, ou indesejável. O futuro continuava lá, claro, ele apenas não sabia como imaginá-lo. Não sabia, por exemplo, para que exatamente estava em Paris, pois, embora pudesse repetir todos os motivos que o fizeram estar ali, naquela mesa, com aquele prato de *moules meunières*, com a sensação de muito cansaço, observando os turistas que deviam sonhar o mesmo que ele, mas, na verdade, sabiam exatamente para onde estavam indo e exatamente por que estavam lá. Provavelmente, eram pessoas sensatas, pensou Austin, com suas vidas bem estruturadas e estabelecidas em lugares distantes. Talvez ele tivesse chegado ao ponto, ou ido além dele, em que não se interessava pelo que lhe poderia acontecer — as conexões fundamentais de uma vida boa, ele sabia, ficando pequenas e sutis e, de certa forma, apenas acasos da sorte que mal se percebiam. Só você poderia destruí-las e jamais saber direito como o fez. Tudo começava a dar errado e a desandar. Sua vida poderia estar a caminho do fim, estar numa rua e desaparecer completamente e, apesar de se esforçar muito para tudo ser diferente, só era possível parar e ver o que acontecia.

Nos dois dias seguintes, não ligou para Joséphine Belliard, embora pensasse nisso o tempo todo. Ele achou que poderia dar de cara com ela quando fosse para o trabalho. O pequeno e vulgar apartamento libertino ficava a apenas quatro quadras da editora da Rue de Lille, de onde, numa vida completamente diferente, ele dera um telefonema de trabalho, respeitável e correto, há pouco mais de uma semana.

Sempre que possível, andava pelas redondezas — para comprar jornal ou comprar comida nas barraquinhas de feira da Rue de Seine, ou apenas para olhar vitrines e achar o caminho por ruazinhas estreitas de paralelepípedos. Não gostava de pensar que só estava em Paris por causa de Joséphine Belliard, por causa de uma mulher que mal conhecia, mas, mesmo assim, pensava nela sempre e fazia grandes esforços para encontrá-la "por acaso". Sentia que estava lá também por outro motivo, sutil e insistente, embora menos definido, que não conseguia expressar para si mesmo, mas sentia que se expressava pelo simples fato de ele estar ali, e sentindo-se da maneira como se sentia.

Não viu Joséphine Belliard nem uma vez na Rue de Lille, nem andando pelo Boulevard St.-Germain a caminho do trabalho, nem passando pelo Café de Flore ou pela Brasserie Lipp, onde almoçara com ela apenas uma semana antes, e onde o linguado estava cheio de areia, mas ele não disse.

Na maior parte do tempo, em suas andanças pelas ruas estranhas, pensou em Barbara — não com sentimento de culpa ou de perda, mas normalmente, comumente, involuntariamente. Percebeu que estava vendo as lojas por ela, viu uma blusa, um lenço, um berloque antigo, um brinco de esmeraldas que podia comprar e levar para casa. Percebeu que estava pensando nas coisas que contaria para ela — por exemplo, que a Sorbonne tinha esse nome por causa de uma pessoa chamada Sorbon, ou que a energia nuclear abastecia setenta por cento da França, manchete que decifrou na capa do *L'Express* e que ficou atazanando sua cabeça como um elétron, sem outra polaridade senão Barbara, que era uma defensora do poder nuclear. Ele admitiu que ela ocupava o lugar da conseqüência final — o destino de praticamente tudo com que ele se importava, percebia ou em que pensava. Mas naquele instante — ou pelo menos naquela hora — a situação estava ficando diferente, pois estar em Paris esperando uma oportunidade para ver Joséphine não tinha qualquer propósito, era algo que começava e terminava nele mesmo. Mas era assim que queria. E era a explicação que ele não conseguiu encontrar nos últimos dias: queria as coisas, quaisquer que fossem, para ele e mais ninguém.

No terceiro dia, às quatro da tarde, telefonou para Joséphine Belliard. Ligou para a casa e não para o escritório, pensando que não devia estar em casa e ele poderia deixar um recado curto na secretária, provavelmente incompreensível, depois não ligar por mais alguns dias, como se também estivesse muito ocupado. Mas o telefone chamou duas vezes e ela atendeu.

— Olá — cumprimentou Austin, surpreso com a rapidez com que Joséphine atendeu e por estar a pouca distância dele, parecendo a mesma. Isso o fez ficar meio inseguro. — É Martin Austin — disse, com voz fraca.

Ouviu uma criança gritar ao fundo, antes de Joséphine conseguir dizer alô.

— *Nooooon!* — gritou a criança outra vez, certamente devia ser Léo.

— Onde você está? — perguntou ela, ansiosa. Ouviu alguma coisa sendo quebrada no lugar onde ela estava. — Está em Chicago?

— Não, em Paris — disse Austin, tentando se controlar e falando com calma.

— Paris? — surpreendeu-se Joséphine. O que está fazendo *aqui*? — Veio a negócios, outra vez?

Isto era, de certa forma, uma pergunta desconcertante.

— Não, não estou a negócios. Estou aqui, tenho um apartamento — explicou ele com a mesma voz débil.

— *Tu as un appartement!* — disse Joséphine, mais surpresa ainda. — Para quê? Por quê? Sua mulher veio com você?

— Não — respondeu Austin. Estou sozinho, pretendo ficar algum tempo.

— *Ooo-laaa* — disse Joséphine. Teve uma briga com sua mulher? Foi isso?

— Não — mentiu Austin. — Não brigamos, eu resolvi ficar um tempo fora. Isso acontece muito, não?

Léo gritou outra vez com raiva: "*Ma-man!*", e Joséphine falou calmamente com ele:

— *Doucement, doucement.* Calma, calma. *J'arrive.* Eu já vou. *Une minute, une minute.* Um instante.

Um instante parecia não ser muito tempo, mas Austin não queria ficar muito no telefone. Joséphine parecia muito mais francesa do que ele se lembrava. Em sua memória, era quase americana, só que com sotaque francês.

— Muito bem, então — disse ela, meio afobada. — Você está aqui, em Paris?

— Quero me encontrar com você — disse Austin. Era o momento que ele estava esperando — mais ainda do que o momento em que finalmente a encontraria. Era o momento em que ele se mostraria presente. Desimpedido. Disponível. Disposto. Isso tinha muita importância. Ele até tirou a aliança do dedo esquerdo e a deixou na mesa ao lado do telefone.

— Está aqui? — perguntou Joséphine. — O que... — Ela parou, depois prosseguiu. — O que você quer comigo? Quando? O quê? — Estava impaciente.

— Qualquer coisa, a qualquer hora — disse Austin, e de repente sentiu-se melhor do que nos últimos dias. — Esta noite, ou agora, daqui a vinte minutos.

— Daqui a vinte minutos! Puxa, não dá! — exclamou ela e riu, mas de uma forma interessada e satisfeita — ele tinha certeza. — Não, não, não — disse ela. — Tenho de ir ao advogado daqui a uma hora. Preciso achar meu vizinho para ficar com Léo. Agora é impossível. Estou me divorciando. Você já sabe disso, é muito complicado. Sempre.

— Eu fico com Léo — afirmou Austin abruptamente.

Joséphine riu.

— Você vai ficar com ele! Não tem filhos, tem? Foi o que você disse. — Ela riu outra vez.

— Não estou me oferecendo para adotá-lo — disse Austin.

— Mas fico com ele durante uma hora. Depois seu vizinho chega e levo você para jantar. O que acha?

— Ele não gosta de você, só gosta do pai. Não gosta nem de mim — disse Joséphine.

— Vou ensinar um pouco de inglês para ele — disse Austin.

— Vou ensinar a falar Chicago Cubs. — Ele começou a se sentir desanimado. — Vamos ficar muito amigos.

— O que é Chicago Cubs? — perguntou Joséphine.

— Um time de beisebol. — E, por um instante, sentiu-se abatido. Não porque quisesse estar em casa, ou que Barbara estivesse em Paris, ou que qualquer outra coisa fosse diferente. Tudo estava de acordo com o que ele esperava. Só não queria ter citado os Cubs. Isto era algo muito íntimo, pensou ele. Era a coisa errada para dizer. Um erro.

— Então, está bem — concluiu Joséphine, como se estivesse tratando de negócios. — Você vem aqui, certo? Vou ao escritório dos advogados assinar meus papéis. Depois pode ser que jantemos, certo?

— Isso mesmo. — confirmou Austin, mais animado. — Vou já, saio daqui a cinco minutos. — Na parede forrada de camurça, uma pequena luminária de metal destacava um grande quadro a óleo de dois homens nus, enlaçados num beijo ardente. Nenhum dos rostos aparecia e os corpos eram de halterofilistas, com os genitais escondidos na pose enroscada. Estavam sentados numa pedra, pintada com muito realismo. Era como Laocoön, pensou Austin, só que desvirtuado. Ficou imaginando se um dos homens seria o dono do apartamento, ou talvez o dono fosse o pintor ou seu amante. Pensou se algum deles estava vivo aquela tarde. Detestava o quadro e resolveu tirá-lo da parede antes de levar Joséphine para lá. Era o que pretendia fazer — trazê-la naquela noite, se possível, e ficar com ela até de manhã, quando poderiam andar até o Deux Magots, sentar-se sob o sol frio e tomar café. Como Sartre.

— Martin? — chamou Joséphine. Ele ia desligar e tirar o quadro piegas de Laocoön. Quase se esquecera de que estava falando com ela.

— O quê? Estou aqui — respondeu Austin. Embora fosse engraçado se ele deixasse o quadro ali, pensou. Podia servir para quebrar o gelo, algo para achar graça, como os espelhos no teto, antes que as coisas ficassem mais sérias.

— Martin, o que você está fazendo aqui? Você está bem? — estranhou Joséphine.

— Estou aqui para vê-la, querida — respondeu Austin. — Por que seria? Eu disse que me encontraria logo com você e estava falando sério. Acho que sou um homem de palavra.

— Mas é um homem muito bobo — disse Joséphine e riu, não tanto quanto antes. — Mas o que posso fazer? — perguntou-se.

— Não pode fazer nada. Apenas encontrar-se comigo esta noite. Depois disso, você nunca mais terá de me encontrar — garantiu Austin.

— Está bem. Este é um bom trato. Agora, venha para cá. *Ciao*.

— *Ciao* — despediu-se Austin, sem saber direito o que aquela palavra queria dizer.

6

PERTO DO ODÉON, ao subir a rua estreita que terminava no Palais du Luxembourg, Austin percebeu que estava indo para o apartamento de Joséphine sem levar nada — o que era um erro evidente. Um buquê de flores variadas seria uma boa idéia — ou um brinquedo, um presentinho que incentivasse Léo a gostar dele. Léo tinha quatro anos, era difícil e mimado. Tinha a pele muito branca, os cabelos pretos e ralos, os olhos penetrantes, e quando chorava — o que era freqüente — chorava alto e tinha o hábito de abrir a boca e continuar assim para que o som saísse melhor, o que ressaltava o jeito simiesco de seu rosto, que às vezes lembrava o de Joséphine. Austin tinha assistido a documentários na tevê que mostravam macacos fazendo exatamente a mesma coisa, empoleirados em árvores — sempre parecia que estava escurecendo e mais uma noite longa e imponderável se aproximava. Talvez a vida de Léo fosse parecida.

— É porque me separei do pai dele — disse Joséphine casualmente, na única vez em que Austin esteve no apartamento, quando ouviram jazz e ele ficou sentado, admirando o entardecer dourado nos frisos dos prédios. — É muito difícil para ele, é uma criança, mas... — explicou, encolhendo os ombros, e começou a pensar em outra coisa.

Austin não tinha visto nenhuma loja de flores, então atravessou a Rue Regnard e foi a uma lojinha elegante que tinha brinquedos de madeira na vitrine: caminhões de desenho esmerado, animais de madeira coloridos — patos, coelhos e porcos com todos os detalhes, tinha até um camponês francês de lenço vermelho no pescoço e boné preto. Uma casa de fazenda completa em madeira, com telhado, pequenas janelas e portas holandesas, que custava uma fortuna — bem mais do que ele pretendia gastar. As crianças são ótimas, mas ele nunca quis ter filhos, nem Barbara. Foi o primeiro ponto importante que combinaram quando estavam na faculdade, nos anos 60 — e o primeiro motivo que encontraram para pensar que tinham sido feitos um para o outro. Fazia muitos anos, pensou Austin — vinte e dois. Tudo era passado, distante.

Mas a pequena loja parecia ter muitas coisinhas lindas, por um preço que Austin podia pagar — um relógio de madeira cujos ponteiros se moviam, réplicas em madeira da Torre Eiffel e do Arco do Triunfo. Tinha também um negrinho segurando uma melancia vermelha e verde, e sorrindo com os dentes pintados de branco. Isto fez com que Austin se lembrasse de Léo — exceto pelo sorriso — e ele quis comprá-lo como uma peça de folclore americano e levá-lo para Barbara.

Dentro da loja, a vendedora parecia achar que ele, naturalmente, ia querer o negrinho e foi tirá-lo da vitrine. Mas também havia uma cestinha de vime cheia de ovos pintados, cada um por vinte francos, e Austin pegou um, laqueado de verde-escuro e dourado, e outro feito de madeira de balsa que parecia oco. Tinham sobrado da Páscoa, pensou Austin, e talvez custassem menos. Não havia motivo para Léo gostar de um ovo de madeira verde, é claro. Mas *ele* gostava e Joséphine também ia gostar. E quando a criança se distraísse com outra coisa, Joséphine podia pegar o ovo e colocá-lo em sua mesa-de-cabeceira ou na mesa do escritório, e pensar em quem o comprara.

Austin pagou a vendedora pelo ovinho artesanal e encaminhou-se para a porta — ia chegar atrasado por ter-se perdido. Mas, quando estava chegando à porta envidraçada, o marido de Joséphine entrou, acompanhado de uma loura alta, bonita e muito animada, de pele bronzeada e pernas finas e brilhantes. Usava um vestido curto prateado, que comprimia seus quadris em uma espécie de tecido elástico, e ela parecia rica, pensou Austin, surpreso. O marido de Joséphine — baixo e gorducho, com seu bigode espesso e escuro como o de um armênio, e sua pele macia — era pelo menos um palmo mais baixo que a mulher e vestia um terno preto mal talhado, que devia ter custado muito mais do que valia. Falavam uma língua que parecia alemão, e Bernard — o marido que escreveu o romance lascivo sobre Joséphine, que lhe dava pouco dinheiro e pouca de sua preciosa atenção ao filho, e de quem Joséphine ia exatamente naquela tarde obter o divórcio — Bernard tinha a visível intenção de comprar um presente na loja.

Olhou rapidamente para Austin com desaprovação. Seus olhos pequenos e quase pretos piscaram como se o tivessem reconhecido. Só que não podia ser. Bernard não sabia nada sobre ele e, na verdade, não havia nada para saber. Bernard certamente jamais o vira. Devia ser o jeito que tinha de olhar qualquer pessoa, como se já a conhecesse e não gostasse muito. Por que, pensou Austin, aquela seria uma qualidade atraente num homem? Desconfiança. Desdém. Um tipo fanfarrão. Por que casar com um idiota daqueles?

Austin tinha parado na porta da loja e ficou olhando para a vitrine de dentro, observando as miniaturas da Torre Eiffel e do Arco do Triunfo. Viu que integravam um conjunto completo de réplicas de madeira, para a criança brincar e arrumar como quisesse. Uma Notre Dame, um Louvre, um Obelisco, um Centre Pompidou, tudo de madeira, até um pequeno Odéon de madeira, como aquele que estava a poucos passos dali. O conjunto completo era caríssimo

— quase três mil francos — mas também era possível comprar as peças separadamente. Austin pensou em levar alguma coisa além do ovo — dar o ovo para Joséphine e o prédio em miniatura para Léo. Ficou olhando a cidadezinha de madeira por trás da qual, do outro lado da vitrine, estava a cidade de verdade, de metal e pedra.
Bernard e sua amiga loura estavam rindo do negrinho com a melancia vermelha e verde. A vendedora tirou-o da vitrine e Bernard ficou segurando o brinquedo, rindo sem parar. Disse duas ou três vezes *"uma negrrrinho"*, depois, *"voilà, voilà"*, a mulher falou alguma coisa em alemão e os dois riram muito. Até a vendedora riu.
Austin apalpou o ovo verde, que fazia um calombo em sua perna. Pensou em entrar e comprar a maldita Paris de madeira e dizer a Bernard em inglês: — Comprei para *seu* filho, ouviu, seu filho da puta — e mostrar os punhos para ele. Mas essa era uma má idéia e ele não estava disposto a brigar. Claro que havia uma possibilidade remota de aquele homem não ter nada a ver com Bernard, apenas ser parecido com a foto do quarto de Léo, e Austin seria um idiota completo se fosse ameaçá-lo.
Pôs a mão no bolso, sentiu a forma do ovo e ficou pensando se aquele seria um presente adequado. A alemã virou-se e olhou para ele, tendo nos lábios ainda o sorriso da gargalhada. Olhou Austin, depois para o bolso onde ele guardara o ovinho. Ela se inclinou e disse alguma coisa em francês para Bernard, que se virou e olhou para Austin do outro lado da loja, apertando os olhos numa espécie de advertência desdenhosa. Austin empinou um pouco o queixo e deu as costas para eles. Os dois comentaram mais alguma coisa e riram. A proprietária da loja olhou para Austin e sorriu, simpática. Austin desistiu de comprar a cidade de madeira, abriu a porta envidraçada e saiu para a calçada, onde estava frio e ele podia ver a pequena subida para o jardim.

7

A QUADRA ONDE FICAVA o apartamento de Joséphine era como as outras, numa rua de prédios antigos e iguais com fachadas modernistas de frente para o Jardin du Luxembourg. No saguão estreito e escuro havia um elegante elevador antigo de portas de grade estilo art-déco. Mas como Joséphine morava no terceiro andar, Austin subiu pela escada, dois degraus de cada vez, com o ovinho verde batendo contra sua perna a cada passada.

Quando tocou a campainha do apartamento, Joséphine imediatamente abriu a porta e passou-lhe os braços em volta do pescoço. Abraçou-o, depois segurou seu rosto e beijou-o com força na boca. O pequeno Léo, que corria de um lado para outro carregando um tambor de madeira, parou de repente no meio da sala e ficou olhando, chocado porque sua mãe estava beijando um homem que ele não lembrava de ter visto antes.

— Muito bem, agora preciso ir — disse Joséphine, soltando o rosto dele e correndo para a janela aberta que dava para a rua e o jardim. Estava passando sombra nos olhos, usando um espelhinho e a luz que vinha de fora.

Joséphine estava com uma blusa branca simples e uma calça larga, estranha, com estampas de animais circenses em cores berrantes. Calça esquisita, pensou Austin, não caía bem e fazia com que a barriga dela formasse um bolo abaixo da cintura. Joséphine parecia um pouco gorda e desleixada. Ela virou-se e sorriu para ele enquanto pintava o rosto.

— Como está você? — perguntou.

— Ótimo — respondeu Austin. Ele sorriu para Léo, que não parava de examiná-lo, segurando a baqueta do tambor como um pequeno índio de porta de charutaria. O menino usava calças curtas e uma camiseta branca onde estava escrito BIG-TIME AMERICAN LUXURY sobre um enorme Cadillac conversível vermelho que parecia saltar do peito dele.

Léo disse alguma coisa bem rápido em francês, olhou para a mãe e depois para Austin, que estava parado na entrada da sala desde que fora abraçado e beijado.

— *Non, non,* Léo — disse Joséphine, e riu meio constrangida.

— Ele está perguntando se você é meu novo marido. Acha que agora preciso de um marido. Está muito confuso. — Ela continuou passando sombra nos olhos e parecia bonita à luz da janela. Austin teve vontade de ir até ela e dar-lhe um beijo com muito mais ardor. Mas o menino continuava olhando, segurando o tambor e fazendo Austin se sentir estranho e indeciso, que não era como ele deveria se sentir. Ele achou que se sentiria livre e completamente à vontade com tudo.

Pegou o ovo de madeira no bolso, pôs na palma da mão e ajoelhou-se na frente do menininho, com as duas mãos fechadas.

— *J'ai un cadeau pour toi* — anunciou. Tinha ensaiado essas palavras e ficou pensando que efeito fariam. — Tenho um presente para você — repetiu, para se satisfazer. — *Choisez la main* — Escolha uma das mãos. Austin tentou sorrir, balançando a mão certa, a direita, para chamar a atenção do menino. — *Choisez la main.* Léo — repetiu sorrindo, dessa vez meio sem jeito. — Austin olhou para Joséphine buscando apoio, mas ela ainda estava se olhando no espelho. Disse alguma coisa muito ríspida para Léo, que virou sua testinha escura para as duas mãos à sua frente. Sem jeito, apontou a baqueta do tambor para a mão direita de Austin, a que ele tinha balançado. Lentamente, Austin abriu os dedos para mostrar o ovinho verde-escuro com desenhos dourados e flocos de neve vermelhos. Um pouco da tinta verde tinha grudado em sua mão, o que ele estranhou.

— *Voilà* — disse Austin. — *C'est un joli oeuf!* Um lindo ovo!

Léo olhou atentamente para o ovo na mão de Austin, depois para ele com uma expressão de dúvida, os lábios apertados como se estivesse preocupado com alguma coisa. Com um gesto tímido, esticou a baqueta de madeira do seu tambor e tocou o ovo com a ponta arredondada. Austin percebeu que Léo tinha três grandes verrugas nos dedinhos e no mesmo instante sentiu uma fria rejeição por sua infância, fazendo com que o menino, por um momento, parecesse frágil e meigo. Mas depois, com espantosa rapidez, Léo levantou a baqueta e bateu com força no ovo — que continuava na palma de Austin — parecendo querer quebrá-lo, espalhar seu conteúdo e, provavelmente, bater nos dedos de Austin.

Mas o ovo não quebrou, embora seu esmalte verde ficasse lascado, assustando Austin. O rosto pálido do pequeno Léo mostrou uma expressão de raiva contida. Ele deu mais dois golpes rápidos e o segundo atingiu em cheio o dedo de Austin, deixando-o dormente. Então, Léo virou-se e fugiu da sala para o corredor, passou por uma porta e a fechou com força.

Austin olhou para Joséphine, que estava terminando de se maquilar na janela.

— Ele está muito confuso, já te disse — explicou ela, balançando a cabeça.

— Não deu resultado — disse Austin, apertando seu polegar machucado como se não quisesse falar nisso.

— Não é nada — disse ela, indo até o sofá e guardando o estojo de pó na bolsa. — Ele está sempre zangado. Às vezes bate em *mim*, não se preocupe. Você foi um amor trazendo um presente para ele.

Mas naquele instante, Austin queria beijar Joséphine, e não falar em Léo. Agora que estavam a sós, queria beijá-la de um jeito que mostrasse que estava ali, e que isso não era apenas uma coincidência, que ele não tinha parado de pensar nela, queria também estar em seu pensamento e que tudo aquilo que começara na semana anterior com discrição, de uma forma contida, estava crescendo a um nível que deveria ser levado mais a sério. Ela agora podia amá-lo. Ele também podia amá-la. Muita coisa era possível, coisas que apenas alguns dias atrás nem poderiam ser imaginadas.

Aproximou-se de onde ela estava, guardando o ovo no bolso com o dedo machucado latejando de dor. Ela estava inclinada no sofá com suas ridículas calças com desenhos de bichos e ele a agarrou com força pela cintura — cobrindo a cara da girafa amarela e do rinoceronte cinza com as mãos — e a puxou, tentando fazer com que se virasse para ele poder dar o beijo que queria, marcando assim sua entrada triunfal em cena. Mas ela pulou como se tivesse se assustado, e gritou: — Pare, o que é isso? — no exato instante em que ele estava segurando seu rosto de frente. Tinha um batom na mão e parecia irritada por estar tão perto dele. Tinha um cheiro doce, surpreendentemente doce. Como uma flor, pensou ele.

— Existe alguma coisa importante entre nós, eu acho — disse Austin de frente para o rosto irritado de Joséphine. — Suficientemente importante para me fazer atravessar o oceano e deixar minha mulher e enfrentar a possibilidade de ficar sozinho aqui.

— O quê? — perguntou ela. Contorceu a boca e, sem chegar a empurrá-lo, deu um jeito para se afastar de Austin, que continuava segurando-a pela cintura, apertando caras de bichos. Sem querer, tinha deixado um pouco da sombra para olhos grudar na pálpebra, formando uma crosta escura.

— Não devia se sentir pressionada — recomendou ele, sério.
— Eu só quero me encontrar com você. Nada mais. E talvez ficar um pouco a sós com você. Quem sabe o que poderá acontecer?
— Acho que você está muito cansado. — Ela fez força para se afastar. — Talvez possa dormir enquanto eu saio.
— Não estou cansado, estou ótimo. Não há nada me preocupando, estou novo em folha.
— Que bom — disse ela sorrindo, mas se desvencilhou exatamente na hora em que ele ia dar o beijo importante. Joséphine rapidamente o beijou primeiro, o mesmo beijo frio e desinteressado de cinco minutos antes e que o deixara insatisfeito.
— Quero beijar você do jeito certo, não assim — reclamou Austin. Ele a puxou com força, segurando-a pela cintura fina e colocando a boca sobre a dela. Beijou-a com a maior ternura possível, ela relutando e resistindo, com a boca preparada para falar e não para beijar. Austin ficou beijando durante um bom tempo, de olhos fechados, a respiração saindo pelo nariz, tentando fazer com que sua ternura provocasse nela uma reação igual. Mas se havia ternura, era de um tipo diferente — parecia mais uma concessão. E depois que apertou os lábios dela por nada menos que seis ou oito segundos, até respirar a respiração dela e ela diminuir a resistência, afastou-se e olhou-a — uma mulher que ele achava que podia amar. Segurou seu queixo entre o polegar e o indicador e disse:
— Era tudo o que eu queria. Não foi ruim, foi?
Ela balançou a cabeça, negando de um jeito evasivo, e suavemente, quase submissa, disse: — Não. — Olhava para baixo, e ele a achou insegura, mas como se esperasse alguma coisa. Decidiu que devia deixá-la sair, era a melhor coisa a fazer. Ele a obrigara a beijá-lo. Ela havia cedido. Agora ela devia ficar livre para fazer o que quisesse.

Joséphine rapidamente pegou a bolsa no sofá; Austin foi até a janela e observou as grandes castanheiras do Jardin du Luxembourg. O ar estava frio e leve, e o fim de tarde trazia uma luz suave. Ele ouviu música, um violão tocando em algum lugar e alguém cantando ao longe. Viu um homem praticando cooper atravessando o portão do jardim e ficou imaginando o que alguém pensaria ao vê-lo na janela — alguém, no belo jardim, que olhasse para cima e visse um homem num apartamento. Será que era evidente que ele era americano? Ou poderia ser um francês? Parecia rico? Seu olhar de satisfação era visível? Ele achou, quase com certeza, que era.

— Agora preciso ir ao advogado — avisou Joséphine por trás dele.

— Ótimo, vá e volte depressa. Eu cuido do pequeno Gene Krupa. Depois, teremos um ótimo jantar.

Joséphine estava enfiando um maço de documentos numa pasta de plástico. — Pode ser — disse ela com um jeito distraído.

Por alguma razão, Austin começou a se imaginar falando com Hank Bullard sobre a loja de ar-condicionado. Estavam num café, numa rua ensolarada. Hank disse coisas boas, positivas a respeito de uma possível sociedade.

Joséphine foi rapidamente até o corredor, com seus sapatos baixos batendo no piso. Abriu a porta do quarto de Léo e disse alguma coisa de modo carinhoso, sem pronunciar o nome de Austin. Depois, entrou no banheiro sem se preocupar em fechar a porta. Da janela onde estava, Austin não conseguia ver o corredor, mas ouviu-a urinando. O pequeno fio de água batendo em mais água. Barbara sempre fechava a porta do banheiro e ele também — era um som de que ele não gostava e procurava não ouvir, um som tão vagaroso, tão concreto, que ameaçava tirar um pouco de sua emoção. Naquele instante, lamentou ouvir e lamentou que Joséphine não se desse o trabalho de fechar a porta.

Mas num instante ela saiu e surgiu no corredor, pegou a pasta enquanto a água corria pelo esgoto. Lançou um olhar fugidio a Austin do outro lado da sala, como se estivesse surpresa por ele estar ali e não saber direito por quê. Ele sentiu que era o olhar que se dá a um funcionário subalterno que acabou de dizer alguma coisa inexplicável.

— Então vou indo — disse ela.
— Fico aqui — disse Austin, olhando para ela e sentindo-se subitamente indefeso. Volte logo, sim?
— Sim, claro. Vou correndo, vejo você na volta — disse ela.
— Muito bem — disse Austin.

Ela saiu e desceu correndo os degraus até a rua.

DURANTE ALGUM TEMPO, Austin ficou andando pelo apartamento, olhando as coisas — coisas de que Joséphine Belliard gostava ou valorizava, ou tinha guardado quando o marido sumiu. Havia uma parede coberta de livros de um lado da pequena alcova que ela modificara, colocando biombos de falso papel de arroz chinês. Os livros eram brochuras francesas, a maior parte sobre sociologia, embora outros parecessem ser em alemão. Sua cama simples era coberta com uma colcha branca de babados, com grandes e fofos travesseiros brancos — não tinha cabeceira, só uma armação bem simples, elegante. Uma cópia do livro daquele que em breve seria seu ex-marido estava na mesa-de-cabeceira, com várias páginas arrancadas. Ele pegou uma e leu uma frase em que uma personagem chamada Solange estava praticando sexo oral com alguém chamado Albert. Austin entendeu as palavras *fellation* e *lugubre*. Enquanto fazia sexo, Albert falava em consertar o carro. *Un Amour Secret* era o título sem graça do livro. O rosto carrancudo e arrogante de Bernard não estava à vista.

Ficou imaginando o que Bernard sabia que ele não sabia. Muita coisa, claro, mesmo que o livro contivesse só a metade da verdade. Mas o desconhecido era interessante; tinha de ser encarado de algum jeito, pensou ele. E a idéia de sexo oral com Joséphine — nada, até aquele instante, que ele tivesse sequer pensado em fazer — o excitou e começou a perceber que havia algo muito erótico em ficar examinando suas coisas e seu quarto simples, um lugar e uma cama que ele podia facilmente se imaginar ocupando em breve. Antes de sair, colocou o ovo verde esmaltado na mesa-de-cabeceira dela, ao lado da cópia do livro sujo do marido. Faria um contraste, pensou ele, era um lembrete de que ela podia fazer escolhas na vida.

Olhou para o jardim pela janela do quarto. Era a mesma vista que tinha da sala — o jardim tranqüilo e formal com grandes castanheiras e gramados verdes aparados com topiarias, arbustos e alamedas de cascalho se cruzando; a antiga École Supérieure des Mines aparecia à distância e o Palácio de Luxembourg, à esquerda. Alguns *hippies* estavam sentados de pernas cruzadas formando um pequeno círculo num dos gramados, fumando um baseado. Não havia mais ninguém à vista, apesar da luz fria, suave, agradável, e dos pássaros cantando. Um relógio tocou em algum lugar. O som do violão cessou.

Seria agradável dar uma volta por lá com Joséphine, Austin pensou, respirar o ar suave das castanheiras e observar. A vida ali era bem diferente. Aquele apartamento era muito diferente da casa dele em Oak Grove. *Ele* se sentia diferente. A vida parecia ter melhorado bastante num curto espaço de tempo. Tudo o que foi preciso, pensou, foi a coragem de assumir o controle das coisas e aceitar as conseqüências.

Ele achou que Léo estava dormindo e que poderia deixá-lo assim. Mas uns vinte minutos depois, quando folheava a *Vogue* francesa, ouviu uma porta se abrindo e logo depois Léo surgiu no canto da sala, parecendo confuso e zonzo na sua camiseta BIG-TIME AMERICAN LUXURY com o grande Cadillac vermelho. Ele continuava com seus sapatinhos.

Léo esfregou os olhos e parecia triste. Provavelmente, Joséphine dera a ele algo para dormir — o tipo de coisa que não se faria nos Estados Unidos. Mas na França, pensou ele, os adultos tratavam as crianças de um jeito diferente. Mais inteligente.

— Bon soir — cumprimentou Austin com uma voz meio irônica e sorriu, deixando a Vogue de lado.

Léo olhou-o com raiva, ainda desconfiado de ouvir uma pessoa que não era nada francesa falando francês. Procurou a mãe pela sala e Austin pensou em mostrar de novo o pouco apreciado ovo esmaltado, mas desistiu. Olhou para o relógio na estante: precisava dar um jeito de ocupar os quarenta e cinco minutos que faltavam para Joséphine voltar. Mas como? Como poderia fazer o tempo passar de forma que deixasse Léo feliz e que também impressionasse a mãe dele? A idéia de falar nos Cubs não ia funcionar — Léo era muito jovem. Austin não sabia fazer jogos ou brincadeiras. Não entendia nada de crianças e, na verdade, lamentava que o menino estivesse acordado, lamentava o fato de estar ali.

Mas pensou no jardim — o Jardin du Luxembourg — logo ali, do outro lado da janela. Uma caminhada poderia ser uma boa solução. Ele não sabia conversar com a criança, mas podia olhá-la enquanto ele se distraía.

— Voulez-vous aller au parc? — perguntou Austin, dando um largo e sincero sorriso. — Maintenant? Peut-être? Le parc? Oui? — Apontou para a janela aberta e a tarde fria e sem vento, com as andorinhas voando em bandos.

Léo, ainda sonolento, olhou sério para Austin e depois para o jardim. Segurou com força a frente do short — sinal que Austin compreendeu — e não respondeu.

— O que acha? Vamos ao parque — convidou Austin, animado. Quase deu um pulo. Léo podia entender muito bem. *Parc*. Parque.

— *Parc?* — perguntou Léo, e apertou ainda mais seu pintinho.

— *Maman?* — Ele parecia quase fora de si.

— *Maman est dans le parc* — disse Austin, pensando que do parque eles certamente veriam quando Joséphine voltasse do advogado e isso não chegaria a ser uma mentira completa — ou, se fosse, Joséphine acabaria chegando e assumindo o controle das coisas antes que houvesse algum problema. Era até possível, pensou, que ele nunca mais visse o menino depois daquele dia, que Joséphine voltasse e nunca mais quisesse encontrar-se com ele. Um pensamento mais lúgubre surgiu em sua cabeça: Joséphine jamais voltar, resolvendo simplesmente sumir em algum ponto do caminho até o advogado. Essas coisas aconteciam. Bebês eram freqüentemente abandonados em Chicago, sem que ninguém soubesse o que tinha acontecido com os pais. Ele não conhecia ninguém que ela conhecesse. Não conhecia ninguém para entrar em contato. Foi um pensamento horrível.

Em cinco minutos, Léo entrou no banheiro e saiu. Por sorte, Léo manteve sua privacidade e Austin ficou do lado de fora da porta, olhando a foto de Bernard, o rosto gordo, na parede do quarto do menino. Achou estranho que Joséphine deixasse a foto ali. Reprimiu a vontade de dizer a ela para devolver a foto e afastar Bernard de vez, embora mais tarde se sentisse mal por tramar contra um homem que não conhecia.

Quando saíam do apartamento, Austin percebeu que não tinha a chave da portaria nem do apartamento, e que quando a porta se fechasse, ele e Léo ficariam entregues à própria sorte — um homem americano que falava pouco francês e um menino francês de quatro anos que ele não conhecia, num país, numa cidade, num jardim onde era um completo estranho. Ninguém acharia aquilo uma boa idéia. Joséphine não pediu para ele levar Léo ao jardim — foi idéia dele, e era arriscada. Mas tudo parecia arriscado naquele momento e ele só precisava tomar cuidado.

Andaram pela Rue Férou e viraram a esquina, depois passaram por uma rua larga até um portão lateral do Luxembourg. Léo não falou nada, mas quis segurar a mão de Austin e mostrar o caminho, como se estivesse levando Austin ao jardim porque não sabia o que fazer com ele.

Depois que passaram pelo portão dourado, pelas alamedas de cascalho claro que formavam labirintos, por árvores e canteiros onde os narcisos estavam quase florindo, Léo saiu correndo na direção de um grande lago de concreto onde patos e cisnes nadavam e um grupo de meninos brincava com miniaturas de barcos. Austin olhou para trás, para ver qual era o prédio de Joséphine e de que janela ele estivera olhando aquele mesmo jardim. Mas não conseguiu identificar a janela, não tinha nem certeza se de lá podia ver esta parte do jardim. Só tinha certeza de que não havia lago, e ali muita gente andava sob a fria luz vespertina — namorados e casais, pelo jeito, dando uma caminhada antes de irem para casa jantar. Provavelmente, o parque fora projetado, ele supôs, para que novas partes sempre parecessem familiares e vice-versa.

Austin foi até a borda de concreto do lago e sentou-se num banco a poucos metros de Léo, que ficou olhando, encantado, os meninos maiores manejarem seus barcos com varetas compridas e finas. Não ventava e só se ouvia a voz suave dos meninos no ar, onde as andorinhas ainda estavam voando. Os barquinhos flutuavam mansamente com cascas de amendoim e grãos de pipoca. Alguns patos e cisnes deslizavam ao longe, olhando os barcos e esperando que os meninos fossem embora.

Austin ouviu o som de bolas de tênis por perto, mas não sabia onde. Uma quadra de saibro, com certeza. Gostaria de sentar e ver os tenistas jogando, em vez de meninos com barcos. Ouviu mulheres rindo e falando francês e rindo outra vez, depois uma bola de tênis foi atirada de novo. Havia uma densa parede que parecia ser de rododendros depois de um gramado bem aparado; por trás, pensou ele, deviam estar as quadras de tênis.

Do lado oposto do lago, sentado no muro de concreto, um homem de terno cinza estava sendo fotografado por outro. A máquina fotográfica era cara e o homem se movia buscando novos ângulos através do visor.

— *Su-perbe* — ouviu o fotógrafo dizer. — *Très, très bon.* Não se mexa, não se mexa.

Devia ser alguém conhecido, pensou Austin, um ator ou algum escritor famoso — uma celebridade. O homem parecia à vontade, como se nem soubesse que estava sendo fotografado.

De repente, Léo virou-se e olhou para Austin como se quisesse dizer algo muito importante e interessante sobre os barquinhos. Seu rosto estava agitado. Mas quando viu Austin sentado, a lembrança de quem era ele anuviou seu rostinho pálido e Léo, de repente, pareceu atormentado e contido. Calado, virou-se e foi para mais perto da água, como se pretendesse entrar nela.

Era apenas uma criança, pensou Austin calmamente, uma criança com pais divorciados, não um pequeno ogro ou um tirano. Podia ser conquistado com tempo e paciência. Qualquer pessoa podia. Pensou em seu próprio pai, um homem alto, paciente e bondoso que trabalhava numa loja de artigos esportivos em Peoria. Ele e a mãe de Austin tinham comemorado bodas de ouro dois anos antes, um grande evento realizado sob uma tenda no parque da cidade; o irmão de Austin veio de Phoenix e compareceram todos os primos mais velhos e os amigos que moravam em estados distantes e que não se viam há décadas. Uma semana depois, seu pai teve um derrame quando estava assistindo ao noticiário na tevê e morreu sentado na cadeira.

O pai dele sempre fora paciente com os filhos, Austin pensou, com imparcialidade. Na vida do pai não houve divórcios nem despedidas repentinas à meia-noite, mas ele sempre tentou entender os acontecimentos da geração mais jovem. Portanto, o que acharia disso tudo?, pensou Austin. França. Uma mulher estranha com um filho. Uma casa abandonada. Mentiras. Caos. Ele certamente teria feito um esforço para entender e encontrar algo de bom nisso. Mas, no final, seu julgamento seria rigoroso e ficaria do lado de Barbara. Admirava o sucesso dela no ramo imobiliário. Procurou imaginar o que seu pai diria, seu veredicto, de sua grande poltrona na frente da tevê — o mesmo lugar onde deu seu último suspiro. Mas não conseguiu. Por alguma razão, não conseguia reproduzir a voz do pai, sua cadência, o exato tom dela. Era estranho não se lembrar da voz do pai, uma voz que ouviu durante a vida inteira. Provavelmente, não teve muito efeito sobre ele.

Austin observava o homem de terno cinza do outro lado do lago, o homem que estava sendo fotografado. Ele agora estava em pé sobre a mureta de concreto, de costas para o lago, pernas bem afastadas, mãos na cintura, o paletó nos ombros. Parecia ridículo, incapaz de convencer a respeito do que quer que fosse. Austin pensou se estaria visível ali atrás, uma figura desfocada e distante olhando de longe, do outro lado do lago. Talvez ele se visse em algum lugar, no *Le Monde* ou no *Figaro*, jornais que ele não conseguia ler. Seria uma lembrança da qual poderia rir mais tarde, quando estivesse onde? Com quem?

Tudo indicava que não estaria com Joséphine Belliard. Naquela tarde, alguma coisa nela o incomodava. Não fora sua relutância em beijá-lo. Era um comportamento que ele poderia superar com o tempo. Ele era bom em vencer relutâncias nos outros. Era um homem insistente, com alma de vendedor, e sabia disso. De vez em quando, até se irritava com isso, já que, no momento certo, sabia que podia convencer qualquer pessoa de qualquer coisa — não importa o quê. Não sabia direito se isso era uma qualidade, pois Barbara às vezes notava, em geral de um modo pouco lisonjeiro, que ele não acreditava no que dizia ou, pelo menos, não muito. Austin sempre se preocupara com a possibilidade de que aquilo fosse verdade ou, pelo menos, fosse considerado verdade. Realmente acreditara que ele e Joséphine poderiam ter um tipo de relacionamento diferente. Sexual, mas, no fundo, não-sexual. Ou melhor, uma coisa nova, fundamentada em realidades — as características da personalidade de ambos. Com Barbara, achou que estava apenas terminando uma coisa antiga. Menos real, de certa forma. Menos madura. Jamais poderia *amar* Joséphine, tinha de admitir, já que, no fundo do coração, só amava Barbara, não importa o que acontecesse. Mas, por um instante, sentiu-se atraído por Joséphine, achou-a sedutora, chegou a pensar na possibilidade de viver com ela durante meses ou anos. Tudo era possível.

Mas vê-la no apartamento naquele dia, do jeito que ele imaginara e exatamente a mulher que esperava que fosse, fez com que ele se sentisse inexplicavelmente triste. E era suficientemente sagaz para saber que, se sentia tristeza naquele momento, bem no começo, sentiria mais ainda depois, e isso, com certeza, transformaria a vida, aos poucos ou rapidamente, numa sucursal do inferno, e ele seria o único responsável.

Seu dedo ainda estava um pouco dolorido. As mulheres riam de novo nas quadras de tênis por trás dos rododendros floridos. Austin podia ver duas pernas de mulher e um par de tênis, pulando de um lado para outro como se sua dona estivesse rebatendo a bola para a frente e para trás, os pezinhos brancos dançando sobre a cancha vermelha.

— *Arrête!* Pare! —uma mulher gritou e deu um suspiro.

Todas as francesas, pensou Austin, falavam como crianças: com vozes esganiçadas, rápidas, insistentes e desagradáveis, que em geral diziam *Non, non, non, non, non* para algo que alguém queria, provavelmente desejos não muito inocentes. Ele era capaz de ouvir Joséphine dizendo isso, na sala de seu pequeno apartamento, na única outra vez em que estivera lá — uma semana antes —, falando ao telefone com alguém, enrolando no dedo o fio branco do telefone enquanto dizia:

— *Non, non, non, non, non. C'est incroyable. C'est in-croy-a-ble!* — Era terrivelmente entediante, embora ele agora se divertisse pensando nisso — de longe.

Barbara não achava graça nas francesas e não fazia segredo. "Parecem bobas", dizia, com cara de nojo, depois de sair à noite com seus clientes franceses e as esposas. Provavelmente era isso o que o incomodava em relação a Joséphine: parecia tanto uma típica francesinha burguesa, o tipo que Barbara detestaria na hora — intratável, preocupada, inteiramente presa à sua vida francesa, sem ter idéia do mundo mais vasto, e, talvez até pouco generosa, se a conhecesse por mais tempo (como descobriu o marido). O problema de Joséphine, pensou Austin, dando uma olhada para ver se enxergava o pequeno Léo, era levar tudo muito a sério. A maternidade. O livro sujo do marido. O namorado. Sua falta de sorte. Ela via tudo num microscópio, como se estivesse sempre querendo encontrar um erro que pudesse ampliar a ponto de não ter escolha, a não ser levar a vida muito a sério. Como se a vida adulta fosse só isso — seriedade, disciplina. Nada de engraçado. A vida, pensou Austin, tinha de ser levada com mais leveza. Por isso estava ali, por isso ele cortara os laços — para aproveitar mais a vida. Ele admirava a si mesmo por isso. E por causa disso não pensava que poderia se tornar o salvador da vida de Joséphine. Seria uma longa batalha e uma longa batalha não era o que ele mais queria na vida.

Quando olhou de novo, Léo não estava no lugar de antes, perto dos meninos maiores vendo os seus veleiros e galeões em miniatura deslizarem sobre a superfície calma do lago. Os meninos estavam lá, segurando suas varetas compridas, conversando e rindo. Mas Léo, não. Estava esfriando. A luz sumia na linha mais alta dos telhados da École Supérieure des Mines e dali a pouco estaria escuro. O homem que foi fotografado estava indo embora com o fotógrafo. Austin ficara imerso em pensamentos e perdera Léo de vista, mas, com certeza ele devia estar por ali.

Consultou o relógio de pulso. Eram seis e vinte e cinco e Joséphine já devia ter voltado. Olhou para os prédios de apartamentos, esperando encontrar a janela dela, pensando que poderia vê-la ali observando-o, acenando feliz para ele, talvez ao lado de Léo. Mas não era capaz de dizer qual era o prédio. Viu uma janela aberta, com o apartamento às escuras. Não tinha certeza — de todo modo, Joséphine não apareceu nela.

Austin olhou em volta, esperando ver a camiseta branca de Léo, o Cadillac vermelho meio inclinado. Mas só viu alguns casais andando pelas longas alamedas e dois dos meninos levando seus veleiros para o apartamento dos pais. Ele ainda ouvia as bolas de tênis sendo jogadas — poct, poc. Sentiu frio e calma, que sabia ser a sensação do início do medo e que poderia se transformar rapidamente em outros sentimentos capazes de durar muito, muito tempo.

Léo tinha sumido e Austin não sabia para onde ele fora.

— Lio — gritou, primeiro com sotaque americano, depois *Lê-o*, como a mãe dele falava. — *Où êtes-vous?* Os passantes olhavam intrigados para ele, ouvindo duas línguas ao mesmo tempo. Os meninos que ainda estavam no lago olharam para ele e sorriram. — *Lê-o!* — gritou de novo, sabendo que sua voz não parecia normal, podia parecer assustada. Todo mundo em volta, todos os que podiam ouvi-lo eram franceses e ele não podia explicar direito a ninguém o problema: que o menino não era seu filho, que a mãe do menino não estava ali naquele momento, mas devia estar perto, que ele se distraíra por um instante.

— *Lê-o* — gritou outra vez. — *Où êtes-vous?* — Não conseguia ver o menino, nem um pedaço de sua camiseta ou de seu cabelo escuro sumindo atrás de uma moita. Sentiu frio outra vez, numa onda súbita, e estremeceu porque sabia que estava sozinho — mas alguma coisa lhe dizia que Léo, onde estivesse, estaria bem, naquele exato instante. Seria encontrado e estaria bem. Encontraria a mãe e, na mesma hora, esqueceria tudo sobre Martin Austin. Nada de mal lhe acontecera. Mas ele, Martin Austin, estava sozinho. Não conseguia encontrar o menino e isto só podia ser ruim para ele.

Na outra extremidade de um gramado, viu um guarda de uniforme azul-escuro surgir do meio dos rododendros, por trás das quadras de tênis, e correu até ele. Surpreendeu-se por estar correndo e, por isso, no meio do caminho, passou a andar rápido na direção do guarda, que parou para ouvir.

— O senhor fala inglês? — perguntou Austin, antes de se aproximar. Sabia que estava com a cara assustada porque o guarda olhou-o de um jeito estranho, virou a cabeça devagar, como se preferisse vê-lo por outro ângulo ou como se estivesse ouvindo uma música esquisita e quisesse escutá-la melhor. Pela posição dos cantos da boca, parecia sorrir.

— Desculpe, mas o senhor falar inglês, não? — repetiu Austin, tomando fôlego.

— Um pouquinho, pois não — respondeu o guarda e sorriu. Era de meia-idade e simpático, com o rosto meio bronzeado e um pequeno bigode estilo Hitler. Usava o uniforme da polícia francesa, um capacete azul e dourado e uma correia branca no ombro que prendia seu revólver. Era um homem que gostava de jardins.

— Perdi um menino aqui, em algum lugar — disse Austin calmamente, embora continuasse ofegante. Encostou a palma da mão direita no rosto como se ele estivesse úmido e sentiu a pele fria. Virou-se e olhou outra vez para a borda de concreto do lago, com a grama atravessada por alamedas de cascalho e para um denso conjunto de moitas mais distante. Esperava ver Léo ali, exatamente no meio daquela paisagem em miniatura. Depois de se assustar e de o tempo passar, e de procurar ajuda, e de ser olhado com desconfiança por pessoas estranhas, depois de tudo isso acontecer — Léo apareceria e tudo voltaria à calma.

Mas não havia ninguém. O gramado estava vazio e era quase noite. Ele podia ver as luzes fracas do interior dos prédios de apartamentos do outro lado da cerca do jardim, podia ver as luzes amarelas dos carros na Rue Vaugirard. Lembrou-se de uma vez em que foi caçar com o pai em Illinois. Era menino ainda e o cachorro deles sumiu. Sabia que, se a noite chegasse, ele nunca mais veria o cachorro. Estavam longe de casa. O cachorro não conseguiria voltar. E foi o que aconteceu.

O guarda ficou diante de Austin, sorrindo, olhando de um jeito estranho, observando, como se quisesse dizer algum coisa — se Austin era louco ou estava drogado, ou, provavelmente, fazendo uma brincadeira. O homem, percebeu Austin, não tinha entendido nada do que ele disse, estava apenas esperando entender alguma coisa para tomar uma providência.

Mas agora ele tinha estragado tudo. Léo tinha sumido. Seqüestrado. Roubado. Ou apenas perdido na grande cidade. E toda a sua recém-conquistada liberdade, sua vida nova, estava acabada num instante. Seria preso, tinha de ser. Era um homem horrível. Descuidado. Trouxe infelicidade e sofrimento à vida de pessoas inocentes e ingênuas, de boa-fé, que confiaram nele. Nenhum castigo seria suficiente.

Austin olhou outra vez para as moitas, um amontoado extenso e verde, o interior imerso em sombras retorcidas. Achou que

Léo deveria estar ali, com certeza. E sentiu alívio, um alívio quase incontrolável.

— Desculpe incomodar o senhor — disse para o guarda. — *Je regrette*. Eu estava enganado. — Virou-se e correu para as moitas que ficavam depois do gramado, da alameda de cascalho e dos belos canteiros de flores amarelas. Entrou pelo meio dos galhos, onde o chão era de terra, úmido, e esperou. Abriu caminho com a cabeça. Chamou por Léo mas não o viu, embora percebesse um movimento, um vulto indistinto de azul e cinza, ouviu o que podiam ser passadas no chão macio e depois alguém correndo, como uma pessoa grande correndo na frente dele entre os galhos retorcidos. Ouviu riso na extremidade das moitas, onde começava outra área gramada — um homem rindo e conversando em francês, sem fôlego e correndo. Rindo, depois falando e rindo de novo.

Austin se encaminhou para o local onde vira o vulto azul e cinza — a roupa de alguém em movimento, pensou. Havia um cheiro forte de urina e excremento no meio das raízes grossas e dos troncos cheios de galhos. Papel e lixo jogado por todo lado. De fora, o lugar parecia agradável e simpático, próprio para um cochilo ou para fazer amor.

E Léo estava lá. Exatamente onde Austin vira o vulto passando junto às plantas menores. Estava nu, sentado na sujeira úmida, com as roupas espalhadas em volta, viradas do avesso no lugar onde tinham sido tiradas e jogadas. Ele olhou para Austin com os pequenos e atentos olhos escuros, as perninhas esticadas, sujas e arranhadas como o peito e os braços. Seu rosto estava sujo, as mãos, no meio das pernas, não para cobrir ou proteger, mas abandonadas, soltas. Léo estava muito pálido e quieto. Seu cabelo continuava penteado, mas quando viu Austin — viu que era ele e não outra pessoa chegando curvada para a frente, com a respiração entrecortada, tropeçando, pressionando seus braços contra as raízes e os troncos ásperos daquele lugar apertado — soltou um grito agudo e desesperado, como se pudesse ver o que e quem viria a seguir, e isso o apavorasse ainda mais. E seu grito foi tudo o que conseguiu fazer para que todos soubessem que ele temia o seu destino.

8

NOS DIAS SEGUINTES, houve muita controvérsia. A polícia fez uma completa e cuidadosa busca, tentando achar a pessoa ou as pessoas que atacaram o pequeno Léo. Não havia sinais de que ele tivesse sido molestado sexualmente, só atraído para a moita por alguém e atacado, ficando terrivelmente assustado. Saiu uma pequena notícia no jornal *France Dimanche* dizendo isso, mas Austin percebeu desde o começo que a polícia usava a palavra *"moleste"* quando tocava no assunto, como se fosse o termo exato.

Acreditava-se que o agressor pertencesse ao grupo de *hippies* que ele vira da janela de Joséphine. Dizia-se que moravam no jardim, dormiam nas moitas, nos arvoredos e canteiros decorativos, e alguns eram americanos que viviam na França há vinte anos. Mas, quando a polícia os trouxe para serem identificados, nenhum deles parecia ser o homem que atacou Léo.

Durante algumas horas após o incidente, os policiais suspeitaram que Austin tivesse molestado Léo, e procurara o guarda apenas para disfarçar depois de atacar o menino — acreditando que ele jamais o delataria. Austin explicou com paciência e em detalhes que não tinha molestado Léo, nem jamais faria tal coisa, mas compreendia que tivesse sido investigado até poder ser solto — o que só ocorreu depois da meia-noite, quando Joséphine entrou na delegacia e afirmou que Léo dissera que Austin não era o homem que o assustara e que tirara as roupas dele, que tinha sido outra pessoa, um homem que falava francês e usava roupa azul ou talvez cinza, de cabelo comprido e barba.

Depois que ela contou isso e Austin recebeu permissão para sair da velha sala sem janelas da delegacia, onde teve de permanecer até que as coisas se esclarecessem, ele seguiu com Joséphine pela rua estreita, iluminada pela claridade amarelada que vinha das altas janelas gradeadas da *gendarmerie*. Na rua, alguns jovens policiais estavam a postos, de jaqueta e pistolas automáticas presas a tiracolo. Eles olharam tranqüilamente quando Austin e Joséphine pararam na calçada para se despedir.

— Sou o único culpado de tudo — disse Austin, — Não consigo dizer como lastimo. Acho que não existem palavras para isso.

— Você é o culpado — acusou Joséphine, olhando-o firme. E acrescentou: — Isso não é brincadeira, sabe? Talvez para você seja uma brincadeira.

— Não, não é — concordou Austin com desprezo, ficando ali no frio, à vista de todos os policiais. — Eu tinha tantos planos.

— Planos de quê? — perguntou Joséphine. Ela usava a mesma saia de crepe preto que vestia no dia em que ele a conheceu, há menos de uma semana. Parecia atraente de novo. — Não, você não tem planos em relação a mim! Não quero você. Não quero mais homem nenhum. — Balançou a cabeça e cruzou os braços com firmeza olhando para longe, seus olhos escuros brilhando na noite. Ela estava muito, muito zangada. Talvez, pensou ele, estivesse zangada consigo mesma. — Você é um idiota — ela disse, deixando escapar um pouco de cuspe sem querer. — Eu te detesto, você não sabe de nada, não sabe quem você é. — Olhou-o com ódio. — Quem é você? Quem pensa que é? Não é nada — disse ela.

— Compreendo — concordou Austin — Peço desculpas por tudo. Garanto que você não vai mais me ver.

Joséphine deu um sorriso cruel e seguro.

— Não me interessa — afirmou, erguendo os ombros do jeito que Austin não gostava, como as francesas faziam quando queriam garantir algo que podia não ser verdade. — Não me interessa saber o que acontece com você. Morreu, não consigo nem vê-lo.

Ela virou-se e foi andando pela calçada da *gendarmerie*, passando pelos jovens policiais, que a olharam com indiferença. Olharam para Austin, sozinho sob o poste, onde achou que devia ficar até ela sumir de vista. Um dos policiais disse alguma coisa para o colega do lado, que deu um longo assovio na noite. Depois, eles se viraram para o outro lado.

AUSTIN TINHA MEDO do que estava para acontecer, um medo quase destruidor que não o deixava dormir em seu pequeno e indecente apartamento na Rue Bonaparte. Tinha medo de que Barbara morresse logo, depois tinha uma sensação de que ela *havia* morrido e um desespero por ter perdido algo importante na vida, destruído por ele mesmo e pelo destino. O que seria? pensou ele, acordado no meio da noite. Não era Barbara, ela estava viva no mundo, podia se juntar a ela, se quisesse. E não era ingenuidade dele, tinha deixado de ser ingênuo há muito tempo. Mas tinha perdido alguma coisa e, o que quer que fosse, Barbara parecia estar ligada a essa perda. Sentiu que podia detectar o que era, talvez pudesse começar a juntar as coisas, ver com mais clareza, até falar com ela outra vez e, de certa forma, repatriar-se.

Mas não saber o que tinha perdido significava que estava fora de controle, o que talvez indicasse algo pior sobre ele. Assim, começou a pensar em sua vida, naqueles dias, quase só enfocando o que havia de errado nele, seus problemas, seu fracasso — especialmente seu fracasso como marido — mas também em sua infelicidade, suas dificuldades, sua ruína, que ele queria consertar. Admitiu mais uma vez, e com mais sensatez, que tudo o que tinha feito, tentado ou pensado na vida girara em torno de Barbara, que tudo de bom estava lá. E era para lá que um dia tentaria voltar.

Além de Joséphine, claro, não havia nada — nenhuma trama ou mistério, nenhum segredo, nada que naquele momento o interessasse. Ela parecia ser uma mulher forte. Sexualmente, não era um objeto muito atraente, nem era muito sagaz — mas uma força pela qual ele se sentira fugazmente atraído, esperando trazê-la mais para perto. Lembrou que a beijara no carro, seu rosto suave e o arrebatado instante de encantamento. A grande emoção. E a voz dela dizendo *Non, non. non, non, non* suavemente. Era isso que Bernard jamais poderia se conformar em perder, a força que o levara a odiá-la, até a humilhá-la.

Mas Austin a admirava, principalmente pelo jeito como lidara com ele. De forma equilibrada, inteligente. Tinha um senso de responsabilidade maior que o dele, uma compreensão maior da importância da vida, seu peso e sua permanência. Para ele, tudo parecia menos importante, menos duradouro, e ele jamais poderia chegar ao sentido de vida dela — um sentimento europeu. Como disse Barbara, ele não se dava valor; embora, ao contrário do que Joséphine disse, ele se conhecesse muito bem. No final, Joséphine também não se deu valor. Eles eram, é claro, muito diferentes e jamais poderiam ter sido felizes juntos.

Mais uma vez em seus momentos de devaneio, depois que o medo da morte de Barbara se aplacou e antes de mergulhar no sono, ficou pensando qual o tipo de relacionamento possível entre seres humanos. Como levar a vida sem ofender muito os outros e ainda estar unido a eles? E no caso em questão, ele ficou pensando se estar junto poderia ser um mal-entendido e, como dissera Barbara quando a vira pela última vez e ela estava tão zangada, se ele tinha mudado um pouco, de algum modo tinha alterado as importantes ligações que garantiam sua felicidade e se tornara distante, inatingível. Será que alguém pode se *transformar* assim? Seria alguma coisa que se podia controlar ou uma questão de personalidade, ou uma mudança da qual você era apenas vítima? Ele não tinha certeza. Não tinha a menor certeza. Ele sabia que era um assunto em que teria de pensar muito, durante muitas noites.

Ciúme

Nos últimos dias que vivi com meu pai na casa à margem do rio Teton, ele costumava ler para mim. Sentado à mesa da cozinha depois do trabalho ou nas manhãs frias, quando eu me vestia diante dele, ao lado do fogão, lia em voz alta para mim os jornais do Havre ou de Conrad, revistas — *Lifes* ou *Geographics* — ou velhos livros escolares que tinham sido amarrados com barbante e abandonados nos fundos da casa por alguma família desconhecida que morara lá antes, largados no meio das coisas que não puderam levar.

Morávamos sozinhos. Foram os meses que se seguiram à primeira partida de minha mãe, e vivíamos em Dutton desde que minhas aulas começaram. Minha mãe tinha ido embora no verão anterior, no fim de uma longa fase de problemas entre os dois, e logo depois meu pai largou seu emprego em Great Falls e nós nos mudamos para Dutton, onde ele arranjou um novo trabalho, com máquinas agrícolas. Sempre gostou de beber, minha mãe também, e tinham amigos que bebiam. Mas em Dutton ele parou completamente, não tinha mais nenhum uísque pela casa. Trabalhava o dia inteiro na cidade, treinava seus cães de caçar passarinho à noite, e eu ia para o colégio. E a vida era assim.

Podia ser, é claro, que ele estivesse esperando que alguma coisa importante acontecesse, algo de novo. Talvez estivesse esperando, como se diz, que um raio caísse e ele só queria estar no lugar

certo e preparado para tomar uma decisão quando chegasse a hora. Talvez lesse para mim como quem diz:
— Não sabemos tudo o que há para saber. Há mais ordem na vida do que parece, precisamos prestar atenção. — Essa era uma forma diferente de dizer que ele estava perdido. Embora meu pai nunca tivesse sido um homem de ficar parado esperando que as coisas levassem a melhor sobre ele. Era ativo e queria fazer a coisa certa. E mesmo no dia em que as coisas aconteceram, tenho certeza de que ele sabia que tinha chegado a hora de agir. Eu não o culpo por isso.

NA VÉSPERA DO DIA de Ação de Graças, choveu uma hora antes do amanhecer, quando eu estava acordando, e choveu à tarde, quando a temperatura baixou, a neve começou a cair e o perfil das montanhas sumiu no nevoeiro azulado, não dando mais para ver os silos em Dutton, a quinze quilômetros.

Meu pai e eu estávamos esperando a irmã de minha mãe, que ia me levar até a estação de trem em Shelby. Ia para Seattle visitar minha mãe e minha tia me acompanhava. Eu tinha dezessete anos na época. Era 1975 e eu nunca viajara de trem.

Meu pai chegou em casa cedo, tomou um banho, vestiu uma camisa limpa e uma calça larga e sentou-se à mesa da cozinha com uma pilha de *Newsweeks* da Biblioteca Municipal. Eu já estava pronto. Minha mala estava feita e fiquei na janela da cozinha esperando o carro da minha tia.

— Você sabe quem é Patrice Lumumba? — perguntou meu pai, depois de ler em silêncio por algum tempo. Era um homem alto, de peito largo, farta cabeleira negra, mãos e braços grandes. A mesa parecia pequena perto dele.

— Era uma cantora? — arrisquei.

— Não era mulher — corrigiu meu pai, olhando pela parte inferior das lentes dos óculos como se estivesse tentando ler as letras pequenas. — Foi o negro africano que Eisenhower quis envenenar em 1960. Mas Ike perdeu sua grande oportunidade. Outros inimigos de Lumumba acabaram com ele primeiro. Todos nós, na época, pensamos que era um mistério, claro, mas acho que não foi tão misterioso. — Ele tirou os óculos e limpou-os no punho da camisa. Um dos *setters* latiu no canil e vi quando chegou na cerca pelo lado do celeiro, cheirou os arames e voltou no meio da neve para sua casinha, onde a irmã dele estava na porta. — Os republicanos sempre têm segredos — afirmou meu pai, segurando os óculos no alto e examinando-os. — Muita coisa acontece antes de você acordar para a vida.

— Acho que sim — concordei.

— Mas você não pode mudar isso, portanto, não esquente a cabeça — ele disse.

Pela janela, vi o grande Cadillac rosa de minha tia aparecer de repente na estrada, a um quilômetro, levantando uma nuvem de neve atrás.

— O que você vai dizer para sua mãe a respeito de morar aqui durante todo o outono, completamente distante de tudo? — perguntou meu pai. — Que a vastidão do campo tem um clima de mistério? — Olhou para mim e sorriu. — Que eu não cuido da sua educação?

— Ainda não pensei nisso — respondi.

— Então, pense. Vai ter tempo no trem, se sua tia deixar você em paz. — Ele olhou para a *Newsweek* e colocou os óculos na mesa.

Eu queria dizer alguma coisa a meu pai antes que minha tia chegasse. Alguma coisa sobre minha mãe, que eu estava contente de ir vê-la. Não tínhamos falado muito sobre ela.

— O que você acha da mãe? — perguntei.

— Em relação a quê?

— Acha que ela vai voltar depois do Dia de Ação de Graças? Ele tamborilou no tampo de metal da mesa, virou-se e olhou para o relógio sobre o fogão. — Você quer perguntar isso para ela?

— Não, senhor.

— Bom, mas pode. Depois você me conta. — Olhou pela janela como se quisesse verificar o tempo. Um dos cachorros latiu de novo, depois o outro. De vez em quando, um coiote entrava no quintal vindo dos trigais e eles corriam. — Às vezes, a história não tem suspense — disse ele, fechando a revista e entrelaçando as mãos sobre ela. — Quem é seu melhor amigo agora? Só por curiosidade.

— Continuam sendo aqueles de Falls — respondi.

— Qual o seu melhor amigo em Dutton? — quis saber meu pai.

— Não tenho nenhum ainda.

Meu pai pôs os óculos de novo. — Isso é muito ruim. Você é que sabe, claro.

— Eu sei — concordei, porque já tinha pensado nisso e chegado à conclusão de que não tinha tido tempo para conhecer ninguém ali.

Vi o carro de minha tia entrar na nossa estrada e a luz fraca dos faróis atravessar o ar gelado.

A um quilômetro, na estrada, um *trailer* azul estava estacionado no campo, à mercê do vento. O fazendeiro dono da casa onde morávamos também era dono do *trailer* e o alugava para a professora de Civismo da escola secundária. Ela se chamava Joyce Jensen, tinha vinte e poucos anos e era uma mulher corpulenta com cabelo cor de morango, e meu pai dormira algumas noites lá, no mês anterior. Ele a chamava de "Yoyce Yensen" e sempre achava graça. Vi um novo carro vermelho estacionado em frente ao *trailer*, ao lado do carro preto dela.

— O que você está vendo? — perguntou meu pai. — Já dá para enxergar sua tia Doris?

— O carro dela está com os faróis ligados — informei.

— Bom, você já foi embora, só que ainda está aí — constatou ele. Enfiou a mão no bolso da camisa e pegou um maço de notas presas com elástico. — Quando chegar em Shelby, compre um presente para sua mãe — pediu. — Ela vai ficar surpresa e feliz. — Entregou-me o dinheiro e ficou vendo minha tia chegar. — Há um momento no dia em que se sente falta de um trago — disse ele. Pôs a mão no meu ombro e senti o cheiro de sabonete em sua pele. — Isso foi na minha antiga vida. Hoje estamos na vida nova. Ainda bem.

MINHA TIA BUZINOU ao passar pela fileira de gravatás e entrar no terreno da casa. Tinha um Cadillac Eldorado modelo 69, rosa-claro com teto de vinil branco. Estava com os limpadores de pára-brisas ligados e as janelas embaçadas. Em Great Falls, ela estacionou esse carro na frente da nossa casa e, nessa ocasião, dei uma boa olhada nele.

— Vou sair e contar uma piada para sua tia Doris — avisou meu pai. — Vá trancar o pombal. À noite eu vou me esquecer e pode entrar neve nele. Vou ficar só um minuto com sua tia. — A janela do carro de minha tia se abriu, quando meu pai apareceu na porta. Ela olhou para nossa casinha de fazenda como se achasse que estava abandonada.

Tia Doris era uma mulher bonita, com fama de brava, ao contrário de minha mãe — ou, pelo menos, foi o que meu pai disse. Era mais jovem que minha mãe, tinha trinta e seis anos, era loira e magra, com braços macios e tão claros que as veias apareciam. Usava óculos e a única vez que os tirou foi num dia de manhã em que acordei e ela estava em casa, achei que parecia uma menina, mais jovem do que eu. Sabia que meu pai gostava dela e que houve alguma coisa entre eles em Great Falls, depois que minha mãe foi embora, apesar de Doris ser casada com um índio da tribo Gros Ventre, que não tinha mais nada a ver com ela. Ela veio duas vezes de carro à nossa casa, fez um jantar para nós, e duas vezes meu pai foi a Falls visitá-la, e falaram pelo telefone algumas vezes até tarde da noite. Mas pensei que o que havia entre eles tivesse acabado. Meu pai falava de Doris de um jeito que dava a entender que acontecera alguma tragédia com ela — ele não sabia o quê — e eu achava que ele só gostava dela porque era parecida com minha mãe.

— Doris tem alguma coisa sedutora, você sabe, algo que sua mãe poderia usar — disse ele uma vez. No dia em que falou isso, estávamos treinando os cachorros a leste da casa e tínhamos parado para vê-los entrar nas moitas de trigo. O campo estava dourado até o rio, que brilhava, e o céu sobre as montanhas era de um azul como eu nunca tinha visto.

— O que ela tem de sedutor? — perguntei.

— Ah, ela é simpática. Um dia desses, isto vai parecer importante para você. — Depois mudamos de assunto, embora eu já achasse importante ser simpática, e pensei que minha mãe era e eu sabia que ele também achava.

Ainda em mangas de camisa, meu pai saiu de casa e foi andando pelo cascalho. Vi Doris esticar o braço pela janela e acenar enquanto ele se aproximava. Ela sorriu e começou a dizer alguma coisa, mas não deu para ouvir.

Vesti minha jaqueta de lã, peguei a mala e fui para o quintal pela porta dos fundos, perto do pombal. Eram quatro horas da tarde e o sol — apenas uma luz clara entre nuvens brancas — estava acima do pico das montanhas além de Choteau, e já fazia mais frio do que quando vim no ônibus escolar, ao meio-dia. O quintal em volta da casa tinha velhos instrumentos agrícolas inúteis, exceto o caminhão-tonel onde estocávamos água, e a neve começava a se acumular nas suas superfícies enferrujadas e na grama. Vi meu pai se inclinar e apoiar os cotovelos na janela do Cadillac de Doris. Ela estava com a mão no ombro dele e ria de alguma coisa. Devo ter parado, porque Doris deixou de rir e olhou para mim, no meio do caminho para o pombal. Ela piscou os faróis do Cadillac e continuei andando. Achei que eles iam entrar na casa.

O pombal era um velho galinheiro que meu pai reforçara com madeira dos lados para afastar as raposas e os coiotes. Ele criava pombos para treinar os *setters* e achava que poderia ganhar dinheiro ensinando cachorros a caçar pássaros, caso se espalhasse a notícia de que era bom nisso — e ele era. Havia muitas aves naquela parte de Montana — faisões, perdizes e galos silvestres — e ele achava que teria tempo para cuidar de tudo isso quando a colheita terminasse. Nós dois iríamos à noite de carro para os campos depois da colheita, com dois cachorros e quatro pombos escondidos de cabeça para baixo nos bolsos de nossos casacos. Meu pai manteria um cachorro a uns duzentos metros preso numa corda, e eu prenderia a cabeça de um pombo sob a asa, balançaria mostrando ao cachorro e soltaria. Depois, esconderia o pombo numa moita de palha de trigo onde ele ficaria, confuso, até o cachorro encontrá-lo pelo cheiro. Então, meu pai ou eu iríamos até lá e obrigaríamos o pássaro a voar, com uma fita vermelha e uma vareta presos nas patas, para não ir muito longe.

Nunca atirávamos. Meu pai não gostava de atirar em pássaros. "Já são poucos os que sobram", dizia ele, "e o que as outras pessoas fazem é problema delas." Mas gostava de treinar cães e vê-los farejando os pássaros em vôo. Meu pai fora criado na parte oeste de Minnesota — minha mãe também — e gostava de ficar no campo.

Ouvi os pombos batendo dentro da gaiola, arrulhando, alvoroçados. Dei uma olhada pela tela da gaiola e vi trinta ou quarenta, cinzentos e gordos, de peitos estufados, quase sem cheiro por causa do frio. Meu pai apanhou-os no celeiro usando sua rede de pescaria: ficou no meio do celeiro com a porta fechada na penumbra, balançando a rede enquanto os pássaros, nervosos com a agitação, voavam de uma viga para outra. Conseguia pegar dois ou três de uma vez e me entregava para que eu os pusesse num saco de batatas. Nunca soube dessas coisas antes de morar sozinho com ele. Nunca tínhamos feito aquilo. Mas ele gostava e eu ficava do lado de fora, olhando pelos buracos da madeira, vendo os pombos com suas asas batendo contra a luz que entrava pelas paredes e meu pai fazendo um zunido com a garganta, *hmmm, hmmm, hmmm*, um som que eu ouvira lutadores profissionais fazerem — enquanto a rede passava, os pombos esvoaçavam e ficavam presos nela.

Fechei os pombais e os tranquei. Depois, fiquei segurando a mala, olhando para meu pai. Ele continuava na neve, inclinado sobre o carro de Doris, que ainda estava com a mão no pulso dele. Quando olhei, ela encostou o rosto na mão dele e meu pai ergueu-se e ficou olhando para a estrada diante da casa, por trás dos gravatás. Pensei que estivesse olhando para o *trailer* de Joyce Jensen por cima do carro de Doris. Ele disse alguma coisa pela janela, retirou as mãos e as enfiou nos bolsos. Depois, olhou na minha direção e fez um gesto largo com as mãos para eu me aproximar.

— SEU CABELO VAI FICAR enrolado, pode ter certeza — disse Doris quando me aproximei do carro.

— Tia Doris está preocupada com a possibilidade de ficar no carro presa na neve — disse meu pai. Ele se afastou um pouco do carro e sorriu. Seu cabelo estava cheio de neve. — Peça para ela contar a piada sobre os carros japoneses, você vai gostar.

Doris olhou para meu pai como se estivesse surpresa com o que ouviu.

— Daqui a alguns anos a gente conta — ela falou, pela janela. E continuou: — Quero que seu pai vá até Shelby conosco esta noite, Larry. Ele diz que tem outros planos. Tenho certeza de que você vai me explicar tudo isso.

— Seria difícil voltar para casa à noite, teria problemas — explicou meu pai, continuando a sorrir.

Estava nevando mais forte. Os braços de meu pai pareciam gelados, eu estava com frio e ansioso para que Doris e eu fôssemos embora logo. Contornei o carro, pus minha mala no banco de trás e subi no da frente, onde o aquecedor estava ligado e havia calor, um cheiro adocicado, e o rádio tocava baixinho. Se meu pai tinha algum plano, não me contou, mas eu achava que ele ia visitar Joyce Jensen.

— Você recebe tantos convites e não aceita, as pessoas acabam desistindo — disse Doris. Ela também estava sorrindo, eu sabia que queria que ele viesse conosco. Deu um tapinha no meu joelho. — Como vai, meu queridinho? — perguntou. — Tomou uma boa pílula da felicidade hoje? Espero que sim.

— Tomei só uma — respondi, sentindo o perfume dela. Ela usava brincos vermelhos e um casaco marrom de lã por cima de um vestido vermelho também de lã. Ela sempre usava muito vermelho. Meu pai se afastou mais um pouco do carro.

— Você devia pôr uma placa na sua caixa de correio, Donny — sugeriu Doris pela janela: A.N.A.N. — Ainda Não Aconteceu Nada. Seria a verdade.

— Vamos com cuidado — disse meu pai. Ele se inclinou sem tocar no carro e olhou para mim. — Explique para sua tia a atmosfera de mistério que existe aqui nas Grandes Planícies. —

Ele sorria. — Ela vai adorar — Doris deu partida no carro. — Deseje um feliz Dia de Ação de Graças aos meus velhos amigos em Seattle — pediu meu pai, olhando para mim com uma cara esquisita, sozinho na neve, como se pensasse que acabara de dizer uma bobagem sem querer.

Doris começou a subir o vidro da janela enquanto girava o volante. — Você pensa que não pode fazer a vida ser melhor, Donny, mas pode — disse ela. — Vocês dois passaram muitas noites sozinhos aqui. Estão virando esquilos.

— Estamos nos esforçando para isso também — disse meu pai, gritando, não sei por quê. Não sei o que ele quis dizer com isso, mas a única coisa que eu queria naquela hora era que saíssemos de uma vez e pegássemos a estrada.

DORIS RESOLVEU TOMAR um drinque antes de entrarmos na estrada interestadual. Tinha uma garrafinha de aguardente embaixo do visor do pára-brisa e pediu-me para botar um pouco num copo de plástico que estava numa pilha no chão, atrás do assento. No chão úmido onde estavam os copos havia um cartaz escrito À VENDA, um copo de vidro, uma luva forrada para neve, uma escova de cabelo e vários cartões-postais — um deles, de um urso dançando em cima de uma bola de praia — e algumas fotos de Doris sentada à mesa de um escritório, de saia curta e sorrindo para a câmera. Foram tiradas na delegacia de polícia de Great Falls, onde Doris trabalhava. Dava para ver um pedaço da camisa de um homem com as insígnias de sargento, no canto de uma das fotos.

— Estas são minhas fotos mais charmosas — disse Doris, segurando a garrafa de aguardente com a mesma mão que estava no volante. — Se por acaso eu me esquecer quem sou — ou fui — ou se alguém me encontrar morta ou perdida. Escrevi meu nome atrás de todas.

Virei uma das fotos e o nome de Doris estava escrito numa tinta meio apagada. Havia mais coisas no chão — uma revista chamada *World Conflict* e dois ou três livros com as capas arrancadas. Peguei um copo da pilha e dei a ela.

— Quem acha que vai encontrar você? — perguntei.

Estávamos entrando na interestadual e eu despejei a aguardente no copo. A pequena cidade de Dutton, onde eu freqüentava a escola desde setembro, ficava exatamente do outro lado da autoestrada. Tinha dez ruas de casas, dois bares, um Sons of Norway, três igrejas, uma mercearia, uma biblioteca, três silos e um monumento aos Veteranos de Guerras no Estrangeiro com um velho jato coreano Sabre em cima, como se estivesse pronto para levantar vôo rumo ao céu. Ao redor, campos arados cobertos de neve.

— Nunca se sabe quem vai encontrar a gente — disse Doris, olhando pelo espelho retrovisor quando entramos na auto-estrada.

— Não gosto mesmo de Montana — confessou — e detesto estradas. Só há uma maneira de se chegar a qualquer lugar. É melhor de avião. — Ela segurou o volante com os braços esticados como se estivesse num jato levantando vôo. O carro começou a correr e jogar lama para trás. Uma gota d'água entrou pelo pára-brisa por uma rachadura na parte superior e congelou antes que pudesse escorrer. — Mas o que é esse tal clima de mistério?

— Ele estava só lendo uma revista para mim — respondi. — Ele inventou.

— Sei — concordou Doris, dando um gole na aguardente.

— E você acha que sabe qual é o problema entre sua mãe e seu pai?

— Eles não estão se entendendo direito. Minha mãe resolveu ir à escola, foi o que me disse quando foi embora. Estava na escola em Seattle, aprendendo a preencher formulários de imposto de renda. Ia terminar o curso no Natal.

— Eles se conhecem demais — falou Doris. — Têm que saber que droga de diferença isto faz. Às vezes é bom, mas nem sempre.

— Não é sempre assim? — perguntei.

— Certamente que é — concordou Doris, e olhou para o espelho outra vez. Não havia nenhum outro carro na auto-estrada, só grandes tratores com reboque indo para o norte, correndo para chegar a algum lugar antes do Dia de Ação de Graças. — Quando eu vivia com Benny como marido e mulher, ele tinha muitas coisas que eu jamais entendi. Coisas de índio. Espíritos. Ele acreditava que os espíritos freqüentavam nossa casa. Acreditava que você tinha de doar tudo o que fosse de valor — ou apostar tudo em jogos de azar, no caso dele. Uma vez ele me disse que queria ser enterrado num plataforma de madeira numa colina bem alta. Acreditava em todos os remédios da medicina indígena — o que era ótimo, com certeza. Era. — Doris coçou o nariz com as costas da mão e olhou a auto-estrada, onde uma neblina branca estava se juntando como uma névoa.

— O que você disse? — perguntei, olhando para ela.

— Sobre a plataforma de madeira? Eu disse: ótimo, você é quem sabe. Mas não espere que eu vá fazer uma e colocar você em cima, porque sou Adventista do Sétimo Dia e não acredito em plataformas.

— O que Benny falou? — Só o vi uma vez, e lembrava-me dele como um homem grande e calado com óculos de armação escura e que cheirava a cigarro.

— Ele riu. Era luterano, claro. Convertido pelos missionários no Canadá ou em algum lugar de Dakota do Norte. Não lembro. Deve ter sido tudo brincadeira. Mas ele era da tribo Gros Ventre. Era mesmo. Falava a língua dos índios.

— Onde ele está? — perguntei.

— Essa é a grande pergunta. — Doris inclinou-se para a frente e diminuiu o aquecimento. — Shaunavon, Saskatchewan acho, um lugar onde o Dia de Ação de Graças é comemorado um antes ou depois, algo assim. Eu ainda uso uma aliança. — E mostrou o dedo. — Mas estava falando sobre o fato de Don e Jan se conhecerem tão bem. Nunca tive esse problema com Benny e somos casados até hoje. De certa maneira, quero dizer.

— De que maneira? — eu quis saber, e ri porque havia alguma coisa engraçada naquilo. Lembrava-me dela e de meu pai conversando na sala de visitas até tarde da noite e depois tudo ficando silencioso e, finalmente, o som de lamparinas sendo apagadas.

— De uma maneira distante, Sr. Gênio. E no sentido de que, se ele voltasse, nós começaríamos exatamente do ponto onde havíamos parado. Ou tentaríamos. Mas se ele está pensando em não voltar, gostaria de me divorciar e depois começar a juntar os meus pedacinhos. — Ela riu. — Não ia precisar de muito tempo.

— O que você acha que vai acontecer? — perguntei, referindo-me aos meus pais.

Nunca perguntara sobre esse assunto a ninguém, só a meu pai, e quando falei pela primeira vez, ele disse que minha mãe ia voltar — isso foi antes de sairmos de Great Falls. Mas uma vez, no carro, a caminho de casa depois de assistirmos a um jogo de beisebol, ele disse de repente: "O amor é apenas o que duas pessoas resolvem fazer, Larry. Não é uma religião." Ele devia estar pensando nisso.

— O que *eu* acho que vai acontecer? — perguntou Doris, empurrando os óculos no nariz e dando um longo suspiro, como se não fosse uma pergunta simples. — Depende do tempo e da situação de terceiros — disse ela, muito séria. — Se sua mãe, por exemplo, tem um namorado jovem e bonito em Seattle, ou se seu pai tem uma namorada lá onde judas perdeu as botas, então fica difícil. Mas se eles conseguirem resistir o tempo suficiente para se sentirem solitários, então vai ser ótimo — embora eles não pretendam resistir *muito* tempo. Claro que eu não tenho qualquer base para achar isso. — Doris olhou para mim e ajeitou a gola do meu casaco, que estava virada.

— Quantos anos você tem? Eu devia saber — disse ela.

— Dezessete — informei, pensando se minha mãe teria um namorado jovem e bonito em Seattle. Depois que ela foi embora, pensei um pouco nisso durante vários meses e cheguei à conclusão de que não tinha namorado nenhum.

— Então você tem a vida inteira para se preocupar — disse Doris. — Não comece agora. Eles deviam ensinar isso na escola, em vez de dar aulas de História. Administração de problemas. E por falar nisso, quer saber de uma coisa a seu respeito?

— O quê? — perguntei.

Sem me olhar, ela continuou dirigindo. — Você está com cheiro de trigo! — anunciou Doris e riu. — Desde que você entrou no carro, parecia que havia um silo aqui. Don não deixa você dormir dentro de casa?

Fiquei chocado ao ouvir isso porque eu não gostava de morar na fazenda nem naquela casa, e sabia que devia ter aquele cheiro, o mesmo de todos os quartos e das roupas de meu pai. E tive raiva, raiva *dele*, embora não quisesse que Doris soubesse.

— Estocavam cereais na nossa casa antes de nos mudarmos para lá — falei e não quis dizer mais nada.

— Você é um autêntico caipira. É melhor dar uma olhada na sola dos seus sapatos. — E ela riu de novo.

— Só vamos ficar lá este ano — informei. E fiquei com mais raiva de tudo aquilo. Pela janela, muitas nuvens e os primeiros ramos de trigo da safra de inverno surgiam logo depois do acostamento da estrada e da cerca — a neve ia se acumulando no meio das fileiras novas. O que eu queria fazer, pensei naquela hora, era ficar em Seattle com minha mãe e entrar numa outra escola depois do Natal, mesmo se precisasse repetir de ano. Queria sair de Montana, onde não tínhamos televisão, era preciso pegar água no poço, os coiotes nos acordavam com seus ganidos e meu pai e eu só tínhamos um ao outro para conversar. Eu estava perdendo alguma coisa, pensei, uma oportunidade importante. Mais tarde, quando tentasse explicar para alguém que não era um menino de fazenda, mas tinha levado essa vida só por algum tempo, ninguém ia acreditar. E ficaria impossível explicar como as coisas eram de verdade.

— Quando Benny foi embora, fiquei deprimida durante muito tempo — contou Doris. — Você sabe o que é ficar deprimido?

— Não — respondi, sério.

Ela pôs o dedo no buraco do pára-brisa por onde a água tinha entrado e congelado. Olhou a ponta do dedo, depois olhou para mim e sorriu.

— Você é jovem demais para ter problemas; eu também sou jovem demais. — Ela lambeu o dedo. — Fale sobre seu pai. Ele tem namorada lá na Sibéria? Aposto que tem. Algum diamantezinho bruto.

— Tem, uma professora que mora na estrada perto de nós — contei, sem me importar se ela ia falar para minha mãe.

— Que bom para ele — disse Doris, com o rosto sério. — Como ela se chama?

— Joyce.

— Bonito nome. Imagino que sua mãe não saiba.

— Não sei se sabe.

— Tenho certeza de que não, mas isso não tem importância — comentou Doris. Fiquei pensando se meu pai estava no *trailer* de Joyce Jensen naquela hora. Lembrei-me do carro vermelho na frente da casa dela.

Doris pegou sua garrafa de aguardente e me entregou o copo.

— Mais uma dose, por favor.

Achei que ela ia se embriagar porque eu contara que meu pai tinha uma namorada. Escurecia, a neve se acumulava e estava esfriando mais; embora estivéssemos perto de Shelby, ainda faltavam três horas para pegarmos o trem. Eu tinha medo de que perdêssemos o trem, que Doris ficasse bêbada e dormisse em algum lugar onde eu não poderia acordá-la, e acabaria voltando para casa naquela noite, entrando pela porta da frente depois da meia-noite sem encontrar ninguém em casa.

Servi uma dose menor que a anterior. A aguardente grudava nos meus dedos e tinha gosto de refrigerante de cerveja. Eu estivera em alguns bares com meu pai e já vira aguardente, mas nunca vi ninguém bebê-la.

— Sabe — falou Doris, parecendo indignada com alguma coisa —, você certamente entende que não pertence ao seu pai, não é? Ninguém é de ninguém. Algumas pessoas acham que são, mas isso é ridículo.

— Eu sei. Vou viver sozinho quando terminar a escola este ano — falei.

— Você está sozinho agora. Não é a escola que determina isso — disse Doris — e eu não sou sua mãe. Você também sabe disso, claro. Sou sua tia. Um detalhe técnico. Não me importo com o que você faz. Você pode mudar-se para Great Falls amanhã, se quiser. Pode morar comigo, o que seria uma novidade.

Doris olhou de relance para mim, ainda indignada. Achei que ia me convidar para tomar uma dose de aguardente, mas eu não queria. Lembrei-me de uma pequena tatuagem no ombro dela, uma borboleta azul e vermelha que vira no verão anterior, quando ela estava em casa com meu pai.

— Você parece um pássaro numa gaiola de vidro, não?

— Não vou ficar ali por muito tempo — garanti.
— Vamos ver — disse Doris, olhando os flocos de neve. — Comprou um bom presente para sua mãe?
— Vou comprar — afirmei.
— Seu pai lhe deu bastante dinheiro, agora que ele está ganhando bem?
— Eu já tinha um pouco — menti, pensando que as boas lojas já estariam fechadas em Shelby. Imaginei a rua principal, onde só estivera uma vez, com meu pai, depois que minha mãe embarcara no trem para voltar para Cities, e só me lembrava de uma sucessão de letreiros de bares e motéis, com a Estrada número 2 cortando a cidade em direção a Havre — Trabalhei nos silos durante a colheita — contei.
— Don continua sem beber?
— Continua — falei.
— E vocês se dão bem?
— Sim — falei.
— Ah, isso é ótimo — disse ela. No meio da neve e do nevoeiro, eu via uma série de luzes amarelas fracas no pé de uma colina. Era Shelby.
— Eu antes achava que seu pai tinha casado com a irmã errada, já que nos conhecemos todos na mesma época. Sabia? Eu achava que ele era bom demais para Jan. Mas agora não acho. Nós duas ficamos bem mais próximas, depois que ela foi para Seattle. Conversamos muito pelo telefone. — Doris abriu sua janela e jogou fora a aguardente que tinha sobrado. O líquido bateu na janela de trás e congelou. — Ela é maravilhosa, sabia? Sabia que sua mãe é uma pessoa maravilhosa?
— Sabia — afirmei. — O que você acha do meu pai?
— Ótimo — disse Doris. — É o que eu acho. Mas não confio muito nele. Ele não tem muita condição de cuidar das coisas —

sob esse ponto de vista, parece um gato. Mas é uma pessoa ótima. Você não pode voltar atrás em decisões importantes.

— Você lamenta não ter se casado com ele? — perguntei. Achei que ela estava enganada a respeito do meu pai, claro. Ele cuidava das coisas como todo mundo, e mais do que Doris. Tinha certeza.

— Pense o seguinte — disse Doris, sorrindo de um jeito meigo, que podia fazer qualquer um gostar dela. — Se eu tivesse me casado com ele, nós não estaríamos aqui, não é? Tudo seria diferente. — Ela deu um tapinha no meu joelho. — Então, tudo tem o seu lado bom. É uma crença dos Adventistas do Sétimo Dia. — Ela esfregou as unhas no meu joelho, sorriu outra vez e entramos na cidade, onde ainda nevava e estava quase tudo escuro, exceto pelas luzes da rua principal.

SHELBY JÁ ESTAVA decorada para o Natal, com guirlandas de luzes vermelhas, verdes e brancas no cruzamento das três ruas principais e pinheirinhos no alto dos sinais de trânsito. As ruas estavam cheias de carros e caminhões no meio da neve e todas as lojas pareciam abertas. Passamos por uma loja Albertson's grande e iluminada, com muitos carros no estacionamento e pessoas carregando pacotes. Vi uma farmácia, uma loja de cartões e uma de roupas no estilo do Oeste na rua principal, todas iluminadas e com fregueses circulando pelos corredores.

— Você não acha que Shelby tem alguma coisa fisicamente esquisita? — perguntou Doris, dirigindo devagar, olhando a placa das lojas e os enfeites do Dia de Ação de Graças colados nas vitrines das lojas. — Shelby é estranha. Parece que não vai dar em lugar nenhum. Talvez seja por estar tão perto do Canadá, não sei.

— Gostaria de sair do carro e comprar alguma coisa agora — sugeri. Tinha visto uma loja Redwing e pensei em comprar um sapato para minha mãe, apesar de não saber que número calçava. Lembrava-me de uns sapatos verdes de salto alto que ela usava e fiquei surpreso por não conseguir me lembrar de mais nenhum detalhe.

— Você quer comer comida chinesa na cidade ou jantar no vagão-restaurante do trem? — perguntou Doris.

— Prefiro jantar no trem — disse, porque queria sair do carro.

— Quero que você se divirta quando estiver comigo.

— Estou me divertindo — garanti. Estávamos parados num sinal e olhei para trás. Queria voltar para a loja de cartões antes que ela ficasse longe demais.

— Você é capaz de achar a estação ferroviária sozinho? — perguntou Doris, olhando para o trânsito pelo espelho retrovisor.

— Eu pergunto a alguém — respondi, abrindo a porta e saindo para a calçada cheia de neve.

— Não pergunte a um índio. Eles mentem como serpentes — gritou Doris. — Pergunte a um sueco, eles não sabem o que é mentir. Por isso são bons maridos.

— Está bem — disse, fechando a porta do carro enquanto ela falava.

Havia gente nas calçadas entrando e saindo das lojas, e muitos carros e barulhos para uma cidade pequena, embora a neve amortecesse tudo. Parecia uma noite de sábado em Great Falls e andei rápido pelo quarteirão, o mesmo onde tínhamos passado de carro. Por algum motivo, não consegui encontrar a loja de cartões, nem a loja de roupas do Oeste, mas havia um restaurante chinês, um bar e depois a farmácia, onde entrei para dar uma olhada.

Dentro, o ar estava quente e com cheiro de balas do Dia das Bruxas. Havia muitos fregueses e passei pelos três corredores, procurando alguma coisa que minha mãe pudesse gostar de ganhar de mim e tentando me lembrar do que ela gostava. Havia uma seção com caixas de balas rosadas e azuis, uma prateleira com perfumes e uma série de cartões com mensagens pelo Dia de Ação de Graças. Passei duas vezes pelo setor central, depois olhei para os fundos da loja, onde estava o farmacêutico e onde havia bacias para lavar pés e artigos de enfermagem. Pensei em alguma coisa para o cabelo dela — xampu ou laquê, mas sabia que isso ela mesma comprava. Aí vi um mostruário de relógios com prateleiras espelhadas que giravam quando se apertava um botão prateado na parte inferior. Os relógios custavam em torno de trinta dólares, meu pai tinha me dado cinqüenta e achei que um relógio seria melhor do que um perfume porque não acaba, e gostei do modo como os relógios giravam atrás da vitrine. Fiquei aliviado por ter quase resolvido tão depressa. Eu sabia que minha mãe tinha um relógio, mas estava quebrado desde a primavera.

Dei outra volta pela loja para ver se encontrava mais alguma coisa que me agradasse ou algo que quisesses, mas só vi revistas e livros. Alguns meninos da minha idade, com suas jaquetas Shelby marrons e douradas, estavam vendo revistas e conversando com duas meninas. Todos me olharam quando passei, mas não disseram nada, e eu sabia que não teria jogado futebol americano contra eles em Great Falls, porque Shelby era pequena demais. Minha única jaqueta de futebol estava em casa, guardada numa caixa num quarto dos fundos e não seria bastante quente para aquela noite. As meninas disseram alguma coisa quando passei, embora nenhuma delas parecesse ter me notado.

Passei por uma seção com chinelinhos acolchoados para senhoras, em caixas de plástico transparente. Rosa, amarelo e vermelho. Custavam dez dólares e eram de tamanho único. Mas achei muito barato. Pareciam algo que Doris usaria. Voltei para a vitrine de relógios e apertei o botão até ver um relógio dourado e fininho, de muito bom gosto, com o mostrador pequeno e números romanos, achei que minha mãe gostaria. Comprei e pedi para a vendedora embrulhar em papel branco. Paguei com as notas que meu pai me dera e o enfiei no bolso do meu casaco, achando que tinha feito a coisa certa ao ficar com o relógio. Meu pai teria aprovado, achando que eu tinha bom senso e que comprara um relógio por um bom preço. Então, saí da loja para a calçada fria e comecei a procurar a estação ferroviária.

Eu me lembrava, do tempo que passei em Shelby com meus pais, que a estação ficava atrás da rua principal, numa parte mais antiga da cidade, com bares onde eles estiveram. Não sabia direito onde ficava, mas atravessei a rua principal e passei por uma alameda entre duas lojas, deixando para trás as luzes de Natal, o tráfego e as placas de motel; saí numa rua secundária, sem calçamento, em cuja extremidade ficavam o pátio de manobras e a estação, com suas janelas derramando uma luz amarela. Nos trilhos, à direita, via uma série de vagões cargueiros de trigo e um farol de locomotiva em movimento e, mais adiante, um vagão atravessando os trilhos duplos. O lugar era escuro, estava mais frio e continuava nevando. Ouvi o ruído da chave que fazia os trens mudarem de ramal e, pisando nos dormentes, olhei dos dois lados, leste e oeste, vendo os trilhos que brilhavam do lugar onde eu estava até as luzes amarelas de advertência e, mais além, luzes vermelhas.

A sala de espera da estação era mais quente que a drogaria e havia apenas duas pessoas sentadas nos bancos de madeira, embora muitas malas estivessem encostadas na parede e duas pessoas esperassem para comprar passagens. Não vi Doris. Achei que ela devia estar no banheiro, nos fundos da estação, perto do telefone, e fiquei ao lado das malas esperando, embora não visse minha mala nem as dela. Por isso, depois que as outras pessoas acabaram de comprar suas passagens, concluí que ela não estava lá, fui até o guichê e perguntei à moça.

— Doris está te procurando, meu bem — disse a moça, sorrindo por trás da janela de ferro. — Ela comprou suas passagens e me pediu para avisar a você que estaria no Oil City. Fica do outro lado da rua, naquele lado. — Ela apontou para a porta dos fundos da estação. Era uma mulher mais velha, com cabelo louro e curto. Usava uma jaqueta vermelha e um crachá dourado onde estava escrito Betty. — Doris é sua mãe? — perguntou, começando a contar notas de dólar numa pilha.

— Não, é minha tia. Moro em Dutton — expliquei. — O trem está no horário?

— Está — respondeu ela, continuando a contar as notas. — O trem está sempre no horário. Sua tia vai viajar com você, não se preocupe. — Sorriu outra vez para mim. — Dutton rima com Nuttin. Já estive lá.

Da plataforma de concreto, vi o Cadillac de Doris no pequeno pátio de cascalho e, do outro lado da rua, uma fila escura de prédios pequenos e mais antigos que pareciam ter sido lojas um dia, mas que agora estavam vazios — menos três, que eram bares, os mesmos a que meus pais tinham ido quando estive em Shelby. No fim do quarteirão começava uma rua com casas comuns, e era possível ver, mas que estavam com as luzes acesas e com os carros nas garagens, a neve se acumulando nos quintais. Com algum esforço, dava para ver no escuro uma quadra de tênis cercada, depois da esquina.

Os bares pareciam fechados, embora todos os três tivessem pequenas janelas envidraçadas com letreiros vermelhos acesos e carros parados em frente. Quando atravessei a rua, vi que o Oil City era o último bar antes das lojas vazias. Havia um táxi parado na frente, com o motor ligado, e o motorista lia um jornal na luz fraca.

Estive em poucos bares, a maioria em Great Falls, quando meu pai ia beber. Mas não me importava de ir nesse porque achava que já estivera lá antes. Meu pai disse que bar é lugar onde ninguém quer ir, mas acaba indo. Havia alguma coisa neles que me agradava, uma certa expectativa de algo acontecer, mesmo que não acontecesse nada.

O OIL CITY ESTAVA meio escuro, tinha uma música tocando e um cheiro doce e pegajoso. Doris estava no bar, conversando com um homem sentado ao lado, que era baixo e usava chapéu branco de plástico duro, uma roupa de trabalho de lona e um rabo-de-cavalo na nuca que descia até o meio das costas. Os drinques estavam diante deles, e as luvas de trabalho do homem e algumas notas de dólar estavam sobre o balcão do bar. Ele e Doris conversavam e se olhavam bem nos olhos. Achei que o homem parecia índio por causa do cabelo e porque havia mais dois ou três índios no bar. Era um lugar grande, escuro e quase vazio com duas máquinas de pôquer, uma cabine telefônica e uma vitrola automática mal iluminada encostada na parede. As cadeiras estavam espalhadas pelo bar e fazia frio, como se não houvesse nenhum aquecedor ligado.

Doris olhou na minha direção mas não me viu, porque virou-se para o índio de chapéu, pegou o drinque e tomou um gole.

— É muito diferente — disse ela em voz alta. — Cuidar e se preocupar são conceitos inteiramente diferentes para mim. Posso cuidar e não me preocupar, como posso me preocupar e não cuidar. Poxa, não é a mesma coisa. — Ela olhou para mim outra vez e me viu. Eu sabia que estava bêbada, já a tinha visto assim. — Você podia ser detetive particular, pois sabe farejar as coisas — disse ela e olhou para o homem que estava ao lado. — Por pouco você não assistiu a uma batida da polícia de Shelby aqui. Disseram que estavam procurando por você. — Doris deu um grande sorriso, segurou minha mão e me puxou para perto. — Nós dois estávamos discutindo valores absolutos. Este é o Sr. Barney Bordeaux. Nós nos apresentamos informalmente, ele trabalha no ramo de degustação de vinhos. E acaba de me contar uma história horrível sobre a esposa que foi roubada sob a mira de um revólver bem aqui em Shelby, é triste. Levaram os anéis dela e todo o dinheiro. Por isso ele acha que a honestidade é um valor absoluto, neste caso.

Barney franziu o cenho como se ela tivesse acabado de dizer uma idiotice. Tinha olhos escuros e pequenos, o rosto moreno e redondo de índio sob seu chapéu branco e duro, com uma insígnia verde da Burlington Northern na frente.

— O que quer esse sujeitinho? — perguntou ele, piscando para mim. Barney tinha uma falha nos dentes da frente e parecia estar bebendo há bastante tempo. Era baixo, magro e com um ar doentio. Um bigodinho nos cantos da boca fazia com que parecesse chinês. Embora pudesse ter sido bonito algum dia, dava a impressão de que alguma coisa ruim acontecera com ele.

— Este é Lawrence, filho da minha irmã — apresentou Doris, soltando minha mão e pondo a dela no braço de Barney, como se quisesse segurá-lo ali. — Hoje à noite vamos de trem para Seattle.

— Você esqueceu de dizer isso — reclamou Barney, de um jeito pouco amistoso.

Doris olhou para mim e sorriu. — Barney acaba de ter alta do Forte Harrison. Então, está comemorando, mas ainda não disse que doença teve.

— Não tenho doença nenhuma — respondeu Barney. Virou-se e olhou-se no espelho atrás do bar. — Não sei por onde está me atacando — disse para si mesmo.

— Não está atacando em lugar nenhum — tranqüilizou Doris. Forte Harrison era o hospital do governo em Montana. Meu pai tinha me contado que veteranos e índios malucos iam para lá e consultavam os médicos gratuitamente. — Eu acabei de dizer — continuou Doris — que a lealdade é mais importante que a honestidade, já que honestidade significa dizer sempre só a verdade e existem muitas formas de verdade.

Tinha tirado o casaco que usava para dirigir e colocado no banquinho ao lado. Seu vestido de lã vermelho batia acima dos joelhos e a bolsa dela estava sobre o balcão, junto com as chaves e as notas de dólar. De repente, Barney virou-se e pôs a mão sobre o joelho de Doris, que estava com as pernas cruzadas. Ele sorriu e olhou para mim.

— Problema seu, se gente mais jovem é esperta — disse ele, abrindo um sorriso que deixava evidente a falta de um dente. Senti o cheiro de suor e vinho dele. Barney riu alto e virou-se para o bar.

— Barney é estrela de um filme sobre ele mesmo — disse Doris.

— Cadê minha mala? — perguntei, porque de repente pensei nela e não estava em lugar nenhum. Queria guardar o relógio da minha mãe.

— Ah, vamos ver — disse Doris, olhando para Barney a fim de ver se ele estava prestando atenção. — Eu dei sua mala. Um pobre negro apareceu, tinha perdido a mala, então dei a sua para ele. — Ela pegou as chaves do carro no balcão do bar e balançou-as sem nem olhar para mim. Depois pegou a bolsa, tirou minha passagem, que era só um cartãozinho branco, e me entregou. — Segure a sua — mandou. — Assim, fica responsável por você mesmo. — Tomou um gole da bebida. Ela havia trocado a aguardente por outra coisa. — E quais são os *seus* valores absolutos? — perguntou para mim. — O que *você* acha? Não tenho muita certeza se a lealdade é uma boa opção. Vou escolher outra coisa. Barney acha que a honestidade é melhor; agora é a sua vez de escolher.

Eu não queria escolher nada. Não sabia o que era valor absoluto, nem por que precisava ter um. Doris estava brincando e eu não estava disposto a brincar. Mas quando pensei no assunto, só consegui pensar em *frio*. Estava frio no Oil City e achei que devia estar ficando mais frio ainda do lado de fora, e eu só pensava em frio.

— Não conheço nenhum valor — disse, e pensei em sair dali.

— Bem, então eu vou começar por você. — sugeriu Doris.

— Você pode dizer *amor*, certo? Ou *bonito*, ou *beleza*. Pode até dizer a cor *vermelho*, o que seria esquisito. — Doris olhou para seu colo, para o vestido vermelho e depois para mim, ao seu lado. — Você pode dizer *juízo*, embora não entenda bem o sentido. Mas não pode ficar sem dizer nada. E não pode dizer *casamento*, *adultério* ou *sexo* porque não são suficientemente absolutos. — Deu uma olhada para Barney e soltou uma risadinha indecente.

A máquina de pôquer chiava e tinia no escuro. Um homem estava falando no telefone público junto ao banheiro e ouvi quando disse: "Fica em Lethbridge, a uma hora e meia." Achei o bar vazio e percebi que estava enganado: nunca tinha estado lá. Dei uma olhada em volta e notei a única janela do local. Depois da placa de néon, a neve estava caindo com mais força e os faróis dos carros passavam devagar. Fiquei pensando se a neve poderia atrasar o nosso trem. Ouvi duas portas de carro sendo fechadas lá fora e olhei para a entrada do bar, esperando que se abrisse, mas não se abriu.

Barney dirigiu-se à garçonete, uma garota magra e baixa, que também parecia chinesa. Ela serviu a ele um copo de vinho tinto de um garrafa que estava guardada na parte de trás no bar, depois tirou um dólar da pilha diante dele.

— Ah, droga, escolha alguma coisa, Lawrence — disse Doris de repente, olhando para mim. — Estou cheia de ficar por aí com você. Devia ter deixado você em casa.

— Frio — falei.
— Frio? — Doris pareceu espantada — Você disse frio? Frio?
— É — confirmei.
— Ouviu isso, Benny? — perguntou ela.

Barney olhou para mim segurando seu copo de vinho e disse:
— Não deixe que ela te confunda. Sei o que é isso.

— Frio não serve — disse Doris, com impaciência. — Tente ser esperto.

— Então, quero a palavra bravo. Ou melhor, bravura — corrigi.

— Muito bem. — Doris pegou seu copo, mas não bebeu. Só tinha gelo. Ficou alguns segundos sem dizer nada, como se estivesse pensando em outra coisa. — O que te fez ficar tão bravo? — perguntou ela, levando o copo até a altura do nariz.

Barney inclinou-se e sussurrou alguma coisa no ouvido dela, mas Doris o ignorou.

— Nada — respondi.
— É uma idéia abstrata, então, certo? — concluiu ela.

— Um tatu cheira outro — disse Barney com um ar sério e dirigindo-se a mim. De repente, ele agarrou meu braço com força bem acima do muque. — Quando eu voltar, Lawrence, vou te mostrar o que quero dizer. — Levantou-se do banquinho apoiado no meu braço e foi para o lado escuro da sala, onde ficava o corredor para o banheiro e onde o homem continuava falando no telefone público. Barney não conseguia andar em linha reta e quando chegou na entrada do corredor, firmou-se no canto da parede, virou-se e olhou para nós. — Não confundam amor com dor, vocês dois aí — disse, e ficou parado um instante olhando na nossa direção. Notei que a fivela prateada do seu cinto estava virada para o lado, como já tinha visto alguns homens fazerem. Depois, sumiu no pequeno saguão.

— Não me confunda com sua esposa — Doris gritou, depois fez sinal, pedindo mais um drinque. — Eu acredito que todo barco procura um lugar para afundar. — Fiquei mais perto do bar, querendo achar um jeito de fazer com que ela saísse e imaginando o que Barney ia me mostrar quando voltasse. — Eu disse a ele que meu nome é Ester — sussurrou Doris. — É o nome que acho mais feio. Mas é bíblico, e os índios são tão religiosos, ele gosta. É uma figura comovente, mas interessante.

Doris estava olhando para uma porta atrás do bar. Havia uma janelinha redonda de vidro, como na porta da cozinha de restaurantes. A cara enorme e branca de um homem que estava na outra sala apareceu na janelinha olhando para dentro do bar. Usava um chapéu grande e dava para ver uma parte da aba.

— Olha lá. O que você acha que ele está procurando? — perguntou Doris, encarando o homem que, da janela, olhava para ela.

O rosto ficou ali mais um pouco, depois sumiu. A porta foi se abrindo e o homem que tínhamos acabado de ver, com um outro atrás dele no escuro, deu uma olhada no bar. Usava uniforme de xerife. Olhou para um lado e para o outro. Empunhava uma grande pistola prateada de cano longo, vestia um casaco grosso com distintivo e as pernas das calças estavam enfiadas em botas pesadas de borracha. O homem que vinha atrás também era xerife, embora fosse mais jovem e não parecesse ter muito mais idade que eu. Segurava com as duas mãos uma pistola de cano curto, apontando-a para a frente.

Nenhum dos dois disse nada. Apenas entraram devagar no bar, olhando em volta como se esperassem alguma surpresa. A garçonete baixinha os viu e ficou olhando para eles completamente paralisada. Doris e eu fizemos o mesmo. Ouvi um dos dois ou três índios do outro lado do bar dizendo:

— Essa máquina me ama. — Depois, ouvi a porta da frente do bar abrir e senti o ar frio entrando. Havia mais três agentes do lado de fora, todos de chapéu e casacos grossos, com armas de cano curto. Nenhum deles olhou para mim ou para Doris. Olhavam para os índios e em volta do bar, e de repente pareceram nervosos, como se não soubessem o que estava para acontecer.

Um dos homens, não sei qual, perguntou:

— Não estou vendo ele, você está, Neal?

O homem com a pistola ordenou:

— Procure no banheiro.

Aí, Doris, sem motivo, disse:

— Barney está no banheiro — e indicou por onde ele tinha ido pouco antes.

Imediatamente, como se aquilo fosse um sinal, dois agentes que estavam na porta da frente entraram devagar no bar e se encaminharam para o corredorzinho escuro onde ficavam o telefone público e a porta do banheiro. Um agente agarrou o homem que estava ao telefone — mas que parara de falar e segurava o fone de lado — e o afastou do caminho com um empurrão. Havia um agente postado em cada lado do corredor, apontando as armas para onde eu achava que era a porta do banheiro. Depois, os outros dois agentes começaram a falar baixo para nós, fazendo sinal com as armas.

— Deitem no chão, deitem no chão, *já* — disseram.

E todos nos deitamos. Fiquei de barriga para baixo, encostei o rosto no piso de madeira úmido e prendi a respiração. Doris deitou-se ao meu lado. Ouvi sua respiração saindo pelo nariz. Parecia um grunhido e ela segurou minha mão. Seus óculos tinham caído no chão, mas ela não disse nada. Estava com os olhos fechados e me aproximei mais, passando meu braço sobre ela, embora não visse como poderia protegê-la se acontecesse alguma coisa ruim.

Nesse ponto, alguém — deve ter sido o homem com a pistola — gritou com a voz mais forte que já ouvi: — Barney, seu maldito. Saia do banheiro. Sou Neal Reiskamp, o xerife. Estou aqui com gente armada. Saia, você não vai me escapar.

O agente que estava mais perto de mim moveu-se rapidamente, quase pulando, para ficar atrás dos dois na porta, e também apontou sua arma para o corredor.

— Iluminem um pouco — gritou o xerife. — Não consigo ver nada lá.

Outro agente saiu pela porta da frente, que ficara aberta, com o frio e a neve entrando. Ouvi as botas dele na neve e o som de uma porta de carro sendo aberta. Não queria olhar para cima, mas ouvia o som de pés escorregando e patinhando. A tábua do assoalho estava machucando meu rosto e apertei o braço em volta de Doris até ela dar outro pequeno grunhido, mas sem abrir os olhos. O anúncio giratório de cerveja em cima da vitrola automática projetava estrelinhas no chão.

Não veio qualquer sinal de Barney do banheiro. Fiquei pensando se ele estaria lá mesmo, se saíra pela janela ou por outra porta, ou até — e isso parecia um sonho que eu estava tendo — por um alçapão no teto e entrara no sótão, e agora estava no pavimento acima de todos nós, em algum cômodo deserto, no escuro, andando de um lado para outro, decidindo o que fazer, como fugir, como sair inteiro daquela situação. Cheguei a pensar na esposa dele sendo assaltada, ficando sem o dinheiro e os anéis. Depois ouvi um barulho parecido com pés se arrastando e o som de alguma coisa ou de alguém batendo em alguma coisa — uma parede, talvez. O agente que tinha saído voltou com uma grande lanterna preta.

— Ilumina o filho da puta lá — mandou o xerife. — Não, em cima. Mais em cima, poxa. — A pancadaria continuava em algum lugar. Bangue, bangue. Primeiro parecia metal, depois ouvi um vidro quebrando. E mais socos. — Barney! — gritou o xerife. — Barney! — O barulho continuava. A pequena garçonete, que devia

estar no chão atrás do balcão, começou a fazer um som agudo —
iiii, iiii, assim. Devia estar com medo da pancadaria, porque eu estava. Minhas mandíbulas se contraíram e as mãos se fecharam. Houve mais barulho — bangue, bangue, bangue —, então olhei para cima e vi que os dois agentes continuavam apontando suas armas para o corredor, para alguma coisa que eu não conseguia enxergar. Estavam com as pernas afastadas e o homem com a lanterna ficou agachado por trás, iluminando por entre as pernas de um deles.

Doris me avisou:

— Lawrence, estou toda molhada. — Assustada, ficou me olhando, franzindo o nariz de um jeito estranho. Depois, do corredor onde os agentes estavam vigiando e apontando suas armas, veio um barulho de alguma coisa quebrando, como se uma porta tivesse sido derrubada. Houve mais barulho que não consegui identificar e nem saber o que era, mas, por alguma razão, achei que Barney estava chutando alguma coisa, embora fosse um som de metal. De repente, o agente que segurava a lanterna pulou para trás, o foco de luz rodou pelo teto e a lanterna caiu no chão. Então, dois homens armados atiraram quase ao mesmo tempo, direto no corredorzinho, no escuro. E o barulho daquelas duas armas disparando dentro do bar foi horrível. Fiquei surdo, senti uma pressão na cabeça e minhas pupilas pareciam querer saltar. Os tiros provocaram um clarão amarelo, havia poeira no ar e caindo do teto, e o cheiro forte e acre de pólvora. Quando as armas dispararam, Doris deu um salto e apertou minha mão até sua aliança de casamento ferir os nós dos meus dedos, e eu não conseguia me soltar.

— Muito bem — ouvi Barney dizendo para os policiais, numa voz alta e estranha. — Estou cheio de tiros. Vocês me acertaram. Acertaram e eu não estou nada bem.

Mais dois agentes, que não tinham atirado, foram rapidamente até o corredorzinho, bem na nossa frente, e um terceiro se ajoelhou ao lado do homem da lanterna, que disse:

— Estou bem, não fui atingido.
Seu chapéu branco estava no chão e escutei a garçonete dizer:
— Ah, céus — mas não conseguia vê-la.
Então Barney — só podia ser ele — disse:
— Como vai? — com uma voz normal, depois gritou: — Ohhhhhhh — e pediu: — Parem com isso! Parem! — e calou-se.
Os dois homens que atiraram em Barney não saíram do lugar, apontando suas armas para o corredor. Cada um deles tinha dado um tiro e as duas cápsulas vazias estavam no chão.
O xerife, que estava atrás de todos, falou mais alto ainda, como se estivesse com mais medo agora:
— Cuidado. Tenham cuidado. Ele não está morto, só ferido. Só ferido.
Um outro agente, que estava do outro lado do bar, veio de repente para o corredor e ficou na frente dos homens armados.
— Barney, seu filho da puta — disse ele —, fique ali agora.
Mas Barney não reagiu. Ouvi passos atrás de mim e, quando olhei, os índios e o homem que estivera falando ao telefone saíam pela porta da frente. Vi faróis de automóveis na rua e ouvi uma sirene ao longe, depois o som de um rádio de comunicação e uma voz de mulher dizendo:
— Deve ser, mas não tenho certeza. É melhor conferir. Dez-quatro.
Olhei para Doris, que estava de olhos esbugalhados, o rosto colado na madeira úmida. A boca estava contraída, como se ela achasse que mais alguma coisa podia acontecer, mas começou a largar minha mão. A aliança soltou-se do meu dedo e ela deu um suspiro profundo:
— Mataram aquele homem, deixaram ele em pedaços — disse ela.
Não respondi porque minha mandíbula ainda estava dura e meus ouvidos zumbiam, mas achei que o que ela disse devia ser

verdade. Eu estava perto do que tinha acontecido, embora não fizesse parte daquilo. Tinha sido tudo entre Barney e os policiais que o mataram, e achei melhor ficar de fora, o mais longe possível, e nem chegar a comentar.

POUCOS MINUTOS DEPOIS, um dos agentes do xerife apareceu e ajudou-nos a levantar e sentar num banquinho encostado na parede. De repente, havia uma porção de policiais no bar. A porta da frente ficou aberta e dois patrulheiros rodoviários de Montana e mais agentes do xerife e dois índios policiais entravam e saíam. Dava para ouvir as vozes de outras pessoas do lado de fora. Chegaram mais carros com rádios de comunicação ligados e apareceu uma ambulância. Dois homens de jalecos laranja entraram e foram para o corredorzinho carregando maletas pretas. Ouvi alguém dizer:

— No problema aquí:

Depois o xerife disse:

— Andem, vou só assinar tudo agora.

Barney não disse mais nada que eu ouvisse. Depois de alguns minutos, os homens da ambulância foram embora. Um deles estava rindo, mas achei que não tinha relação com o que acontecera. Devia ser alguma outra coisa.

— Estou morrendo de frio — disse Doris do outro lado da mesinha. — Você não está? — Tinha achado e posto os óculos, e estava tremendo de frio. Quase imediatamente, o mesmo agente entrou e trouxe uma manta para ela e outra para mim, embora eu não estivesse com frio, ou achasse que não estava. Meu nariz escorria, era só, e estava com a frente do corpo úmida por causa do chão.

Por algum motivo, dois agentes levaram a garçonete com eles. Ouvi quando a puseram num carro e foram embora. Depois, as luzes do teto do bar foram ligadas, entrou um homem com uma máquina fotográfica e tirou fotos no corredor usando *flash*. Tirou também fotos do bar, inclusive uma em que Doris e eu aparecíamos enrolados em nossas mantas.

Uns dez minutos depois, enquanto esperávamos, mais dois enfermeiros de ambulância entraram com uma maca dobrável sobre rodas. Empurraram-na pelo corredor e achei que pegaram Barney, porque quando passaram de volta pelo bar, ele estava deitado, coberto com um lençol manchado de sangue. Um dos homens segurava o chapéu branco e duro da Burlington Northern de Barney e pude ver um pedaço do rabo-de-cavalo dele por baixo do lençol. Precisei me virar para ver tudo isso. Mas Doris não olhou. Ficou sentada com sua manta enrolada, olhando para a xícara de café que o agente trouxera. Quando a maca sumiu, ela perguntou:

— Era ele?

— Era — confirmei.

— Achei que fosse — disse ela.

Alguns minutos depois, um homem alto, de terno cinza-claro, botas e chapéu de vaqueiro, entrou e deu uma olhada no bar. Ele parecia muito limpo e elegante, tinha pele clara, cabelo ralo e cara de poucos amigos. Primeiro, só nos olhou de relance, antes de examinar a parte atrás do bar e a sala dos fundos, de onde o xerife tinha vindo. Foi para o corredor onde Barney tinha estado e até o banheiro — mas eu não podia vê-lo. Quando saiu, disse alguma coisa para o xerife, que estava de chapéu outra vez, depois trouxe uma cadeira e sentou-se na ponta da mesa, na nossa frente.

Pegou um bloquinho espiral e escreveu alguma coisa com uma caneta esferográfica. Disse, enquanto escrevia:

— Meu nome é Walter Peterson, sou promotor do condado de Toole. Gostaria de saber algumas coisas de vocês.

— Não sabemos de nada — adiantou Doris. — Não moramos aqui, estamos indo para Seattle. Só demos uma parada aqui. —

Ela estava com a manta enrolada até o pescoço, segurando-a pelas pontas.

— Vocês conheciam o falecido? — perguntou o promotor, sem levar em conta o que Doris dissera. Percebi que o falecido era como eles agora chamavam Barney. O promotor tinha um brochinho na lapela — um par de algemas de prata — e, quando se sentou, vi que usava um coldre de couro por baixo do casaco. Ele não tirou o chapéu enquanto falava conosco.

— Não conhecíamos — disse Doris.

— Você conhecia? — perguntou, direto para mim.

— Não, senhor — respondi.

— Algum de vocês dois conversou com ele? — perguntou o advogado, escrevendo alguma coisa no bloquinho.

— *Tentei* falar com ele — explicou Doris. — Quase por acaso, mas ele não estava disposto a falar muito. — Ela olhou para mim e depois correu os olhos pelo bar, que parecia maior e mais sujo com as luzes do teto acesas. — Ele estava com algum tipo de arma? — perguntou ela. — Achei que estava.

— O falecido comentou alguma coisa sobre a esposa? — perguntou o promotor, novamente sem responder a Doris.

— Disse que a esposa tinha sido roubada. Foi o que contou.

O promotor parou de escrever e olhou para Doris como se esperasse ouvir mais alguma coisa. Então, falou:

— Ele disse mais alguma coisa a respeito disso? — Começou a escrever outra vez, e vi que era canhoto, mas escrevia normalmente, sem virar o bloco para trás.

— Não, senhor, não disse mais nada — respondeu Doris. — Lawrence não estava aqui na hora, ele chegou quase no final.

— Final de quê? — quis saber o homem. Suas mãos eram pequenas e grossas e tinha num dos dedos um grande anel de ouro com pedra vermelha.

— No final de nossa conversa, quando ficamos sentados juntos no bar. Antes de ele ir ao banheiro.

— Como é o seu nome? — o promotor me perguntou, e eu disse. Perguntou também o nome de Doris e anotou junto com nossos endereços. Quis saber qual era o relacionamento que tínhamos e Doris explicou que era minha tia, irmã da minha mãe. Ele me olhou como se quisesse perguntar alguma coisa, depois passou a extremidade rombuda de sua caneta no rosto carrancudo e, acho, mudou de idéia.

— O falecido disse alguma coisa para algum de vocês depois que foi ao banheiro?

— Não teve tempo para isso. Atiraram nele — Doris explicou.

— Sei — disse o promotor, mas eu lembrava que Barney tinha dito que queria me mostrar alguma coisa quando voltasse do banheiro. Não falei nada. O promotor escreveu mais alguma coisa e fechou o bloco. Balançou a cabeça e guardou a caneta no bolso do casaco. — Se precisarmos, ligaremos para você — disse ele. Ia dar um sorriso para Doris, mas desistiu. — Está certo? — Tirou dois cartões de visita do bolso e os deixou na mesa. — Quero que fiquem com meu cartão e me telefonem se quiserem acrescentar alguma coisa ao depoimento de vocês.

— Qual foi o problema dele? — perguntou Doris. — Ele disse que esteve em Forte Harrison, mas eu não sabia se devia acreditar.

O promotor levantou-se e enfiou a agenda no bolso de trás. — Ele e a esposa tiveram uma briga, é só o que sei. Ela está desaparecida.

— Sinto muito que tudo isso tenha acontecido — lastimou Doris.

— Vocês vão para Seattle? — perguntou sem sorrir, embora estivesse falando comigo.

— Vamos — disse Doris. — A mãe dele mora lá.

— Lá vai estar mais quente. Vocês vão gostar — avisou. Olhou para um dos agentes, que estava esperando por ele, afastou-se, os dois começaram a conversar ao lado do bar. Houve um momento em que olhou em nossa direção como se estivesse falando de nós, mas logo saiu. Ouvi sua voz, depois o carro sendo ligado e indo embora.

DORIS E EU FICAMOS sentados mais dez minutos, enquanto os agentes e um patrulheiro rodoviário conversavam no bar. Pensei que podia ir ver o lugar onde atiraram em Barney, mas não queria ir sozinho e nem pedir a Doris para vir comigo. Depois que ficamos ali um pouco, ela falou:

— Acho que já podemos ir embora.

Levantou-se, dobrou sua manta e deixou em cima da mesa, e eu fiz a mesma coisa. Ela foi até o bar e pegou o dinheiro, o casaco, a bolsa e as chaves. As luvas de trabalho e o vinho de Barney ainda estavam no balcão, e percebi uma meia-garrafa de uísque no chão, sob o banquinho onde Barney se sentara. Um dos agentes estava recolhendo as cápsulas vazias de balas e disse alguma coisa para Doris, riu, e ela disse:

— Só parei para tomar um drinque, nada mais — e também riu. Fui correndo até o lugar onde os homens armados tinham ficado no corredor. E o que vi foi a porta do banheiro presa só na dobradiça inferior e muita luz vindo do banheiro. Mais nada. Nenhum buraco na parede, nem marcas em lugar nenhum. Não havia nem sangue, mas eu tinha certeza de que devia haver em algum lugar, já que eu tinha visto manchas no lençol quando Barney foi retirado. Estava tudo vazio no banheiro, quase como se nada tivesse acontecido.

Doris aproximou-se de mim enquanto guardava as coisas na bolsa.

— Vamos dar o fora daqui — disse puxando meu braço, e saímos do Oil City sem falar com ninguém, direto para a noite fria. Havia muita neve acumulada no chão e que continuava caindo. Do lado de fora, todos os sons estavam amortecidos e eu podia ouvir melhor. Do outro lado da ferrovia ficavam os fundos escuros das lojas da rua principal de Shelby e pelas alamedas eu via as luzes de Natal, um grande letreiro amarelo de motel e os faróis dos carros passando. Ouvia a buzina dos carros e o apito de uma locomotiva de manobras tocando no escuro. Dois carros de polícia estacionaram diante do bar com os motores ligados e as luzes apagadas, e duas mulheres estavam paradas na neve, do outro lado da rua, olhando a porta para ver o que iria acontecer em seguida. Um dos meninos que vi na drogaria quando comprei o relógio para minha mãe estava conversando com as mulheres, com as mãos enfiadas nos bolsos da jaqueta. Talvez pensassem que haveria mais agitação. Mas pensei que alguém iria chegar, fechar o bar e pronto. Achei que nunca mais seria aberto.

Doris parou na calçada e ficou calada. Escondeu as mãos sob os braços cruzados para se aquecer. Estava com a cabeça baixa, os sapatos de verniz vermelho cobertos de neve. Parecia pensar em alguma coisa que só lhe ocorreu quando saiu do bar. Estávamos de frente para a estação, mais adiante na rua, com as janelas iluminadas. O táxi que parara diante do Oil City agora estava estacionado lá, com sua luz verde acesa no teto. Outros carros tinham chegado, por isso não dava para ver o de Doris. Meus pés estavam começando a gelar e eu queria ir para a estação e esperar o trem lá dentro. Faltava apenas uma hora para ele chegar.

— Droga, *que* falta de sorte essa história — reclamou Doris, e apertou mais os braços. — Não é o que acontece, mas o que você faz com o que acontece, claro. — Olhou para os outros dois bares do quarteirão, que pareciam exatamente iguais ao Oil City

— fachadas de madeira escura com letreiros vermelhos nas janelas. — Estou com cobras dentro das botas, como dizem os irlandeses — disse, e cuspiu na neve da rua. Nunca tinha visto uma mulher fazer isso. — Nunca ouviu seu pai dizer que havia cobras nas suas botas quando estava bebendo?
— Não — respondi.
— Quer dizer que está precisando de mais um drinque. Mas eu não acho que possa entrar em mais um bar esta noite. Preciso sentar no carro e me recuperar. — A vitrola automática começou a tocar alto no Oil City, o som invadindo a rua.
— Você agüenta ficar sentado ao meu lado? Pode ir esperar na estação, se quiser. — Ela sorriu para mim, um sorriso que me fez ficar com pena dela. Achei que devia estar se sentindo mal por causa de Barney, ou se considerar culpada pelo que aconteceu.

Na plataforma ao lado da estação, dois homens de casacos grossos estavam conversando, mudando o peso do corpo de um pé para outro. Uma locomotiva de manobras passou lentamente por eles. Queria entrar e me aquecer. Mas disse: — Eu vou com você.

— Não precisamos ficar muito tempo — avisou Doris. — Eu só quero ficar algum tempo sem ver ninguém. Vou me acalmar em dois minutos, certo? — Foi andando pelo meio da rua. — Todos os dias, atos de heroísmos são elogiados — disse, enquanto andava e sorriu para mim outra vez.

O carro rosa de Doris estava coberto de neve em meio a outros que tinham entrado por trás da estação. Ela ligou o motor e o aquecedor, mas não o limpador de pára-brisas, e ficamos sentados no frio enquanto o aquecedor soprava um ar gelado em nossos pés e eu não conseguia enxergar lá fora, só as luzes borradas da estação como se estivessem pintadas na janela gelada.

Doris pôs as mãos no colo, teve um calafrio e bateu os pés no chão. Abaixou a cabeça e soprou fumaça pela boca. Fiquei sentado com as mãos nos bolsos, tentando ficar quieto, imóvel, até o ar começar a esquentar. A frente do meu casaco ainda estava molhada.

— Calafrios duplos — disse Doris, enfiando mais o queixo para dentro do casaco. Estava pálida, como se estivesse doente, seu rosto parecia pequeno e os olhos, cansados. — Sabe quando você assiste à tevê no dia de Ano-Novo e todos os personagens das novelas param e viram para as câmeras e desejam Feliz Ano-Novo? Você já viu isso?

— Não — respondi, porque nunca assistia a novelas.

— Mas eles fazem, pode ter certeza. É minha hora preferida de um ano de novelas. Eles param um instante, depois voltam à programação e continuam. É maravilhoso: eu assisto religiosamente.

— Nós vemos futebol nesse dia, quando temos tevê — disse, e encolhi os dedos dos pés porque estava com frio e não pude deixar de pensar na possibilidade de os gases expelidos pelo cano de descarga estarem entrando no carro. Tentei ver se estava com sono, mas não. Minha mandíbula ainda estava contraída e sentia meu coração batendo forte no peito, como se tivesse corrido; minhas pernas tiritavam acima dos joelhos.

— É disso que você gosta, de futebol? — perguntou Doris pouco depois.

— Não, não gosto mais.

— Acho que você está pronto para enfrentar a vida.

— Já comecei — disse.

— Certamente, esta noite. — Doris pegou a garrafa de aguardente no chão, onde a deixara, destampou e tomou um gole. — Estou com um gosto amargo na boca — disse. — Quer fazer um brinde ao coitado do Barney? — Ofereceu-me a garrafa e senti o cheiro.

— Não, obrigado — agradeci e não aceitei.

— Aos pobres mortos e aos nossos amigos ausentes — brindou ela, e tomou outro gole. O ar que saía do aquecedor estava mais quente.

— Por que você disse à polícia que ele estava no banheiro? — perguntei.

Doris segurou a garrafa na altura das luzes da estação.

— Eu não esperava que fosse acontecer aquilo. Se tivessem falado com ele na língua indígena, nada disso teria acontecido. Mas não falaram. Foi um problema de desconfiança mútua. — Ela disse alguma coisa no que devia ser a língua indígena, algo que soava como palavras lidas de trás para a frente e não como algo que você ouviu mal ou não entendeu o sentido. — Sabe o que isto quer dizer?

— Não — respondi.

— Quer dizer: "Saia com as mãos para o alto e não vou te matar" na língua da tribo Gros Ventre. Ou alguma coisa parecida, pois eles não têm uma palavra para *mãos ao alto*. Barney teria entendido, se fosse da tribo Gros Ventre.

— Mas por que você disse aquilo para eles? — perguntei, achando que Barney poderia estar vivo se não tivesse sido encurralado ali, talvez apavorado. Podia estar na cadeia agora, dormindo, e não morto.

— Não pensei que fossem atirar nele. — Doris me olhou como se estivesse surpresa. — Acha que estou arrasada por ter feito isso?

— Não — respondi, embora não fosse inteiramente verdade.

— Ele matou a mulher, tenho certeza. Vão encontrar o corpo dela em algum lugar de Browning hoje à noite, espancada até a morte, ou apunhalada, ou queimada numa vala. É assim mesmo. Ela decerto tinha um namorado. A polícia já estava à procura de Barney, eu soube disso na hora em que ele se sentou ao meu lado. As pessoas ficam com um cheiro. — Ela soprou mais vapor gelado. — Acho que o aquecedor não está funcionando. — Girou o botão de um lado para outro. — Pega na minha mão. — Esticou as duas mãozinhas para mim e estavam geladas e ásperas. — São o que tenho de mais bonito, acho — disse, olhando para as mãos. Depois, olhou para as minhas e tocou o lugar onde sua aliança tinha machucado meu dedo. — A pele é o que *você* tem de mais bonito — disse ela, olhando para o meu rosto. — Você se parece com sua mãe e tem a pele de seu pai. Provavelmente vai acabar se parecendo com ele. — Ela se aproximou de mim. — Estou com tanto frio, meu bem — disse, apertando as duas mãos juntas contra o meu peito e encostando o rosto no meu. A pele do rosto dela estava fria, enrijecida, não muito macia e a armação dos óculos também estava fria. O cabelo tinha cheiro de suor. — Estou tonta e você está tão quente. Seu rosto está quente. — Ela ficou com o rosto encostado no meu para que eu sentisse como o meu estava quente. — Você tem que me aquecer — sussurrou ela. — Tem coragem de fazer isso? Ou é um covarde no assunto? — Colocou as mãos em volta do meu pescoço e por baixo do meu colarinho e eu não sabia o que fazer com minhas mãos, mas as coloquei em volta dela e comecei a puxá-la para mais perto, e senti o peso de seu corpo e a pressão de suas pernas sobre as minhas pernas frias. Senti suas costelas e suas costas — tensas, como estavam quando ficamos deitados no chão do bar. Senti a respiração dela por baixo do casaco, com o cheiro do que ela acabara de beber. Fechei os olhos e ela me disse, como se lamentasse alguma coisa — Ah, você entendeu, não é? Você entendeu tudo.

— O quê? O que você está dizendo?

E ela disse:

— Não, não. Ah, não, não. — Foi só o que ela disse. Depois não falou mais.

No TREM, SENTEI-ME de frente para Doris enquanto o mundo vazio e escuro passava do lado de fora de nosso compartimento como um rio de neve. Ela havia lavado o rosto, limpado as lentes dos óculos, passado perfume e tinha uma aparência melhor. Estava ótima, embora a frente de seu vestido vermelho tivesse manchas do lugar onde ficamos deitados no chão do bar, no molhado. Sentamos e olhamos pela janela durante algum tempo, sem falar nada, e vi que ela tirara as meias e os brincos, e que suas mãos *eram* bonitas. Os dedos eram compridos e finos e não usava esmalte nas unhas. Pareciam naturais.

Liguei para meu pai da estação. Achei que tinha de contar a ele sobre Barney e o que tinha acontecido, dizer que eu estava bem, embora pudesse explicar mal e ele talvez resolvesse me buscar, e eu não iria para Seattle, nem conseguiria ver minha mãe.

O telefone tocou por muito tempo e quando meu pai atendeu parecia ofegante, como se tivesse corrido ou vindo lá de fora.

— Está nevando em Montana, querido — contou ele, retomando o fôlego. Ouvi quando bateu os pés no chão para tirar a neve. — Parece que faz muito tempo que você foi embora.

— Ainda estamos em Shelby. Aqui também está nevando — falei. Doris estava na bilheteria, conversando com a mulher com quem eu tinha falado, Betty. Sabia que estavam falando sobre Barney. A sala de espera agora tinha mais gente com malas e pacotes, e estava barulhenta. — Vimos um homem ser morto a tiros num bar esta noite — contei para meu pai, assim de repente.

— O quê? O que você disse? — repetiu meu pai, como se não tivesse ouvido direito.

— A polícia matou.

— Onde está Doris? Quero falar com ela — disse meu pai. Eu sabia que tinha se assustado com o que falei. — Onde você está? — perguntou com a voz preocupada.

— Em Shelby, na estação. Fiquei deitado no chão com Doris, não aconteceu nada conosco.

— Filho, onde ela está? Deixa eu falar com ela agora — disse meu pai, parecendo mais calmo.

— Está conversando com uma pessoa. Não pode vir até aqui ao telefone — expliquei.

— A polícia está aí? — perguntou meu pai, e eu sabia que ele estava pensando em vir me apanhar e levar de volta para casa. Mas estava nevando forte e o trem chegaria antes dele.

— Estávamos no bar Oil City — eu disse calmamente. — Não era uma pessoa conhecida nossa, era um índio.

— Mas o que está acontecendo? — gritou meu pai, e por isso fiquei imaginando se ele teria bebido. — Ela estava com alguém?

— Não, não estava — garanti. — Agora está tudo bem, já acabou.

Houve então uma longa pausa em que meu pai ficou calado, mas eu podia ouvir seus pés se mexendo no chão e sua respiração pesada, e sabia que ele estava pensando no que deveria fazer.

— Não há muito o que eu possa fazer, não é? — disse ele baixinho, como se não fizesse questão de que eu ouvisse, ou talvez nem quisesse. Então, não respondi e esperei que ele dissesse algo que quisesse que eu ouvisse. Tentei pensar em alguma coisa para perguntar mas não estava querendo saber nada. Contar o que acontecera tinha feito qualquer outra coisa perder a importância.

Então ele falou mais alto, como se tivesse uma nova idéia — Você está bem?

— Sim, senhor.

Ele fez uma pausa. — Sua mãe ligou esta noite.

— O que ela disse?

— Queria saber se você tinha ido direito e como estava. Disse que, se eu quisesse, poderia ir com você, e falei que ela deveria ter convidado antes, que eu já tinha outros planos.

— Jensen está aí? — perguntei e, não sei por quê, chamei-a pelo sobrenome. Meu pai riu. — Yoyce? Não, esta noite a Senhorita

Jensen tem outras visitas. Estou só com os cachorros, deixei os dois entrarem. Estão procurando você pela casa agora.

— Você não precisa se preocupar comigo — recomendei.

— Está certo, não vou me preocupar. — E fez outra pausa. — Sua mãe disse que ia tentar fazer com que você ficasse lá. Portanto, não se surpreenda.

— O que você disse a ela?

— Disse que dependia de você, não de mim.

— E o que ela disse então?

— Nada. Nada sobre isso — ele respondeu, e tive certeza de que não tinha bebido. — Antes de você ligar, estava pensando em quando eu tinha a sua idade. Meus pais discutiam muito, com gritos e tudo mais. Brigas. Meu pai uma vez jogou minha mãe contra uma parede da casa e ameaçou bater nela porque ele convidara alguns amigos de Moorhead, ela não gostou deles e os mandou embora. Assisti a tudo de camarote. Ninguém foi embora, claro. Isso foi melhor do que toda essa bobagem. Mas não sei o que *você* deve fazer.

Doris me viu da sala de espera, sorriu e acenou. Apontou um dedo para ela mesma, mas eu não queria que falasse com meu pai.

— Lembra quando você disse que Doris era simpática? — perguntei, olhando para ela. — Você estava falando nela, fiquei pensando o que queria dizer com isso.

— Ah — lembrou meu pai, e ouvi um dos cães latindo e ele gritando: — Parem! — Depois disse: — Eu queria dizer que ela era generosa com seus amigos. Pelo menos comigo ela era. O que você achou? Ela é simpática com você?

— É. Você acha que seria melhor eu ficar com minha mãe?

— Bom, só se você quiser. Eu te daria razão, Seattle é um lugar ótimo, mas ficaria feliz se você voltasse. Devíamos conversar sobre isso quando voltar. Você vai ter uma idéia melhor.

— Está certo — concordei.
Ouvi a coleira de um cachorro tinindo e achei que meu pai devia estar afagando um deles. — Tem certeza de que você está bem? — perguntou meu pai.
— Estou ótimo — garanti.
— Eu gosto de você, Larry. Esqueci de dizer isso antes de você ir. É uma coisa importante.
— Eu gosto de você — repeti.
— Que bom, muito obrigado — disse ele.
E desligamos.

DEPOIS DE UMA HORA vendo a noite passar — a cidade de Cut Bank, Montana, alguns faróis fortes por trás de um clarão, uma barreira de neve e uma placa de estrada indicando Santa Rita e a fronteira do Canadá — houve um longo e escuro espaço em que o trem passou ao lado da auto-estrada que não tinha um só carro, apenas a luz de uma fazenda ou outra à distância, um campo de mísseis lá longe no escuro e alguns caminhões correndo para chegar em casa para a Ação de Graças — depois de uma hora olhando isso, Doris começou a conversar comigo, dizendo tudo o que lhe vinha à cabeça, como se achasse que podia me interessar. Sua voz estava diferente ali no compartimento, perdera o tom abafado, e era uma voz comum, que não tinha qualquer outra intenção.

Ela repetiu que achava a cidade de Shelby muito estranha e que lhe lembrava Las Vegas, em Nevada, onde se casara com Benny. Disse que as duas cidades eram distantes de qualquer lugar importante e eram imprevisíveis — ao contrário de Great Falls, que ela achava bastante previsível. Disse que sabia que o xerife não tivera a intenção de atirar em Barney, que deveriam ter feito alguma coisa para evitar, mas não fizeram por falta de conhecimento. E afirmou novamente que ela era a pessoa errada para meu pai e que sempre quis dizer umas coisas importantes para minha mãe, o que achava dela — algumas coisas boas, outras, não — mas que jamais pôde dizê-las porque minha mãe a considerara uma rival alguns anos antes. Falou de como seria se divorciar, que o pior eram os pensamentos, não poder controlar o que passava pela cabeça, e que no dia seguinte, de Ação de Graças, ela ia dizer para minha mãe voltar para casa já, ou correria o risco de ficar sozinha para sempre. — A vida vai engolir você — foram estas as palavras que ela usou. Depois, recostou-se no banco e me olhou.

— Estive envolvida com uma mulher durante algum tempo. Bastante tempo, na verdade. Foi muito bom — concluiu. — Mas agora não estou mais com ela. Você fica chocado com isso? Tenho certeza que sim.

— Não — falei, mas fiquei. Bastante chocado.

— Pois me chocou, mas *você* não é capaz de admitir, é assim. Não sabe confiar nas pessoas e dizer a verdade. É igual a seu pai.

— Ela tirou os óculos e passou a ponta dos dedos sob os olhos.

— Eu sou capaz de dizer a verdade — falei, e queria mesmo ser capaz. Não queria ser uma pessoa que não podia dizer a verdade, embora não quisesse dizer a Doris que estava chocado com o que acabara de ouvir.

— Não tem importância — disse ela, e sorriu como tinha feito antes naquele dia, como se quisesse dizer que gostava de mim e eu podia confiar nela. Pôs os óculos outra vez com muito cuidado. — Você comprou um presente bonito para sua mãe? Aposto que você tem bom gosto.

— Comprei um relógio.

— Ah, é? Deixa eu ver — e ela se inclinou, parecendo interessada.

Peguei meu casaco, que estava na poltrona ao lado. Do bolso, onde guardara também o cartão do promotor, tirei a caixinha de plástico transparente embrulhada em papel branco e abri para Doris ver. Ela segurou a caixa, abriu e pegou o relógio com seu pequeno ponteiro marcando os segundos — eu quase podia ouvir — olhou bem de perto e encostou no ouvido. — Muito bem, está funcionando — disse, e sorriu para mim. Pôs de novo na minha mão: — Jan vai adorar — disse ela, enquanto eu o guardava. — É o presente perfeito. Gostaria que alguém me desse um relógio. Você é um amor de menino — Segurou minhas bochechas nas suas mãos quentes, apertou-as, e cheguei a pensar que fosse me beijar, mas não o fez. — Pena que não existam garotos assim em toda parte — disse. Ela recostou-se na poltrona, pôs as mãos no colo e fechou os olhos, e eu achei que ela ia dormir um pouco. Mas logo depois ela disse, com os olhos fechados e a noite passando em clarões do lado de fora: — Gostaria que existissem cânticos de Dia de Ação de Graças, assim poderíamos cantar um agora — e adormeceu, porque sua respiração ficou mais leve e regular, a cabeça caiu sobre o peito e suas mãos ficaram paradas e abandonadas.

Durante um longo tempo eu fiquei sentado imóvel e senti como se estivesse completamente fora do mundo, sem ter um ponto de partida ou de chegada, voando pelo espaço como um menino num foguete. Mas, depois de algum tempo, acho que prendi a respiração, porque meu coração começou a bater mais forte e tive essa sensação, a terrível sensação de estar sufocando, a vida escapando — rápido, rápido, segundo a segundo — e era preciso fazer alguma coisa para me salvar, mas não conseguia. Só então lembrei que era eu mesmo que estava provocando aquilo e que tinha de parar. Consegui respirar outra vez. Olhei a noite pela janela, as nuvens tinham se dispersado e a neve parara de cair, o céu sobre o vasto campo branco estava macio como o mais macio veludo. E me senti calmo. Talvez pela primeira vez na minha vida, eu estava calmo. Tanto que também fechei os olhos e dormi.

Ocidentais

CHARLEY MATTHEWS e Helen Carmichael chegaram a Paris uma semana antes do Natal. Em Ohio, quando fizeram grandes planos para a viagem, esperavam ficar só dois dias — tempo suficiente para Charley (que publicara seu primeiro romance) almoçar com o editor francês e para o casal ir a um museu, fazer umas duas refeições incomparáveis, talvez assistir a um balé, e depois correr para a Inglaterra. Matthews queria visitar a Universidade de Oxford, onde quase fora aceito quinze anos antes. (Na última hora, foi preterido e acabou fazendo seu doutorado em Purdue, o que sempre o envergonhou.)

Mas as coisas em Paris não ocorreram do jeito que eles esperavam.

Em primeiro lugar, o clima de fim de outono, que o jornal de Ohio previra que seria ameno e seco, com sol suave à tarde — perfeita para longos passeios a pé pelo Bois de Boulogne ou de barco pelo Sena — ficou frio de repente e terrivelmente úmido, com uma névoa pegajosa, densa, e uma chuva que não permitia ver nada e dificultava qualquer caminhada. No percurso de táxi do aeroporto para a cidade, Matthews viu no guia Fodor's que Paris ficava bem mais ao norte do que ele imaginava — achava que era mais no centro. Mas percebeu que ficava no mesmo paralelo de Gander, na Terra Nova, o que tinha uma conseqüência lógica, segundo o guia: chovia mais em Paris do que em Seattle, e o inverno costumava começar em novembro.

— Está frio mesmo — constatou ele, olhando as ruas desconhecidas que a chuva escurecia. — Fica a apenas doze horas de carro de Copenhague.

A segunda notícia inesperada foi que François Blumberg, o editor francês de Matthews, telefonou logo na tarde em que o casal chegou, para saber como estavam e dizer que seu próprio programa fora alterado. Ia viajar naquela tarde com a mulher e os quatro filhos para um lugar no Oceano Índico, e por isso não poderia convidar Matthews para almoçar ou visitar a editora — Éditions des Châtaigniers — que ficaria fechada nos feriados natalinos. Blumberg parecia satisfeito com esse cancelamento súbito e grosseiro, embora ele tivesse sugerido a viagem ("Vamos ficar bons amigos") e prometido ser o guia de Matthews em Paris — "para ir a lugares diferentes, que os turistas jamais têm a sorte de conhecer", como jardins orientais escondidos em Montparnasse; contatos pessoais com amigos ricos e famosos de Blumberg; jantares em salas privadas de restaurantes cinco estrelas; galerias fechadas ao público no Louvre, cheias de Rembrandts e da Vincis.

— Mas, claro, certamente, na *próxima vez* que você vier a Paris, faremos um grande passeio — prometeu Blumberg ao telefone. — Ninguém conhece você na França agora, mas isso vai mudar. Depois que seu livro for lançado, tudo vai mudar, você vai ver. Vai ficar famoso. — Pelo som ofegante que fez em seguida, Matthews concluiu que Blumberg tinha inspirado depressa, fazendo uma pequena pausa que indicava que ele mesmo estava surpreso com o que dissera. Todos os franceses devem fazer esse ruído, achava Matthews. A única francesa que dava aulas na Faculdade Wilmot, onde ele lecionara, fazia aquele ruído com freqüência. Ele não tinha a menor idéia do que significava.

— Acho que sim — concordou Matthews, deitado na cama, só com a parte de cima do pijama. Estava dormindo, descansando da viagem, quando foi acordado por Blumberg. Helen tinha saído naquele frio para achar o que comer, pois o hotel, Nouvelle Métropole, era muito simples e não tinha restaurante. Lá fora, na fria e chuvosa Rue Froidevaux, um grupo de motoqueiros acelerava e provocava estouros dos motores; vozes masculinas exaltadas gritavam em francês como se estivessem querendo briga. Em algum lugar, uma sirene de polícia se aproximava. Matthews ficou pensando se estaria vindo para seu hotel.

— Você me faria um favor pessoal se pudesse ficar para se encontrar com sua tradutora, Madame de Grenelle — continuou Blumberg. — Ela é muito famosa e difícil de convencer a respeito de romances americanos. Mas achou seu livro fascinante e gostaria de conhecer o autor. Infelizmente, ela também está fora da cidade e só voltará daqui a quatro dias.

— Não estávamos pensando em ficar tanto tempo — disse Matthews, irritado.

— Bom, naturalmente você faz como quiser — conciliou Blumberg — mas isso ajudaria as coisas. Traduzir não é só passar seu livro para o francês: é *criar* seu livro em francês. Portanto, a tradução precisa ser absolutamente perfeita para que os leitores possam entendê-lo bem. Não queremos que você ou seu livro sejam mal compreendidos. Queremos que você fique famoso. As pessoas passam muito tempo se desentendendo.

— Certamente — disse Matthews.

Blumberg deu então o telefone e o endereço de Madame de Grenelle para Matthews e repetiu que ela estava esperando que ligasse. Pelas cartas que trocaram, Matthews imaginara François Blumberg como um velho, um gentil defensor de uma antiga chama, supervisor de uma rica e farta cultura, da qual apenas uns poucos podiam desfrutar: devia ser uma pessoa de quem ele gostaria na hora. Mas agora, via Blumberg como um homem mais jovem

— talvez até tivesse a mesma idade, trinta e sete anos — baixo, pálido, careca, cheio de espinhas na cara, provavelmente um professorzinho que trabalhava no ramo editorial para equilibrar o orçamento, que usava terno preto e sapatos baratos. Matthews imaginou Blumberg lutando para subir os degraus de metal molhados pela chuva até um avião em vôo fretado, superlotado e enfumaçado, seguido por uma mulher magrinha e quatro crianças, cheios de malas e sacolas de plástico, todos gritando a plenos pulmões.

— Mas, claro, essa época é ótima para ficar na cidade — disse Blumberg, como se estivesse com pressa. — Todos nós, parisienses, viajamos para lugares quentes. Vocês terão a cidade inteira só para vocês e seus amigos, os alemães. Nós a retomaremos depois que vocês saírem. — Ele riu e acrescentou: — Espero que possamos nos encontrar na próxima vez.

— Certo, eu também — disse Matthews. Queria dizer mais alguma coisa, mostrar o transtorno que essa mudança de programa iria causar. Mas Blumberg murmurou uma frase incompreensível em francês, riu de novo, fez outro ruído ofegante e desligou.

Matthews tomou aquilo, claro, como um insulto. Sem dúvida, um típico insulto francês (embora não soubesse como era um insulto francês). A melhor resposta era fazer as malas, chamar um táxi, sair do hotel e pegar o primeiro transporte disponível. Não sabia bem para onde. Só que o resto da viagem ficaria empanado por uma sombra de desapontamento antes mesmo de ter tido a oportunidade de ser divertido.

Matthews se arrastou da cama até a janela, descalço e com a camisa do pijama. Do lado de fora das vidraças frias, o ar estava sujo e pesado. Não parecia Natal. Não parecia Paris, aliás. Do outro lado da Rue Froidevaux, um grande cemitério se estendia em meio ao nevoeiro e às árvores até onde sua vista podia alcançar. À direita, na neblina, havia uma enorme estátua de um leão de pedra, no meio de uma movimentada ilha de retorno na rua. Mais além, uma série de prédios e carros subindo e descendo uma larga avenida, com seus faróis amarelos acesos na névoa da tarde. Isto era Paris. Um carro de polícia parou na rua, suas luzes azuis faiscando, dois oficiais uniformizados, com brilhantes capacetes brancos, gesticulavam para três homens de moto. No passado, quando imaginava Paris, pensava em jazz, rolhas de champanhe Dom Pérignon estourando no meio da noite clara e seca, ruas largas e cheias de luzes, risos. Divertimento. Agora ele não conseguia saber nem para onde estava olhando. Leste? Onde ficava a Torre Eiffel? Aquele era o Décimo-Quarto *arrondissement*, a margem esquerda do rio. Muitos escritores americanos famosos moraram por ali, embora no momento ele não conseguisse lembrar de nenhum, nem de onde moravam, apenas que os franceses fizeram com que eles se sentissem em casa, de um modo que seus próprios compatriotas não tinham conseguido. Ele nunca teve muita vontade de ir a Paris. Para ele, o problema sempre pareceu ser o de conseguir converter algo que acontecesse ali num fato que provocasse interesse no lugar de onde ele vinha. Pensou em todos os chatos que voltam de Paris contando cada detalhe da viagem, tentando convencer que foi uma experiência importante. Não foi, *naturalmente*. Portanto, vir a Paris com uma intenção séria significava que seria preciso ficar. Só que ninguém podia ir a um lugar onde nunca esteve com a intenção de ficar. Isso não era viajar. Era fugir. E ele não tinha nada do que fugir. Penny, sua indiferente mulher, sempre quis que ele a levasse ao "exterior", mas ele resistiu — o que provavelmente foi um erro.

Mas, agora, do lado de fora da janela, Paris parecia frustrante. Podia ser Berlim Oriental. Até mesmo ir embora seria difícil. E ele tinha vindo para tão longe. Pagara a viagem dos dois. Ir embora seria um prejuízo completo.

No romance de Matthews — *O dilema* — Greta, mulher do personagem principal (um leve e pouco lisonjeiro disfarce de Penny) saíra, de repente, de seu acomodado mas sufocante casamento numa pequena cidade universitária no "Maine", levando junto o amante no carro da família (sendo ele um louro e atlético padre católico, que estava abandonando a batina após ser seduzido por Greta logo depois de convertê-la), foi para Boston e depois pegou um avião para Paris, onde os dois tiveram finais diferentes, mas igualmente ruins. (versão bem distante da real: Penny estava na Califórnia).

Mas Matthews, que nunca havia estado em Paris, optou pela cidade apenas por capricho, da mesma forma que agora pensava num lugar para sair dela. Bastava escolher uma palavra. Praga. Cairo. Gdansk. Para escrever seu romance, ele pesquisou tudo em bibliotecas, guias turísticos e mapas de metrô, e fez com que fatos importantes se passassem perto de pontos famosos como a Torre Eiffel, a Bastilha e os Jardins de Luxemburgo, ou em lugares que ele inventou, usando palavras em francês cujo som lhe agradava. Rue Homard. Place de Rebouteux. Ele acabou reduzindo a parte de Paris para enfatizar o desejo do narrador de ficar sozinho e para atenuar o fim de "Greta", atropelada por um carro na Rue de Rivoli — a encantadora rua com a extensa e linda arcada que ele percebeu por acaso pela janela do táxi naquela manhã. Gostou de ver as placas da Rue de Rivoli. Paris, por um breve instante, pareceu reconhecível. Ao contrário de agora, quando ele não conseguia identificar onde ficava o norte da cidade.

No cemitério, do outro lado do muro que o separava da Rue Froidevaux, algumas pessoas estavam em volta de uma cova. Os homens usavam solidéu e passavam de mão em mão uma pazinha para jogar terra na cova. Quando foram embora, abriram guarda-chuvas e sumiram na névoa no meio das tumbas. Ele tinha lido que os judeus dispunham de áreas separadas dentro dos cemitérios franceses, ao contrário dos Estados Unidos, onde tinham seus próprios cemitérios.

— Joyeux Noël! Parles-toi anglais ici? — perguntou Helen, entrando no quartinho frio. Trazia o almoço numa sacola de papel; a capa de chuva e o cabelo estavam pingando. — Você viu o cemitério cheio de franceses mortos, do outro lado da rua? Um lado do muro tem vida, insensível e alienada. O outro, tem morte, total e inevitável. Os dois lados não se comunicam. Gosto disso, talvez fosse bom ser enterrada aqui. — Ela esticou a língua e fez uma careta para ele. Helen estava de bom humor.

— Blumberg ligou — informou Matthews, aborrecido. — Não pode encontrar-se comigo agora, vai para o Oceano Índico.

— Mas que problema — disse Helen.

— Mas quer que eu fique para um encontro com a tradutora do meu livro. — Matthews percebeu que estava contando como se fosse um problema para Helen resolver.

— Bem, existe alguma razão para você não poder ficar? — perguntou Helen, largando a sacola úmida na mesa-de-cabeceira.

— Ela não está em Paris agora, só volta daqui a quatro dias — explicou Matthews.

— O que podemos fazer? — perguntou Helen animada, tirando a capa molhada. — Vamos descobrir alguma coisa para fazer em Paris. Isto aqui não é Cleveland.

— Eu queria ir a Oxford — lembrou Matthews.

— Você não vai conseguir ir a Oxford, mas *conseguiu* vir a Paris. E os tradutores não são importantes? Aliás, gosto da sua roupa — disse ela. Matthews estava ao lado da janela só com a camisa do pijama. E num apartamento do quarto andar, num país estrangeiro onde ninguém o conhecia. Não tinha pensado nisso. Helen esticou os lábios de um jeito provocante. Ela estava cada vez mais voraz em matéria de sexo, mais do que precisava, pensou Matthews, e via a situação como excitante.

— Vou precisar ver se podemos ficar com o apartamento — disse ele, afastando-se da janela e procurando as calças do pijama.

— Esse hotel não deve ter muita procura. — Helen correu os olhos pelo pequeno quarto. O hotel pertencia a um grupo de árabes e era administrado por indianos. Algumas fotos decoravam as paredes com temas árabes: um oásis com um camelo esquelético na sombra; alguns homens no deserto com grandes mantos de lã e capuz, sentados em círculo, ao lado de outro camelo.

— Este lugar é triste — constatou Matthews, odiando o som de sua voz queixosa. Estava assim por causa do *jet lag*, a diferença de fusos horários. — Acho que devíamos chamar um táxi e ir embora. Pegar um trem para algum lugar.

— Para onde? — perguntou Helen.

— Para a Riviera, talvez. Pensei que fosse mais perto de Paris.

— Não quero ir para a Riviera, gosto daqui. Sempre quis vir. Vamos deixar que o inesperado aconteça. Vai ser romântico. É Natal em Paris, Charley. Não existe uma canção que fala nisso? — disse ela.

Matthews não conhecia qualquer canção sobre o Natal em Paris. — Nunca ouvi nenhuma.

— Bom, então vamos ter de inventar — sugeriu ela. — Eu faço a música e você, a letra. Você é o romancista. Não precisa ser Proust para criar uma canção sobre o Natal em Paris.

— Talvez não — considerou Matthews.

— Olha, eu lhe disse, você já está mais contente. Traduzi você para ficar mais contente. Daqui a pouco estará cantando — disse Helen, sorrindo.

MATTHEWS CONHECEU Helen Carmichael cerca de dois anos antes. Ela era aluna do curso para adultos em que ele dava aulas sobre Romance Afro-americano, sua especialidade na Faculdade Wilmot (embora ele não tivesse ascendência africana). Foi atração à primeira vista. Eles passaram a se encontrar sempre para tomar café depois das aulas e começaram a dormir juntos quando o curso acabou, época que coincidiu com o período lúgubre em que Penny pegou a filha deles, Lelia, e foi para a Califórnia, e Matthews percebeu que detestava lecionar e tudo o que fosse relacionado a isso. Resolveu que devia procurar uma vida mais livre e começou a escrever um romance como forma de se ocupar até o ano letivo acabar e ele poder se demitir.

Helen era oito anos mais velha que ele, alta, de cabelos louro-acinzentados, feições ossudas e seios grandes, parecendo uma corista, com uma boca larga e sensual e bondosos olhos azuis por trás dos óculos de aro de tartaruga. Matthews gostava de encontrar consolo nos olhos dela. Percebeu que todos os homens olhavam para Helen. Havia nela uma qualidade maior que a vida, embora não necessariamente maior e melhor. Helen gostava de acreditar que os homens tinham "muita dificuldade" com ela, e que a maioria tinha medo dela porque era "difícil de acompanhar", o que significava que ela se considerava sabida e irônica. Helen era de uma pequena cidade na Virgínia ocidental, cuja principal atividade eram as minas de carvão, e já tinha sido casada três vezes, mas agora estava solteira e não tinha vontade de tentar outra vez. Trabalhava numa agência de publicidade do outro lado do rio Ohio, em Parkersburg, perto de onde fora criada. Disse a Matthews que achava que Paris era o lugar mais distante para onde a vida a tinha levado e onde provavelmente a deixaria — e que aos quarenta e cinco anos tinha feito um pacto com o destino e estava disposta a ser realista. Matthews gostava dela por sua independência.

Os dois tinham começado a desfrutar de uma eventual e inteiramente satisfatória intimidade sexual, passando as tardes na cama da casa dele, fazendo viagens de fim de semana para Pittsburgh e, às vezes, para mais longe, até Washington, mas, quase sempre, saíam de carro ao anoitecer para jantar numa das aconchegantes pousadas ou em fábricas de sidra restauradas que se espalhavam pelas margens do rio Ohio. Costumavam acabar numa desconjuntada e velha cama de dossel num quartinho quente de sótão no terceiro andar, tentando em vão fazer o mínimo de barulho enquanto desfrutavam um do outro e da noite.

De modo geral, eles se consideravam viajantes fortuitos que enfrentavam as rajadas da vida. (No ano anterior, Helen teve câncer em algum lugar e ainda estava oficialmente em recuperação e tomando remédios; Matthews tinha sido, claro, abandonado.) Mas, com isso, eles ficaram mais fortes, mais decididos e não menos confiantes na providência e na fartura da vida. Matthews percebeu que não era comum um homem se apaixonar por uma mulher mais velha depois de ser abandonado pela esposa. Só que ele não tinha realmente se apaixonado por Helen, apenas gostava dela e do jeito que o tratava, com seriedade, mas também com ironia, enquanto Penny não lhe deu senão muita sinceridade, doçura e paciência — até o dia em que foi embora. Ele não tinha muita certeza do que oferecia a Helen — não conseguia ver muita coisa — embora ela parecesse feliz. A única promessa que ela parecia querer e retribuir era que um nunca esperasse nada do outro, a menos que o outro estivesse fisicamente presente para atender. Helen achava que o casamento devia ser incluído nesta cláusula nos seus votos solenes. Matthews estava de acordo.

Mas o casamento fracassado de Matthews era sua maior fonte de desapontamento e mágoa. Ele começara a escrever *O dilema* pensando num simples, mas acurado, retrato de seu casamento com Penny, um casamento em que o diálogo tinha sido consumido pela rotina. As ofensas, as formalidades e até os gritos de dor tornaram-se tão parecidos a ponto de terem pouco significado e nenhuma solução. No livro, o narrador (ele, claro) e sua mulher eram mostrados como pessoas que tinham acumulado muitos erros, negligências e indiferenças durante doze anos, mas que ainda conservavam afeto suficiente para permitir que reconhecessem o que podiam ou não fazer, e que vivessem no aconchego da compreensão mútua. Por isso, ele achava que esse era um típico casamento tradicional. Outras pessoas se acomodavam da mesma forma, sem sequer perceber. Os pais dele, por exemplo. Era provável que se detestassem, mas isso era muito melhor do que tentar amar outra pessoa, alguém que nem em cem anos chegaria a conhecer e, se conhecesse, provavelmente não gostaria. Acharam melhor se ater ao que tinha sobrado de bom, deixar de lado todas as discordâncias e chamar isso de casamento, até de amor. O *dilema*, claro, era como conseguir isso. (A certa altura, ele teve vontade de chamar seu trabalho de livro de memórias, e não de romance.) Mas depois que publicasse o livro, Matthews esperava que ele fosse uma confissão dramática e pública de fé renovada em Penny, que tinha ido embora da cidade com um secundarista (não com um padre) e levado Lelia para viver na Bay Area. O estudante acabara voltando para a escola.

Nada disso, entretanto, tinha funcionado. Penny não leu O *dilema*, não aceitou a prova do livro que Matthews lhe enviou pelo correio com dedicatória e quase não se comunicava mais com ele. Assim, na última hora, ele refez a parte de Greta e, em vez de voltar para casa no Maine, ansiosa por uma reconciliação, ela morria num acidente de trânsito.

Durante o ano e meio em que Matthews parou de dar aulas, ele terminou o romance, viu começar o processo do divórcio indesejado, vendeu a casa colonial de madeira branca e janelas azuis onde morara com Penny, economizou um pouco de dinheiro e mudou-se para bem longe do campus, para um bangalô menor, rústico, de tijolinhos e madeira, no campo, onde começou a tomar consciência do que perdera (provavelmente, seu lado mais jovem e inexperiente), do que ganhara (não muito) e das conseqüências para o futuro. A idéia de ser romancista parecia um bom começo: um artista tranqüilo, vivendo anonimamente na pequena cidade de Ohio. Houve época em que ele foi professor, mas aposentou-se prematuramente. A mulher o deixou porque era excêntrico demais. Tinham uma filha. Eventualmente ele aparecia em Nova York, mas preferia continuar escrevendo pequenas e pouco apreciadas obras-primas, que eram mais populares na Europa do que no seu próprio país.

Os pais de Matthews ainda possuíam uma grande e próspera empresa de venda de móveis em Cleveland — que pertencia aos Matthews desde antes da Depressão — e se ele quisessse, poderia assumir um cargo na administração e em pouco tempo estaria mandando em tudo. O pai tinha manifestado esse desejo mesmo depois que Matthews passou a dar aulas na faculdade, como se ensinar literatura fosse a melhor preparação para trabalhar em comércio de móveis. A mãe e a irmã de Matthews se dedicavam à rendosa atividade de decoração de interiores, ligada à empresa de móveis, e sugeriram que ele assumisse a área financeira, enquanto elas se concentravam nas decisões criativas.

Mas Matthews disse a elas que não poderia aceitar nenhuma dessas propostas por enquanto, pois tinha coisas mais importantes na cabeça: o divórcio, a filha, a vida de ex-professor de trinta e sete anos que sabia muito sobre literatura afro-americana e movelaria, um homem que tinha cometido grandes erros e queria cometer menos, se possível.

Os pais acharam que ele estava certo, já que passava por difíceis mudanças em sua vida e seria bom que ficasse algum tempo fora para "pôr as coisas em ordem". Eles até reconheceram que escrever um romance era uma espécie de terapia, antes de retomar a vida. Pareciam entender o divórcio de Matthews como um mal necessário, e tinham dado conselhos a Penny e Lelia. Eles *não* estavam especialmente felizes com a inesperada e, aparentemente, transitória presença de Helen na vida dele, nem com a idade dela, mas se contiveram para não julgar adaptações que as pessoas fazem e que eles não compreendiam, já que o único filho deles as considerava necessárias e boas. (Ele costumava visitar os pais e trazer Helen, que tentava ser simpática, participar das conversas e ficar à vontade, mas os dois sempre se hospedavam num hotel no centro.)

Nove meses depois de terminado, o romance de Matthews foi publicado por uma pequena e ousada gráfica de uma grande e respeitada editora de Nova York — e não teve qualquer repercussão. Saíram algumas resenhas respeitosas, embora insignificantes, e alguns exemplares foram vendidos. Mas ele logo perdeu o contato com seu editor e jamais se fez qualquer menção a outro contrato ou a algum outro livro que ele gostaria de escrever um dia. No íntimo (embora tivesse contado para Helen), ele não se surpreendeu com isso. Era um principiante — um professor universitário que tinha pulado para um mundo mais amplo — e, além disso, não tinha acreditado que seu romance fosse realmente bom, mostrava pessoas comuns, de classe média, atormentadas por pequenos dilemas íntimos criados por eles mesmos. Ele compreendia que esse não era um tema popular, a não ser que tivesse personagens lésbicas, vítimas de abuso sexual dos pais, detetives de homicídios ou alguém sofrendo de uma doença letal — o que não era o caso de *O dilema,* que se concentrava na própria vida dele. Mas estava contente por ter escrito o livro, contente por ter escrito sozinho e pelo fato de ele ter servido para interromper seu trabalho como professor. Achava que podia começar a pensar em alguma outra coisa para escrever — algo mais ambicioso.

Mas no fim de uma tarde cinzenta de novembro, recebeu um telefonema de uma mulher da editora em Nova York (ele estava na varanda dos fundos, consertando vidraças quebradas por ele mesmo em suas crises e desceu pela escada de madeira). A mulher disse a ele que, para alegria de todos, um editor francês — um tal Monsieur Blumberg — tinha telefonado para fazer uma oferta pelo livro e queria publicá-lo na França, se Matthews concordasse com um preço módico.

— Não consigo imaginar por que alguém leria meu livro na França, já que ninguém quis lê-lo aqui — Matthews comentou com a editora, Miss Pitkin ou Miss Pittman. Mas ficou feliz porque um de seus sonhos estava se realizando.

— Com os franceses, nunca se sabe. Eles aceitam coisas que nós não aceitamos, pode ser que ele se saia melhor na França — disse a mulher, e deu uma risadinha.

Matthews pensou no que significava o livro "se sair melhor" numa língua que não era a original. Não lhe parecia uma perspectiva muito boa, mas possivelmente queria dizer que ele era um gênio.

— É difícil imaginar que Dante pudesse ser melhor que em francês, não? — perguntou Miss Pitkin-Pittman.

— Não creio que Dante tenha sido escrito em francês — disse Matthews. E ficou imaginando a aparência da mulher. Estava olhando a seqüência de árvores esguias por trás da qual havia outra casa e o grande sol outonal se pondo, tão bonito.

— Bem, vá para a França e veja o que acontece — sugeriu ela, rindo. Estava escrevendo alguma coisa no computador. — *Honi soit qui mal y pense.*

— Não sei o que essa frase quer dizer — confessou Matthews, que sabia muito pouco francês.

— É a respeito do Príncipe Charles, dizem que ele falou isso. Deve significar "Aproveite."

— Talvez, talvez eu vá ver — e eles se despediram.

NAQUELA NOITE, por causa do frio e da chuva, e porque Helen achou que precisava descer para comer alguma coisa, jantaram num horrível restaurante japonês, quase vazio, que ficava perto do hotel, na Rue Boulard. Matthews não gostava de comida japonesa, mas Helen disse que precisava do ferro do peixe cru para combater o *jet lag* e para se fortalecer, caso tivesse contraído alguma doença. Diante do prato de *maguro* e *awabi*, e do *tempura* com frutos do mar de Matthews, Helen disse que seria muito interessante se ele encontrasse a tradutora, alguém — ela supunha — que deveria conhecer o livro melhor que ele mesmo e que dedicaria tanto tempo ao texto dele. Em publicidade — área em que ela trabalhava — o segredo era fazer as pessoas lerem coisas *sem* saber que estavam lendo e infiltrar mensagens na cabeça delas como espiões por trás das linhas inimigas.

— É a profissão deles — disse Matthews, desistindo dos pauzinhos de madeira para comer com um garfo. — As pessoas dedicam suas vidas a traduzir. Não é nenhum sacrifício para elas.

— É como num casamento ou, pelo menos, como num dos meus casamentos — comentou Helen. — Passei anos tentando adivinhar o que o outro poderia estar querendo — e jamais descobri. — Helen comia um grande naco de atum e, com os pauzinhos, mergulhava-o no molho de soja. Havia uma espécie de violino japonês tocando ao fundo.

— Não acho que seja assim — discordou Matthews.

— O que você *acha?* — perguntou Helen, mastigando.

— Acho que é uma questão de criar. Usar um livro para criar outro. Não se trata apenas de passar meu livro para uma outra língua, como transferir suas roupas de um armário para outro. É um ato de criação. E é muito agradável fazer isso, eu acho — respondeu Matthews.

— Ah, mas você está muito nervoso, não? — constatou Helen. Ela havia se desinteressado. Ele a deixava entediada. Ele sabia que a aborrecia sempre. Helen tinha uma visão positiva, prática, pé-no-chão, bem-intencionada, e ele costumava enfadá-la, levando-a ao silêncio.

— Estou nervoso, é verdade — concordou, sorrindo.

Mas Helen queria planejar o roteiro do dia seguinte. Estava com seu guia Fodor's e o examinava com atenção no seu lado da mesa, enquanto Matthews comia brócolis com peixe e um suco de frutas. Os garçons japoneses e seus ajudantes pareciam franceses, o que era esquisito. Mas estavam na França, todos eram franceses.

No dia seguinte, Helen queria visitar o túmulo de Napoleão, subir a Torre Eiffel e andar pela avenida Champs-Élysées. Queria ver o Louvre, mas não precisava entrar (estava cheio de japoneses, disse baixinho, principalmente no Natal). Depois, queria dar um passeio num barco envidraçado e terminar o dia na Place de la Concorde, onde as pessoas foram guilhotinadas, inclusive o rei, a rainha e Robespierre. Não sabia quem foi Robespierre, confessou. À noite, eles teriam seu primeiro jantar maravilhoso em algum lugar. — No dia seguinte, faremos o *seu* roteiro — informou Helen, que parecia contente. Mas também parecia pálida, pensou Matthews. As mulheres sofriam muito com viagens. Elas registravam tudo. E Helen se esquecera do balé.

— Eu não tenho nenhum roteiro — confessou Matthews, com tristeza.

— Que tal irmos a todos os lugares onde os músicos negros tocavam e os famosos escritores negros moravam numa pobreza terrível, e dormiam com mulheres brancas? Aquelas coisas que você costumava ensinar nas aulas.

Matthews tinha falado nisso como uma questão secundária no curso que deu, e Helen ainda se lembrava. Mas, na verdade, ele não sabia nada. Só tinha lido em livros. Não sabia nada sobre a Experiência Negra e ponto. Pouco antes de terminar o doutorado, seu orientador em Purdue chamou-o um dia para contar que um colega da Faculdade Wilmot tinha telefonado na noite anterior dizendo que uma professora negra pedira demissão de repente para aceitar outro trabalho e que as turmas estavam sem professor — será que ele tinha alguém para substituí-la? O orientador de Matthews disse que, se ele conseguisse estar em Wilmot dentro de dois dias e dar uma palestra sobre o imaginário sexual nos últimos poemas de Langston Hughes, poderiam providenciar para que ficasse por mais tempo. Ele só precisava ser flexível. Matthews não sabia nada sobre Langston Hughes. Estava estudando os Românticos Ingleses, que detestou. Mas chegou em Wilmot na manhã seguinte, passou dois dias lendo e deu uma palestra para um grupo de surpresos estudantes negros, que pareciam não se incomodar, desde que *alguém* chegasse às nove horas e falasse sobre alguma coisa enquanto a maioria dormia ou dava risadinhas maliciosas. O diretor acabou achando que Matthews poderia permanecer até ser contratado, se prometesse continuar dando aulas de Estudos Afro-americanos, de modo que a faculdade não precisasse contratar outra negra, que todos acreditavam que acabaria criando muitos problemas. Matthews achou uma boa idéia e não se incomodava muito com o que iria ensinar. Para ele, qualquer pessoa podia ensinar qualquer coisa. Na opinião de Helen, aquilo era uma rebelião, embora admitisse que não conhecia muitos negros pessoalmente. Na Virgínia Ocidental havia poucos.

— Não sei direito onde ficam esses lugares em Paris — disse Matthews. — Só li sobre eles, não são reais para mim, nunca foram.

— Basta de Experiência Afro-americana — concluiu Helen, fechando seu mapa.

— Eu não quero mais ensinar, certo? — disse Matthews com irritação. — Não sou mais professor, estou interessado numa outra vida.

— Agora você está querendo *se* traduzir, eu acho — disse ela. Helen era míope e às vezes piscava seus grandes olhos azuis por trás das lentes e os arregalava, como se assim pudesse enxergar mais.

Parecia estar olhando para alguma coisa acima da cabeça dele e se surpreendendo com o que via. Era enervante, em vez de consolador.

— Talvez isso seja absolutamente certo. Estou querendo me traduzir para algo melhor do que fui.

— E a sua filha? — perguntou Helen, objetiva. Ela não sabia nada sobre Lelia, nunca a vira, mas às vezes gostava de criar uma sensibilidade agressiva, no estilo paternal, quando queria discutir com ele ou espicaçá-lo. Sempre conseguia pegá-lo desprevenido — e ele não gostava que fizesse isso. Helen não teve filhos em nenhum de seus três casamentos fracassados e Matthews achava que esse era seu jeito de expressar o desapontamento por essa infelicidade e partilhá-lo com os outros.

— Não precisamos falar sobre Lelia — recuou Matthews e, desanimado, olhou em volta procurando o garçom japonês/francês para pedir a conta.

— Acho que não. Ela não está passando por grandes mudanças — disse Helen.

— Ela mora na Califórnia com Penny e está ótima. É uma menina normal de seis anos, se é que alguém pode ser normal na Califórnia. Tem pais que gostam dela — explicou Matthews.

— Isto inclui você? — Helen franziu a boca como se estivesse com raiva dele.

— Inclui, sim — afirmou Matthews que, finalmente, conseguiu enxergar o garçom, escondido na parte escura perto da cozinha, e acenou.

— Era só para saber — disse Helen, passando o guardanapo na boca e olhando em volta. O restaurante tinha só mais duas pessoas jantando, sentadas junto à outra parede escura. A janela da frente mostrava a estreita Rue Boulard vazia, apenas com carros estacionados. Continuava chovendo e os postes da rua iluminavam o chão molhado.

— Estou sentindo os efeitos da diferença de horários. Desculpe, queridinho — disse Helen. Deu um sorriso por cima dos pratos e travessas sujos, depois fungou, como se estivesse chorando.

— Você me trouxe a Paris. Não estou aqui para acusá-lo.

— Então *não* acuse. Estou fazendo tudo o que posso — concluiu Matthews, sentindo que era isso exatamente o que estava fazendo. Mas ninguém reconhecia. Lelia era sua filha e seu problema, e ele estava cuidando disso.

— Sei que você está cuidando, querido. Tem um bocado de coisa dentro da sua cabeça — disse Helen.

— Discordo — disse Matthews. Ele gostaria que tivessem saído da cidade dez minutos depois que Blumberg ligou. Poderiam estar mais felizes em outro lugar.

— Também me sinto culpada por causa disso — disse Helen, como se estivesse falando sozinha. Ele não sabia ao que ela estava se referindo. Talvez não tivesse entendido direito o que ele disse. Olhava pela janela, pensativa, para a chuva parisiense. — Eu me sinto culpada — disse ela — Todos nós sentimos culpa por esse pecado.

Quando voltaram ao quarto frio, Helen despiu-se rapidamente no escuro, o que não costumava fazer. Ela sempre se orgulhou de seu corpo esguio de corista e preferia ficar nua no claro. Quando entrou debaixo das cobertas na cama pequena e fria, pediu para Matthews vir fazer sexo com ela até perder o fôlego, o que ele fazia muito bem, com as duas mãos agarradas à frágil cabeceira, um pé descalço apoiado num nodoso canto da parede e outro no chão de madeira, depois de tirar os sapatos e as meias sujas e jogá-los pelo ar parado e sem aquecimento. Helen ficou vibrando e parecia cantarolar "Devagar, devagar, devagar" até os dois terminarem e ficarem enlaçados para se aquecer, enquanto a chuva batia nas janelas e o vento assobiava nas ruas e nas árvores desfolhadas do cemitério.

Algum tempo depois — ele achou que tinha ouvido um carrilhão tocar em algum lugar, quatro badaladas — Matthews acordou e foi até a janela, enrolado na colcha e com as meias de lã. Para sua surpresa, o vento e a chuva tinham cessado, a névoa da tarde havia se dissipado, deixando o cemitério bem iluminado pela lua e, por trás dele, a série de prédios de seis andares bem nítida sob inesperadas estrelas. Ficou mais surpreso ainda ao ver a grande Torre de Montparnasse contra o céu, onde agora achava que devia ser o lado oeste. Mais adiante, se a noite estivesse mais clara, poderia ver a Torre Eiffel (sabia disso pelos mapas que tinha estudado quando escreveu o romance).

Logo que acordou e continuou deitado ao lado de Helen na cama aquecida, ouvindo o vento, teve certeza de que nunca deveria ter ido a Paris, ou que *devia ter* ido embora depois do telefonema de Blumberg e que tudo já estava meio estragado. Ficou achando que "deveria ter" amado Paris, "deveria ter", mas era algo que tinha feito errado — uma espécie de erro de novato — só não sabia o quê. Nem sempre se sabe os erros que se está cometendo, ou se percebe. Aparentemente, não havia qualquer razão para as coisas, as expectativas, começarem a não dar certo, levando a vida por caminhos desastrosos. Helen parecia assim, estava piorando de uma forma que ele não conseguia descrever, apenas sentir. Gostava de Helen. Admirava-a. Mas não devia ter vindo a Paris com ela. Esse foi o erro. Trazê-la foi uma tentativa inútil de levar uma experiência com ele e depois trazê-la de volta para casa, transformada em algo melhor. Se fosse com Penny, poderia ter funcionado — os dois já tinham sido tão próximos como se fossem duas partes de uma só pessoa. Isso fora há anos. Nessa época, ela gostava do que ele gostava. Mas isso tinha acabado.

Helen ressonava na cama enquanto Matthews estava na janela fria, com a colcha rosa e fina cobrindo os ombros. Ele começou a se sentir diferente, como se a lua e as estrelas piscando tivessem dado um novo formato ao mundo e Paris, mesmo na noite brilhante e gelada, parecesse estar mais do jeito que ele gostaria, se tivesse se permitido querer. Uma metrópole generosa, uma superfície que se deixa penetrar, uma profundidade para mergulhar, até para morar. Ir a Paris agora, na sua idade, com uma intenção séria e madura, poderia significar exatamente o que ele pensou, um desejo de ficar. Só que ele não estava ali para se transformar numa mercadoria que poderia resgatar, mas para se adaptar ao inesperado, ao que já existia ali. Helen estava certa.

Mas ele continuava pensando na tradutora. Madame de Grenelle. O que a teria deixado "fascinada" no livro dele, que nem era tão bom? Algum terrível defeito? Uma mesquinha, cruel e embaraçosa ignorância? Alguma vasta e sutil oportunidade perdida ou mal interpretada que todos os franceses perceberiam imediatamente, mas que ela queria corrigir para ele? Mas era assim que um romancista pensava: as coisas eram infinitamente mutáveis, improváveis, revisáveis, renováveis — cada superfície era apenas um lado de um grande volume a ser revelado.

Matthews pensou vagamente em Lelia. Que horas seriam na Califórnia? Ele faria uma autodefesa conveniente no momento certo — em algum tribunal da Califórnia onde conseguiria a guarda compartilhada da filha. Um bom acordo. Verões. Férias escolares. Natal. Mas ainda não se sentia pai de uma menina de seis anos, que não via há quase dois graças à intransigência da mãe. Às vezes, confundia a personagem Greta com Penny, que imaginava estar morta. Sabia que era tudo uma invenção dele e, com o tempo, isso passaria.

Mas era estranho não ver a filha devido a uma certa hostilidade? Uma vida mais estabelecida, mais previsível, parecia melhor, mesmo se fosse na Califórnia, embora Penny parecesse desaprovar cada vez mais o longo tempo que eles estavam separados. Como se ele estivesse perdendo alguma oportunidade que desconhecia. Com o tempo, isto se resolveria.

Só havia uma janela acesa do outro lado da Rue Froidevaux, na esquina da Rue Boulard, num prédio que devia ser do século 19, da mesma época do hotel Nouvelle Métropole. A luz era de uma árvore de Natal, com suas lâmpadas vermelhas, verdes e alaranjadas piscando na noite calma. Não se via ninguém. A árvore estava sozinha, no alto, e não podia ser vista da rua — uma espécie de farol luminoso para ninguém. Provavelmente, pensou Matthews, os inquilinos eram americanos e não podiam passar sem uma árvore longe de casa. Os franceses, é claro, jamais se incomodariam com isso — bastava desejar *Joyeux Noël*. Durante algum tempo, tentou olhar as luzes piscando na árvore e fixar a vista nelas para receber um pouco daquela alegria festiva como se fosse dele, sentindo os pés doendo e o frio entrando pelas dobras de sua colcha. Matthews ficou assim olhando e a certa altura sentiu que conseguira realizar pelo menos este pequeno desejo.

ACORDARAM TARDE, quase ao meio-dia. Mas durante o sono ele ouviu sinos tocando sem parar e por duas vezes achou que Helen tinha saído da cama, que a ouviu vomitar por trás da porta fechada do banheiro e voltar para a cama, fria e parecendo abatida. O quarto estava mais frio. Disso ele tinha certeza.

Quando Matthews abriu os olhos, Helen estava sentada na poltrona de plástico verde, envolta na colcha rosa com a qual ele se cobrira poucas horas antes. Era por isso que ele estava com frio.

— Como está se sentindo? — perguntou, por baixo do cobertor fino.

— Bem — respondeu Helen sem muita ênfase. Estava fumando e usava soquetes vermelhas de lã. Ele nunca a tinha visto fumando mas sabia que, anos antes, ela costumava fumar. O quarto estava com cheiro de fumaça e de suor. Ele acordou por causa desse cheiro, além do frio. — Acho que peguei um resfriado quando saí na chuva. Será? Pode ser também alguma coisa que comi.

— Você vomitou?

— Ham-ham — resmungou Helen, soltando grandes espirais de fumaça pelo nariz. Estava de óculos, o cabelo louro grudado, como se ela estivesse suando ou com febre. Parecia pálida, cansada e magra. Ela sempre pareceu grande e saudável e se descrevia como "uma loura grande e atirada". Mas, naquele momento, parecia abatida.

Uma luz bonita entrava pela janela, um tom cinza metálico, com um raio amarelo do sol. Não chovia, mas estava ventando outra vez sobre o Boulevard Raspail, depois da grande estátua do leão. Imaginou o vento batendo sobre as poças de água cintilantes da rua. Não achava que seria muito bom estar lá.

— Estava pensando a respeito de ter um tradutor — declarou Helen. — Deve ser ótimo. Não sei por que pensei nisso. É o tipo da experiência que jamais terei. — Soprou a fumaça do cigarro e ficou olhando enquanto ela tocava na vidraça da janela e se dissipava.

— EU *não vou* ser traduzido — avisou Matthews, ainda debaixo dos lençóis. — O meu livro é que vai — ou, talvez não.

— Está certo — disse Helen, pigarreando.

— Você está com vontade de fazer o roteiro de Paris hoje?

— Claro. — Helen jogou a cabeça para trás e franziu o cenho para ele como uma professorinha. — Não vou ficar aqui sentada, com a cidade do outro lado da janela. Comigo não, João.

— Achei que você não estava se sentindo muito bem. — Helen tinha devolvido a colcha e Matthews achou que seria ótimo desistir de Paris, apesar do que decidira no meio da noite. Ele estava em Paris. Podia fazer o que bem entendesse. Ficar na cama, por exemplo, e depois ir jantar. Seria tão parisiense quanto o túmulo de Napoleão.

— O que você faria se eu morresse aqui? — perguntou Helen.
— Nossa! — exclamou Matthews. — Por que pensou nisso?
— Ele ficou assustado com a idéia. Aquilo era conseqüência do *jet lag:* tinha lido que essa sensação era uma espécie de depressão clínica em pequena escala. Tudo químico. Claro que os remédios que Helen tomava pioravam a situação. — Vamos pensar em alguma coisa mais agradável.
— Você me enterraria aqui? — quis saber ela. — É preciso morar aqui para isso? Em Paris, quero dizer.
— Não tenho a menor idéia — respondeu Matthews. Pensou em convidar Helen a voltar para a cama e aquecê-lo. Mas sabia o que iria acontecer. Mesmo se sentindo uma merda, Helen estaria disposta a fazer aquilo.
— Estou falando sério — disse ela, continuando a fumar vorazmente e olhando-o com ar de reprovação por não levá-la a sério.
— Enterraria você na hora — garantiu Matthews. — No lugar onde você caísse morta, se fosse a sua vontade.
— Eu gostaria — disse Helen. — Se eu morresse neste quarto, por exemplo, gostaria de ser enterrada no cemitério Montparnasse. Com Baudelaire. Ou, pelo menos, perto do lugar onde ele está — andei lendo sobre isso.
— Eu cuidaria pessoalmente do caso.
— Embora eu jamais tenha lido Baudelaire.
— *Fleurs du Mal* — lembrou ele, da cama.
— Ótimo — disse Helen. Ela olhou curiosa pela janela na direção do que Matthews sabia ser a vasta paisagem de inverno do cemitério, lindo e vazio. A essa altura, já deviam ter fechado a tumba do judeu. No estado de espírito em que se encontrava, Helen não precisava ver um túmulo.
— O que você tem vontade de fazer, Charley? — perguntou ela. — Não que eu tenha vontade de morrer. — Helen bateu o

cigarro na moldura de metal da janela e olhou para a ponta branca que queimava devagar.

— Não estou entendendo direito o que você está falando — disse ele.

— Basta responder, certo? — pediu Helen. — Pelo amor de Deus, professorzinho. Responda apenas a uma pergunta. Ontem à noite você disse que queria se tornar uma pessoa melhor. Muito bem. Mas o que isso quer dizer? Não estou entendendo, estamos tendo uma conversa séria.

— Gostaria que as coisas não ficassem tão centradas em mim, eu acho — disse Matthews, sentindo frio como se ela tivesse aberto a janela.

Helen virou-se, franziu o cenho para ele outra vez e suas pálpebras esconderam as grandes pupilas azul-claras. Ela mordeu o canto do lábio inferior. — Então, é essa a sua resposta?

— É — disse ele. E era verdade, só que, até aquele momento, ele não sabia. Gostaria de não ser tanto o centro das coisas. Percebeu que era isso o que um país estrangeiro — qualquer um — poderia oferecer a uma pessoa, e isso ela jamais poderia ter em casa. A idéia de casa, na verdade, era a antítese desse sentimento. Em casa, *tudo* se relaciona com você, o que você tem, o que gosta e o que todos pensam de você. Ele não agüentava mais. Claro que não poderia esperar que Helen gostasse da idéia no estado em que se encontrava. Mas ele não sabia o que mais poderia dizer. Por isso, apenas balançou a cabeça, sabendo que era um gesto de uma seriedade pouco convincente, feito de um jeito ridículo, na cama.

— O câncer também faz você se sentir assim — constatou Helen calmamente, levantando o queixo e apoiando-o na mão, quase tocando a vidraça. Matthews só conseguia ver o céu claro lá fora, repentinamente cheio de andorinhas voando alto. Os dias agora eram curtos. — Você acha que está tudo relacionado com você, o tempo inteiro.

— Posso imaginar — concordou Matthews, sentindo que *podia* imaginar. Podia imaginar muito bem.
— Deve ser por isso que eu gosto de você, Charley.
— Por quê? — quis saber Matthews.
— Quando estou com você, não penso muito em mim. Quase nunca.
— Em que você pensa? — perguntou Matthews.
— Bem, penso pouco. Não penso as mesmas coisas, pelo menos. Só penso no que nós fazemos, onde vamos. Nada de importante. É ótimo para mim, realmente. Agora, estou pensando em Paris. Quando você pensa em Paris, não precisa pensar em si mesmo e no que pode estar errado com você.
— Estava pensando a mesma coisa.
— Que bom — disse Helen. — Então devemos ser feitos um para o outro, não? — Ela sorriu para ele e puxou a colcha rosa mais para perto do queixo.
— Acho que somos — concluiu Matthews.
— Brrr, estou com frio. É hora de ver Paris — avisou Helen, esticando a perna nua por baixo da colcha e encostando os dedos no chão frio. — Não temos mais muito tempo. Precisamos fazer com que nossos momentos felizes durem.
— É, precisamos, com certeza. — disse Matthews, acreditando que aquilo era absolutamente verdadeiro.

AS RUAS ESTAVAM muito barulhentas e fazia frio demais para ficar andando. Helen queria ir até o túmulo de Napoleão, nos Invalides, depois até a Torre Eiffel (ela disse que ficava perto), pegar o metrô para a Champs Elysées e andar até a Place de la Concorde. Um dia andando e vendo Paris de perto.

Mas no primeiro quarteirão da Avenue du Maine, Matthews percebeu que os casacos que usavam não eram bastante grossos para enfrentar o vento cortante e a poeira das ruas, e Helen avisou que estava "congelada demais" para andar muito. Tremendo de frio, ficaram na fila ao lado da estação Montparnasse e pegaram um táxi direto para os Invalides.

Helen parecia saber tudo a respeito de Napoleão, Luís XIV, a Cúpula Dourada e todos os prédios da cidade. O pai dela passou a vida inteira fascinado por Napoleão, na Virgínia Ocidental — contou ela. A casa inteira estava cheia de livros, planos de batalha, cartões-postais, bustos e objetos referentes a ele. Quando estavam, silenciosos e reverentes, sob a cúpula, Helen disse que o maior desejo do pai era um dia ficar exatamente sobre o túmulo, como estavam fazendo agora, e como Hitler fizera em 1940, e homenagear melhor que o Führer o grande homem da França. Helen mostrou os retratos dos quatro apóstolos e de São Luís entregando a Cristo a espada com a qual ele venceria os infiéis. Ela sabia exatamente quem estava enterrado com Napoleão (seus irmãos e o filho, a Pequena Águia) e que os restos mortais do imperador estavam divididos em seis ataúdes como os de um faraó, todos de material diferente e precioso. Ela sabia que as doze estátuas que cercam o túmulo de mármore vermelho eram da Vitória Alada, que representava o povo francês finalmente reunido pela morte do seu grande líder.

Do lado de fora, no frio da tarde, Helen ficou olhando a grande cúpula dourada. Tirou os óculos e cobriu os olhos com uma das mãos como se os protegesse do sol. A Avenue de Breteuil ficava atrás dela, com carros buzinando e ônibus trazendo mais hordas de turistas. — Só lamento que meu pai não esteja aqui comigo — ou no meu lugar — disse ela, olhando para o alto. — Ele iria gostar tanto.

Naquele instante, Matthews pensava em seu romance, com as mãos enfiadas nos bolsos da capa. Ficou se perguntando se não deveria tê-lo chamado de memória e pronto. Achava que deveria.

Não estava ouvindo o que Helen dizia, mas achava que era sobre pertencer ao exército francês e visitar aquele mesmo lugar pouco depois de Hitler ter estado ali.

— Sei que isso significou muito para ele — disse Matthews, olhando em volta. Mais uma vez, não tinha a menor idéia da parte de Paris em que estava. Em que *arrondissement*.

— Sabe o que as pessoas querem quando vêm a Paris? — perguntou Helen, continuando a olhar a cúpula com o céu branco ao fundo.

— Não sei, não tenho a menor idéia — disse Matthews.

— Querem francesas. — Helen fungou. — Os franceses são mais sérios do que nós. São mais responsáveis. Sabem avaliar melhor o que é importante e o que não é. Você não pode virar francês. Você tem de se contentar em ser o que é.

Olhando ao longe, Matthews de repente percebeu o colosso da Torre Eiffel quase batendo no céu, maior e mais imponente, e também muito mais bonita do que ele jamais tinha imaginado. Nenhuma daquelas miniaturas servia para mostrar como ela era bonita e graciosa. A coisa mais linda que ele já tinha visto. Melhor que as Cataratas do Niágara. Achava que só as Pirâmides poderiam ser mais impressionantes. Surpreendeu-se por ficar tão contente ao vê-la.

— Muito bem — disse ele, pegando a mão fria e enrijecida de Helen, a que estava segurando os óculos. Pensou que ela estivesse chorando, queria que parasse e ficasse contente. — Eis a Torre Eiffel — disse ele, alegre. — Estava escondida, mas agora, ei-la.

— Ah, é mesmo, está ali. Fico tão feliz, não acreditava que um dia fosse ver a Torre Eiffel — confessou Helen.

— Eu também não sabia se um dia viria aqui — concordou Matthews.

— Nós somos sortudos. Este é o milagre do ocidente.
— É, acho que temos sorte — concluiu Matthews. E foram andando.

A CAMINHADA ATÉ a Torre Eiffel acabou sendo mais longa do que Helen imaginava. Isto, disse ela, citando o guia Fodor's, devia-se a uma grande curva que o rio Sena fazia. — Nesse detalhe, Paris se parece com Nova Orleans. — E acrescentou que Nova Orleans era a cidade americana de que mais gostava.

Avisou que estava se sentindo melhor graças ao ar fresco e, portanto, o dia poderia continuar do jeito que ela imaginava: seu "primeiro dia em Paris": a caminhada pelos Champs Élysées, a visita ao famoso local de execução dos revolucionários, o Louvre, o romântico passeio de barco, depois a busca por uma refeição inesquecível.

Helen falava francês muito melhor do que Matthews imaginava e, como estava se sentindo melhor, entrou em diversas lojas da Avenue de la Bourdonnais e conversou animadamente com vendedores, floristas e jornaleiros na rua que levava ao Champ de Mars. Matthews percebeu que, com isso, Helen se transformou numa espécie de espetáculo — a loura americana, alta, clara, peituda, de óculos de lentes grossas falando francês com homenzinhos de avental que olhavam para ela contrariados e, em geral, acabavam virando-lhe as costas e ignorando-a. Era uma atitude agressiva, mas não poderia culpá-los. Todos eles já tinham encontrado outras Helens antes e nada mudara na vida.

Matthews percebeu que a Avenue de la Bourdonnais era uma região rica, com altos e elegantes prédios de apartamentos, Jaguares e BMWs estacionados nas ruas largas e arborizadas e muita gente parada bem no meio da calçada, falando no telefone celular. Talvez fosse o setor diplomático. Provavelmente, a embaixada americana ficava perto, já que havia muitos americanos na rua tentando fingir que falavam a língua — seu francês de curso secundário era pobre demais até para tentar. Mas os franceses também pareciam estar fingindo. Eram como atores amadores interpretando o papel de franceses e se esforçando muito. Não tinha nada de natural naquilo.

Mas ele achou que havia um lado bom: quando escutava Helen conversando com um balconista, um florista e tentava descobrir numa palavra ou outra o que os dois estavam dizendo, mas quase não entendia nada. Ouvindo, ele inventava pedaços inteiros e às vezes toda a conversa, com base na interpretação errada de um gesto de mão, de uma expressão facial, de um movimento corporal combinado com uma palavra que ele pensava conhecer, mas que também estava errada. Podia ser algo cumulativo não entender o que as pessoas estavam dizendo — pensou ele. O tempo passado em outro país seria provavelmente gasto entendendo mal muita coisa, o que acabaria sendo uma bênção e a única forma de você se sentir normal.

Numa pequena loja sem calefação, que vendia objetos religiosos na Rue Marinoni, Helen remexeu em caixas de crucifixos de diversos tamanhos e materiais, reproduções de Cristo em várias imagens de dor e súplica, e achou uma pilha de toalhas de chá coloridas com frases religiosas impressas em várias línguas, como camisetas. Ela puxou uma, cor-de-rosa, com a inscrição A GLÓRIA DE DEUS É MANTER AS COISAS OCULTAS impressa em branco.

— O que quer dizer isso? É uma brincadeira? — perguntou Matthews.

— Vou dar de presente para alguém no Natal, alguém que mente para o marido. — Procurava na palma da mão a quantia certa para pagar e parecia exausta outra vez. A jovem balconista chinesa franziu o cenho — É um provérbio — disse Helen, pegando as

moedas. — Significa uma coisa diferente para cada pessoa. — Sorriu para ele e perguntou: — Está gostando de Paris agora? Não está mais se sentindo o centro de tudo? Porque, com certeza, não é.
— Não parece Natal.
— É porque você não é uma pessoa religiosa. Além do mais, é mimado, e para quem é mimado, as coisas nunca bastam. Não sabia disso?
— Não acho que eu seja mimado — declarou Matthews.
— As pessoas que são nunca acham. Mas você é. — Disse isso com uma voz suave, não para acusá-lo, mas para admitir a verdade que todo mundo sabia e não precisava dizer. — As *pessoas mimadas pensam* que não querem ser o centro das coisas — disse ela. — Também sou assim, embora não tanto quanto você. Mas está tudo certo, não tem jeito mesmo. Você já chegou até este ponto da vida. — Ela sorriu outra vez e olhou pela lojinha, onde milhares de imagens coloridas de Cristo tinham a cabeça inclinada, numa atitude de compaixão e condescendência.

No PRIMEIRO ANDAR da Torre Eiffel, a 57 metros de altura, Helen ficou com o estômago virado, seus joelhos tremeram e ela disse a Matthews que sentia a torre inteira balançar e mexer com "o vento" e que não iria ao segundo patamar, a 114 metros, muito menos até o topo, a 273 metros, onde a vista se estendia por sessenta quilômetros em torno de Paris e a cidade podia ser observada como ela realmente era.

Mas Helen foi até a grande janela que dava para o norte e, segundo o mapa colorido sob o panorama de vidro, mostrava o Arco do Triunfo, o Champs Élysées e, mais adiante, embora não pudesse ser vista por causa das nuvens baixas, até a igreja do Sacré-Coeur e Montmartre.

— Montmartre é onde todos os artistas viviam, inclusive Picasso — informou Helen, olhando a grande extensão pardacenta que era a cidade no inverno. — Claro que eu achei que nunca veria isso. E acho que não consigo assimilar tudo de uma vez. Acho que não.

Quase todos os outros turistas no primeiro andar eram alemães, aqueles que Blumberg tinha dito que poderiam manter a cidade sob custódia, junto com os americanos, até que os franceses voltassem dos lugares mais quentes para onde tinham ido. Matthews não falava alemão, mas admirava os alemães por estarem tão à vontade e se sentindo felizes por voltarem à cidade que um dia invadiram. Ficou pensando o que o pai de Helen acharia disso.

Lembrou-se de um livro que leu ou, talvez, que deu em aula, no qual dois homens pegam um táxi para o bairro dos bordéis perto de Montmartre, e uma orquestra estava tocando numa boate e vários soldados dançavam com as francesas. Ensinar era bom por isso e só por isso, pensou ele — apresentar a vida e desvalorizá-la quando reduzida a uma indecifrável sucessão de dias perdidos e experiências desperdiçadas. Ele se perguntou quanto da vida já tinha perdido e por um instante tentou calcular quantos dias tinha vivido, quantos mais poderia agüentar e quantos tinha jogado no lixo. Concluiu que tinha vivido 13.605 dias, depois ficou irritado demais para continuar.

— Richard Wright — disse ele.

— Hum? — fez Helen, que estivera em silêncio por um longo tempo, olhando pela janela panorâmica. Mais alemães andavam em torno deles, se esbarrando, apontando para lugares no mapa e depois para os mesmos lugares na cidade que se espalhava em todas as direções diante deles. Matthews ouviu as palavras *die Bedienung* e imaginou que significasse algo admirável: a descoberta de um paraíso perdido na terra natal. O que quer que fosse, os alemães riram. — *Die Bedienung* — murmurou ele, e fez o mesmo ruído ofegante de Blumberg.

— O que você disse? — perguntou Helen.

— Acabei de me lembrar de um livro que li uma vez, que tem uma cena importante passada em Montmartre — disse Matthews.

— Foi escrito por Richard Wright, acho.

Helen olhou-o como se não tivesse a menor idéia do que isso poderia significar para ele. Piscou por trás das lentes dos óculos e fez uma cara intrigada.

— *Die Bedienung* — repetiu Matthews, mas sem o som arfante.

— Quem?

— Não, não é nada — disse ele.

— O professor — acrescentou Helen, olhando atentamente para o emaranhado marrom-acinzentado de Paris, como se a cor dependesse dela.

QUANDO HELEN VOLTOU do banheiro feminino da Torre Eiffel, estava acompanhada de um casal e os três riam alto.

— Olha só quem não tinha mais nada para fazer senão subir a Torre Eiffel — mostrou Helen, falando mais alto ainda. Ela fingiu perder o equilíbrio com o balanço da torre no vento. — Uá — exclamou, e riu outra vez. Helen não parecia mais estar doente, mas feliz. Matthews lastimou ver aquelas pessoas. Encontrar alguém conhecido podia atrapalhar tudo, pensou ele. Podia perder a sensação de estar à deriva num mar estranho, sensação que ele estava começando a apreciar.

— Estes são Rex e Cuddles — apresentou Helen.

— Cuddles, na boa — disse ela, revirando os olhos e piscando para Matthews.

— Cuddles é demais — explicou Helen.

Os alemães ficaram olhando para eles. Matthews lamentou ter encontrado aquelas pessoas.

— Este é Charley — continuou Helen. — Charley é meu *amour impropre*. Meu *amour temporaire*, digamos.

Matthews cumprimentou Rex, que contou que ele e a mulher eram amigos de Helen desde "os velhos tempos de Pittsburgh".

— Somos americanos — informou Cuddles, com orgulho.

— Dá para perceber — disse Helen, lançando um olhar significativo para Cuddles, cujo nome verdadeiro era Beatrice. — Bea-*at*-rice, a atriz — disse Helen. — Eles vão nos levar ao maravilhoso jantar esta noite.

— Decidimos isso ao sair de *Mesdames*, o banheiro feminino — informou Beatrice. Era uma mulher magra demais, com a pele bronzeada demais e bermudas de ciclista pretas que usava com meias soquete e sapatilhas de balé. Estava com uma jaqueta grande de moto e parecia uma pessoa dos anos cinqüenta, pensou Matthews. Alguém que tinha passado anos em lanchonetes, fumado muita maconha, lido muita poesia ruim e, provavelmente, escrito outras tantas. Essas pessoas eram sempre umas chatas, tinham idéias firmes e definitivas a respeito de tudo. Ele olhou em volta. Alemães e japoneses — turistas do poder do Eixo — andavam ruidosamente de um lado para outro na plataforma. Seu olhar caiu sobre a cidade. A Cidade-Luz, lugar onde ninguém o conhecia, um local provocante até aquele momento. Ele se sentiu um pouco tonto.

— Bea e Rex vêm à Torre Eiffel todo ano — disse Helen. — Não é romântico?

— É — disse Matthews.

— Caso contrário, você poderia esquecer que está em Paris — disse Rex com ar grave.

— Mas aqui você pode achar que está em Tóquio — disse Helen, olhando para as hordas de japoneses que comprimiam os rostos nas janelas panorâmicas, falando e ajustando as máquinas fotográficas para tirar boas fotos.

Rex observava os japoneses sem sorrir. Era um homem grande de rosto claro, barrigudo, que usava botas de vaqueiro e o que o pai de Matthews chamava de casaco de carro. Matthews teve um casaco desses aos dez anos, e combinava com o do pai. Rex tinha feito um implante de cabelo que deixou uma fileira de folículos capilares bem no alto de sua cabeça. Era recente, ou talvez não tivesse sido bem feito. Mas Rex parecia contente por encontrar Helen ali, onde se sentia feliz. Matthews achou que Rex devia ter a mesma idade de Helen e a mesma cara com que os homens da idade de Helen ficam se as coisas não deram muito certo. Devia pesar cem quilos e Bea devia ter uns quarenta e poucos.

— Você é escritor? — perguntou Rex, fazendo uma voz sarcástica.

— Não exatamente — disse Matthews, enquanto um homem naquela multidão, evidentemente um simples americano, passou a encará-lo depois que ouviu Rex perguntar se ele era escritor. O homem estava imaginando se Matthews seria alguém famoso e, neste caso, quem seria.

— Bea escreve poesia — informou Rex.

— Que ótimo — disse Matthews. Helen e Bea estavam entretidas numa conversa particular. Bea balançava a cabeça, como se estivesse surpresa, depois seus olhos se fixaram em Matthews e se desviaram. Alguma acusação que Helen tinha feito, pensou ele, mas que não faria se não tivessem esbarrado com Cuddles e Rex. Na mesma hora, um coro de vozes, em algum lugar da plataforma, começou a cantar uma canção natalina em alemão "O, *Tannenbaum*..." fazendo com que o local, a 57 metros de altura, ficasse horrível e caótico.

— Deve ser um fardo ter compulsão para escrever — comentou Rex quase gritando.

— Não é, não — disse Matthews, tentando ser ouvido.

— Nunca tive isso, não tinha compulsão — disse Rex.

— De repente, os cânticos natalinos pararam como se alguma autoridade resolvesse que estava alto demais.

— Não tem problema, eu também não tenho compulsão.

— Pois é, droga, está tudo certo. — concluiu Rex abruptamente, por alguma razão. — A pessoa pode fazer o que quiser.

Os grandes olhos castanhos e tristes de Rex eram bem separados pelo nariz largo que, provavelmente, fora quebrado muitas vezes. Rex parecia tão idiota quanto uma vaca e Matthews não queria jantar com ele. Era bem possível que Helen não estivesse em condições de ir.

— Creio que sim — disse Matthews, com um sorriso, mas Rex estava olhando em volta, procurando os cantores.

Helen e Bea se aproximaram com uma sugestão.

— Vamos jantar no Clancy's — disse Helen com veemência.

— Eu sei, não tem cara de ser francês. Mas até quando se agüenta comida francesa? Você vai gostar.

— Matthews quer alguma coisa incomparável — disse Helen.

— Mas ele come o que eu mando.

— Muito bem — disse Bea, dando uma palmadinha no braço de Matthews.

Matthews não gostava de ser chamado pelo sobrenome. Às vezes, Helen o chamava assim quando bebia demais, e continuava durante horas. Também era de Helen a palavra incomparável. Era sua fantasia parisiense. Uma palavra que ele não usaria.

— Bem, crianças, estamos indo — disse Bea, segurando o enorme braço de Rex e se encostando nele. Matthews percebeu que não tirava os olhos do cabelo recém-implantado de Rex, e tinha certeza de que ele estava acostumado com os olhares das pessoas.

— Nos encontramos às oito. Não cheguem *en retard* — recomendou Bea, e foram embora no meio da multidão.

— Bea é um azougue — comentou Helen.
— Estou vendo — disse Matthews. Bea e Rex ficaram esperando o elevador. Bea acenou do meio dos turistas que perambulavam. Ele queria ficar ali até que sumissem, e depois nunca mais vê-los.
— Você está tomando notas mentais para seu próximo romance? — perguntou Helen. — Espero que sim.
— Quem disse que vou escrever outro romance?
— Não sei — disse Helen. — O que você vai fazer? Vender sofás? É a única coisa que ainda sabe fazer, além de não gostar das coisas.
— Do que eu não gosto? — quis saber Matthews, sentindo-se desconfortável. — Gosto de você.
— Sim, claro. E porcos têm orelhas.
— Porcos têm orelhas. Duas: uma de cada lado.
— Asas. Certo, porcos têm asas. Você entendeu.
Ele não entendeu nada. Mas Helen estava indo para o elevador. Bea e Rex tinham sumido de vista. Não havia como conversar sobre o que ele gostava e não gostava. Pelo menos, não naquela hora. Ele apenas a seguiu, entrando e saindo do elevador.

No APINHADO Quai Branly, aos pés da torre, ventava forte e Helen parou, olhando para o céu agitado e nublado onde o topo da torre estava escondido.
— De qualquer forma, não veríamos nada lá do alto — concluiu ela. — Você concorda? Tivemos a melhor vista possível.
— Sem dúvida — disse Matthews.
Do outro lado do movimentado *boulevard* ficava a Pont d'Iéna e o rio, que mal dava para ver. Quando vieram do aeroporto, eles cruzaram o rio de táxi, mas agora que Matthews estava mais perto da água marrom, agitada e com um leve cheiro de ranço na cheia de inverno, achou que ele dava à cidade um aspecto ameaçador

que não era verdadeiro, mas parecia naquele instante. Que Paris pudesse parecer ameaçadora era uma nova sensação: uma cidade com um rio daqueles tem todas as vantagens. Pensou em dizer isso a Helen, mas achou que ela não se interessaria.

Depois de andarem dez minutos pelo cais até a Pont de l'Alma, onde o guia Fodor's indicava, atravessaram o rio para ir em direção aos Champs Élysées e ao Arco do Triunfo, satisfazendo o desejo de Helen de uma caminhada épica. Ela sentou-se num banco de ferro, jogou a cabeça para trás e respirou fundo.

Para ele, essa era a forma de Helen "sentir tudo".

Viu do outro lado do rio caudaloso o Trocadéro e o Palais de Chaillot — nomes que lera no Fodor's e que agora era capaz de localizar, embora não soubesse o que tinha acontecido nesses lugares, nem por que eram importantes. Pareciam ter sido construídos para uma feira mundial e depois a cidade precisou encontrar uma função para eles — como o Shea Stadium, em Nova York. Basicamente, um erro. Em toda a linha do céu de Paris, viam-se silhuetas de guindastes de construções. No táxi, ele contou dezessete num pequeno terreno com prédios demolidos.

Matthews sentiu que, como *ele* estava com *Helen* naquele momento, a líder era ela, enquanto no dia anterior a viagem tinha sido dele e ela apenas o acompanhava. Mas agora — pelo menos naquela tarde — ela escolhia os lugares que queria e ele viu que era surpreendente e desconfortavelmente *jovem*, muito mais do que os oito anos que os separavam. Apesar disso, ela estava mais profundamente envolvida do que ele. Como, pensou ele, poderia ser isso?

— Para mim, basta — disse Helen — Não consigo dar mais um passo. Já me diverti bastante. — Tirou os óculos e pôs um comprimido na boca.

— Podemos tomar um táxi até a Place de la Concorde — sugeriu Matthews — Seria interessante ver o lugar onde as pessoas eram guilhotinadas.

— Dispenso. Estou cansada e meio tonta. Fiquei tonta na Torre Eiffel. Mas gostei de ir — disse, engolindo a pílula com dificuldade. — Acho que preciso ir para casa.

— Lá na Virginia Ocidental?

— Por enquanto, só para o hotel, quero deitar um pouco, estou fraca — disse ela. Os carros, motos e ônibus passavam diante deles no cais. — Desculpe se fiquei chata — acrescentou ela, levantando a cabeça outra vez e olhando o céu claro.

— Você não ficou chata, só disse que eu não gostava muito de você. Mas eu gosto, gosto muito. Não é fácil estar aqui agora — explicou Matthews.

— Eu sei, imagino que sim — disse Helen, e com a ponta do dedo tocou a marca que os óculos tinham deixado em seu nariz.

— Supõe-se que seja a melhor época da sua vida. Supõe-se que você morra e vá para o céu, tudo no mesmo dia.

— Devíamos nos acostumar com o que se *supõe* que vá acontecer — sugeriu Matthews.

— Você está falando como um homem que está infeliz por ter-se separado da primeira mulher — disse Helen e sorriu, olhando para o céu. — Isso é apenas má vontade. Você deveria ver as coisas pelo lado mais positivo.

— Que lado é esse?

— Bom, vejamos. — Helen fez um ar sonhador. — Como é o meu pequeno provérbio?

— A glória de Deus é manter as coisas ocultas.

— Certo. Será que isso não significa: "tome dois comprimidos e me chame de manhã, disse o Senhor"?

— Acho que sim — disse Matthews — Pode significar também: por que você não fica calada?

— Certo. Então, por que você não fica calado? — Helen sorriu suavemente para ele, que estava sozinho na calçada fria, as mãos nos bolsos do casaco, os cabelos à mercê do vento. — Não quis ofender.

— Não me ofendi — disse Matthews, enquanto acenava para um táxi na avenida cheia de carros, à margem do rio.

Quando chegaram ao hotel, os dois caíram na cama num sono profundo, do qual ele só acordou quando já anoitecia e seus olhos só viram escuridão, não tinha a menor idéia de onde estava ou que dia era e, por um instante, quem seria Helen Carmichael, ressonando ao lado dele. O ar estava úmido, ele transpirava e sentia um suor quente nas costas nuas de Helen. Ficou deitado um bom tempo, como se um grande peso de sono e cansaço estivesse sobre seu peito, e finalmente deixou que o peso o fizesse mergulhar na escuridão do sono, como se ela fosse melhor do que a escuridão do desconhecido.

Dormiu de novo e teve um sonho bem nítido. Estava num típico café de calçada parisiense (coisa que nunca tinha feito) e ao mesmo tempo se via no café. Usava um casaco preto pesado, um lenço vermelho e uma infame boina preta, e falava com alguém com grande fluência. No sonho, não conseguia ver com quem conversava, mas era inevitável pensar em Penny. Ele ainda estava usando a aliança de casamento.

E falava francês! As palavras incompreensíveis saíam de sua boca como da boca de qualquer francês, mil por minuto. Ninguém — quem quer que fosse a pessoa com quem falava — deu qualquer resposta. Assim, era apenas ele, Charley Matthews, tagarelando sem parar num francês perfeito que podia milagrosamente falar, mas, como seu interlocutor, não conseguia entender.

Este sonho, em seu tempo real, pareceu continuar até que ele acordou de repente, com a sensação de ter se livrado de uma corrida sem fim e sem vencedores, exausto, o coração batendo forte, as pernas doendo, e até seus ombros estavam tensos, como se o sono fosse, na verdade, uma carga que ele tivesse sido obrigado a carregar durante dias.

A lâmpada fluorescente do teto tinha sido ligada e durante um bom tempo Matthews ficou nu olhando para aquele tubo claro como se ele fosse uma fonte de confiança, embora ainda não entendesse direito onde estava e por quê.

— Não durma demais — ouviu Helen dizer.

— Por que não?

— Porque vai atrapalhar seu sono. Você precisa acordar agora para poder dormir mais tarde.

Matthews levantou só a cabeça e olhou para seu corpo. Helen estava de pé na porta do banheiro, com uma toalha amarrada em volta dos seios e da cintura. Com outra toalha, secava o cabelo na luz mais forte do banheiro. Parecia grande e imponente na soleira da porta — "Junesca" era a palavra de que ela gostava. Era exatamente essa atitude e personificação que fazia Helen pensar que a maioria das pessoas não sabia lidar com ela e que a maioria dos homens não suportava. Matthews ficou olhando para ela na soleira iluminada, pensando que o perfume floral do sabonete que vinha do chuveiro estava mais forte que o cheiro de suor que sentira antes. — Não comemos nada o dia inteiro — lembrou Helen. — Você percebeu? Mas eu não estou com fome.

Pela cabeça dele passou, infelizmente, a lembrança de Beatrice e Rex. — Nós cancelamos o jantar com seus amigos ou eu sonhei?

— Você sonhou. — Helen inclinou a cabeça para o cabelo comprido e claro cair de um lado e ela poder secar a parte de baixo.

— Era melhor cancelar. Prefiro morrer agorinha do que ter de jantar no — como se chama o lugar?

— Clancy's — completou Helen, depois deu um longo suspiro. — Clen-ci. Você não precisa ir comigo.

— Tenho de ir, se você for. Como está se sentindo?

— Estou ótima. Resolvi que agora vou ler seu livro.

— Meu livro? — surpreendeu-se Matthews.

— Sim, *ton livre*.

— Você não vai gostar, ninguém gosta, só os franceses.

Concluiu, imediata e claramente, que aquela não era uma boa notícia. Helen sempre agiu como se o livro e o fato de tê-lo escrito fossem anomalias divertidas, ou talvez embaraçosas e ridículas, que não valiam a pena investigar. Uma espécie de *hobby* atraente, mas sem valor. Ela disse — inclusive aos pais de Matthews e à irmã, em Cleveland — que não pretendia ler *O dilema* porque temia gostar muito e depois não se sentir à vontade com Matthews, ou não gostar e jamais poder levá-lo a sério, e, neste caso, a relação deles acabaria. (Em particular, ela disse a Matthews que apenas a segunda explicação era verdadeira.)

Isso agradou muito a Matthews, sobretudo porque, quando estava terminando de escrever *O dilema*, pouco depois de começar o caso com Helen, incluíra um personagem que era — ele sabia — de certa forma inspirado nela: um loura-clara, alta, peituda, um tipo que lembrava as coristas do Rockette, que ele exagerou criando uma mulher extravagante que usava chinelos, vestidos com fendas laterais e falava alto sobre assuntos vulgares, mas com quem o protagonista se une depois que é abandonado pela mulher, embora os dois tenham pouco em comum, exceto sexo. Na cabeça de Matthews, aquela não era Helen Carmichael; só um ou outro detalhe superficial coincidia. E não tinha a intenção de julgar ou retratar Helen.

Difícil tentar dizer isso a ela, que tinha firmes certezas sobre sua própria essência e integridade, mas também passava um bom tempo verificando a terra-de-ninguém em volta dela, como um holofote procurando possíveis adversários e descrentes. Além do mais, ela não era idiota, embora os livros que lesse sempre fossem *best-sellers* e horripilantes mistérios policiais. Certamente, veria que a personalidade de Carlette não era uma cópia muito lisonjeira dela e ficaria furiosa. Essa não era uma possibilidade que Matthews gostaria de enfrentar no meio de uma dispendiosa e já meio fracassada viagem pela Europa.

Mas ele não a culparia, caso se identificasse com Carlette. Geralmente, as pessoas não gostam muito de se ver nos livros dos outros. Ele entendia que aquela era uma questão de poder e autoridade; uma pessoa sendo usurpada ou roubada por outra por motivos bem fúteis. E era assim, definitivamente, que Helen veria. Portanto, se pudesse, gostaria de impedir que ela sentisse qualquer uma dessas sensações ruins, não a incentivando a ler *O dilema* tão cedo.

— Tenho certeza de que não vou gostar — assegurou Helen, voltando para o banheirinho onde Matthews a ouviu desatarraxando a tampa de alguma coisa, depois fechando um recipiente para comprimidos. — Eu pensei que o livro pudesse me contar alguma coisa interessante sobre você.

— Eu não sou interessante. — Matthews olhava, infeliz, para o tubo fluorescente que espalhava uma luz fraca, esverdeada e trêmula. Puxou o cobertor sobre a parte de baixo do corpo, embora o quarto ainda estivesse cheio de vapor do banheiro.

— Tenho certeza de que você não é interessante — concordou Helen. Ela abriu e fechou o armário do banheiro. — Eu apenas quero descobrir o *verdadeiro* Charley Matthews. O homem por trás do que for. Do que os franceses acham tão emocionante. Talvez você seja uma pessoa profunda e eu não saiba. — Helen enfiou a cabeça no vão da porta e sorriu para ele. — Sabe? Profuuuundo. Você é profuuuundo.

— Não sou nada profundo — disse Matthews, sentindo-se acuado.

— Eu sei — disse ela, sumindo outra vez no banheiro.

Um instante depois, apareceu de calcinha, o cabelo quase seco. Atravessou o quartinho atravancado até sua mala de plástico azul, aberta no chão, e agachou-se para pegar roupas limpas.

Virando de lado, pronto a dizer alguma coisa sobre a futilidade de seu romance, Matthews percebeu, surpreso, que Helen tinha um grande machucado roxo, preto e marrom na metade da coxa esquerda. E outro, ele viu naquele instante, na coxa direita, perto da calcinha, onde suas nádegas se projetavam para fora, como ele gostava.

— Nossa, que manchas são essas! — estranhou ele, e se apoiou num cotovelo para ver melhor. — Parece que você caiu de um caminhão.

— Obrigada — disse Helen, continuando a procurar roupas na mala.

— Como foi isso?

— Não sei. — Helen parou um instante de mexer na mala e olhou para a janela, a noite fazia uma perfeita cortina negra que parecia impedir a passagem de qualquer luz. Ela tomou fôlego e expirou. — Talvez seja por causa do meu remédio — disse, balançando a cabeça. Depois se ajoelhou e continuou a mexer nas roupas. — Se você vai comigo, é melhor se vestir.

— Apareceram de repente? — quis saber Matthews. Estava impressionado com as manchas, que pareciam grandes e sombrios quadros expressionistas ou nuvens de tempestade.

— O que apareceu de repente?

— Essas manchas — insistiu Matthews.

— É, de repente. — Ela pareceu querer olhar o quadril onde a bainha da calcinha estava acima da mancha, mas não olhou.

— Você já teve isso antes? — perguntou ele, ainda na cama. — Eu nunca reparei.

— Escuta, que diferença faz? Tenho uma maldita mancha e não posso fazer nada — respondeu Helen, muito irritada.

— Dói?

— Não. Se você não tivesse mostrado como se fosse um maldito espetáculo extra, eu nem pensaria nelas. Então, deixe assim mesmo.

— Você quer ir ao médico? — Ele sabia que manchas como aquelas eram graves. Não se tem manchas assim — e talvez houvesse outras pelo corpo — por bater nos pés das camas e nas poltronas. Deviam ter alguma relação com o câncer de Helen. Ela podia estar doente outra vez, e o fato de ter-se sentido mal naquela manhã — enrijecida e fraca —, depois tonta à tarde, podiam ser sintomas de que o câncer estava voltando. Ela provavelmente sabia, mas não queria atrapalhar a viagem

— Quando voltar, procuro meu médico — garantiu. Estava vestindo uma de suas saias de *griffe*, cor de pêssego, e a ajeitou de forma a que as duas manchas não aparecessem.

Helen sabia o que ele tinha pensado, claro, e Matthews percebeu que não devia falar mais nada por enquanto, já que ela dissera que não queria ir ao médico. E onde iria encontrar um médico na Rue Froidevaux, às sete da noite, na semana anterior ao Natal? Ele lembrou-se das reluzentes placas de bronze nos ricos prédios de tijolinhos na Avenue de la Bourdonnais: "Dr. Fulano de Tal, Cirurgião". Era impossível encontrar uma dessas pessoas às sete da noite. Naquele exato instante, eles estavam todos longe, sentados para um alegre jantar perto de uma praia de mar cálido onde palmeiras ondulavam ao vento. Para encontrar um médico, seria preciso chamar uma ambulância e atravessar pelo saguão numa maca. Se tivesse muita sorte.

— Tem certeza de que está se sentindo bem para ir jantar? — insistiu ele.

— Estou ótima. E — ela estava enfiando o cabelo espesso pela gola de um suéter da mesma cor pêssego. Helen gostava de combinar as cores — dos sapatos com as meias; às vezes, do batom com a sombra dos olhos. Sentia-se segura em matéria de combinações. Matthews saiu da cama ainda tenso com o sonho, mas feliz por se preocupar mais com a saúde de Helen do que com a possível leitura do seu romance. A saúde de Helen era importante e era nisso que ele queria se concentrar.

— Você acha que estou bem arrumada para Paris? — perguntou Helen, no meio do quarto atulhado, de sapatos altos cor de pêssego, com os óculos refletindo um brilho da luz trêmula.

— Está fantástica — disse Matthews, segurando o cobertor para se cobrir. Sorriu para ela, animado. — Eu levaria você para qualquer lugar do mundo com a maior satisfação. — Menos ao Clancy's, pensou ele.

— Levaria mesmo? — Ele ouviu um inusitado e leve sotaque da Virgínia Ocidental na voz de Helen, que estava de olhos esbugalhados, como se a declaração dele a tivesse surpreendido.

— Claro — confirmou ele, pensando em abraçá-la, mas Helen estava toda pronta para sair e ele, na verdade, nu.

— Gostaria de tomar um pouco de champanhe neste instante — disse ela.

— Vamos lhe oferecer champanhe — disse ele, indo em direção à mala — Vamos tomar no Clancy's.

— Eu queria dizer naquele instante, mas agora passou. Houve um momento em que segurar uma taça de champanhe teria sido maravilhoso.

— Acho que você vai ter um taça quando menos esperar — garantiu Matthews.

— Ah, eu também acho. — Helen sorriu para ele, depois virou-se para olhar pela janela escura, enquanto Matthews foi se arrumar.

O CLANCY'S ERA um restaurante grande, barulhento, feericamente iluminado, na Rue St.-Antoine, perto da Bastilha, onde segundo Rex declarou, exultante, estava a "parte mais francesa de Paris". Ele e Beatrice já tinham tomado uma garrafa de champanhe quando Matthews e Helen chegaram, e estavam esperando o casal para tomar mais uma.

— Aqui fazem os melhores martínis do mundo — informou Rex, em voz alta, levantando-se e dando um forte aperto de mão em Matthews. — Mas detesto tomar gim de estômago vazio. Você também, Bill?

— Nós achamos que vocês não se importariam se nós déssemos a partida — disse Beatrice rindo e visivelmente bêbada.

— Certíssimo — aprovou Helen, sentando-se e entrando no espírito da noite. — Ganha a corrida quem ficar mais bêbado. Sente-se, Bill — pediu ela. — É para lá que vamos, caso você não saiba.

Rex começou a contar que dois pilotos americanos da PanAm, "ambos chamados Joe, de Kansas City", ficaram irritados por não encontrarem filés em Paris de acordo com os altos padrões deles e resolveram se aposentar cedo e abrir um lugar para pessoas como eles, que vieram parar aqui e que tinham os mesmos gostos e paladares. Encontraram este ponto, instalaram uma luz adequada, deram um clima com uma coleção de fotos em preto e branco — Babe Ruth acertando num pombo-correio; Rocky Marciano nocauteando um rapaz negro. E o resto é história. Infelizmente, os dois pilotos tinham morrido de Aids, disse Rex com tristeza, mas a casa foi mantida por membros da família, inclusive a ex-esposa de um dos pilotos. Era o segredo mais bem guardado da cidade, considerado uma espécie de quartel-general não-oficial para a comunidade de além-mar, um lugar onde se podia descansar, ficar à vontade e encher a cara em paz, exatamente como lá na terra natal. Lamentavelmente, o restaurante estava começando a encher muito e até alguns franceses estavam aparecendo, embora sempre recebessem as piores mesas.

No táxi, Matthews lembrou que tinha criado uma cena em *O dilema* que se passava exatamente no ponto em que a Rue St.-Antoine se encontra com a Place de la Bastille, do lado oposto ao grande teatro lírico, e que o cruzamento movimentado e muito iluminado por onde passaram era como ele tinha imaginado, embora, no livro, o personagem andasse até o Sena em menos de cinco minutos, o que era impossível.

Souberam então que Rex Montjoy trabalhava com peças de máquinas, especializado em implementos agrícolas. Os fabricantes americanos tinham uma participação importante no grande mercado de maquinaria agrícola, disse Rex, mas o calcanhar-de-aquiles deles era a parte de manutenção e serviço, muito cara, e eles estavam atirando nos próprios pés. A cara enorme, pesada e gordurosa de Rex ficou ainda maior quando ele falou sobre seu trabalho. A milhares de quilômetros, do outro lado do oceano, no departamento de peças da matriz de uma grande sociedade anônima, Rex tinha enxergado uma oportunidade: um tipo esperto podia comprar peças recondicionadas nos Estados Unidos e comercializá-las diretamente no incipiente mercado de revenda na França, voltando para casa com um bom dinheiro. Ele achava que o negócio só seria rentável por uns dois anos, três no máximo, até que os competidores na União Européia acordassem e algum burocrata lá em Bruxelas criasse uma lei para proibir exatamente o que ele estava fazendo. — Mas continuamos aqui — disse Rex, agarrando com sua enorme mão de *implementador* agrícola uma taça grande de martíni e sorvendo os simples prazeres de seu sucesso. — Todos os franceses odeiam trabalhar. É só isso — disse ele, achando-se um prodígio. — Estão lutando na retaguarda contra o sucesso ético. Se você tem uma boa idéia, devia trazê-la para cá e vendê-la na rua.

— É um bom conselho — concordou Matthews. Ele tinha pedido um copo de Pouilly-Fuissé, que Beatrice imediatamente começou a chamar de "*poí*, comi você". Beatrice e Helen estavam concentradas numa conversa particular e de vez em quando olhavam para se referir ao "*poí*, comi você" que Matthews bebia — e ele achou que o sorriso excitado de Helen parecia febril e quente.

— Beba mais um pouco de "*poí*, comi você", Bill — ofereceu Helen, quase gritando, depois riu alto, com a boca tão aberta que Matthews pôde ver sua língua, grande e lisa, cor de café com leite — cor que os médicos associavam com alguma doença. Sua mãe sempre disse que a língua revela tudo sobre a saúde. A língua de Helen não estava contando uma boa história.

Pelo jeito, Rex tinha pedido de tudo para todos — inclusive mais martínis, grandes saladas *icebergs* com tomates e fatias de cebola no vinagre branco, filés enormes com duas batatas Idaho acompanhando, em pratos separados. No centro da mesa, havia uma bandeja giratória com manteiga, creme de leite, cebolinha, quadradinhos de bacon, molho de churrasco, rábano, mostarda e molho de tomate. E mais três garrafas de Côtes du Rhône já "no ponto". Rex avisou que, se alguém quisesse mais alguma coisa, era só pedir — "desde que não seja *poulet* nem *haricots verts*".

— Olha, se eu não comer dois pratos desses por semana, fico anêmica — disse Beatrice, cortando a carne vermelha e segurando o garfo como se fosse uma calçadeira. Ela estava com a mesma roupa preta que usara na Torre Eiffel e, como estava bêbada e irritada, parecia anêmica, pensou Matthews.

Rex, por sua vez, ficava mais contente e muito mais sociável à medida que o dia — e agora, a noite — se passava. Estava vestido como quem vai a um jogo de futebol americano na faculdade, com um enorme suéter vermelho sem gola sobre uma camisa esporte xadrez verde e calça de veludo marrom grosso — roupas que Matthews não tinha notado antes por causa do *casaco de carro*. Ele tinha arrumado seu cabelo implantado de outra forma, e agora não parecia tão estranho — embora sua testa com grandes sobrancelhas ainda parecesse delicada e um pouco irritada, às vezes.

— Deve ser horrível ter compulsão para escrever — comentou Rex baixinho, de boca cheia.

— Não, não é — disse Matthews, tentanto comer seu bife e olhar para Rex. O barulho no Clancy's tinha aumentado e vinha em ondas. Mais gente entrava sem parar pelas portas, pessoas que os presentes conheciam, e o vozerio crescia, depois diminuía. Todo mundo parecia estar gritando em inglês, embora ele e Rex conseguissem conversar mais de perto. Percebeu que Rex tinha cheiro de loção pós-barba mentolada que ele parecia conhecer — seu pai também usava.

— Imagino que toda a sua família seja de escritores — disse Rex.

— Não, ela tem uma empresa de móveis em Cleveland — explicou Matthews. — Eu só escrevi um livro e não acho que seja muito bom. Então, não se pode dizer que eu seja um escritor. Pelo menos, por enquanto.

— Sei. Mas deve ser só um jeito de falar — argumentou Rex.

— Rex é capaz de traçar sua árvore genealógica até Adão e Eva — informou Beatrice. Estava falando com Helen, mas ouvindo o que os dois conversavam. Claro que parentesco era um assunto que ela gostava de abordar por causa de Rex.

— Beatrice tem ciúme porque meus parentes tinham sobrenomes — explicou Rex, juntando os lábios grossos e mandando um beijo insolente para ela.

— Certo. Como Zigolowsky e Prdozilewcza, esses nomes que não precisam de muitas vogais. Montjoy é o nome de guerra dele, acho que nem preciso dizer — acrescentou Beatrice.

O barulho no Clancy's aumentou e diminuiu outra vez. Em algum lugar, aparentemente na sala onde se encontravam, um cachorro começou a latir e várias pessoas que estavam sentadas perto da grande árvore de Natal enfeitada com flocos de algodão riram. — Gordon — chamou alguém. — Vem, Gordon. — Ouviu-se mais um latido baixo, seguido de um ganido de dor.

— Franceses — disse Rex, esticando seu pescoço avantajado para ver quem tinha batido no cachorro. — Ói, ói, lá estão eles — descobriu. — Estou vendo: são quatro pessoas com a droga de um vira-lata.

— Gordon, muito bem.

Beatrice parecia enojada. Na luz clara do restaurante, Matthews viu que a pele dela era mais grossa e menos bonita do que ele pensara. Imaginou quantos anos teria. Mais uma vez, sentiu-se ridículamente jovem, embora tivesse trinta e sete anos, uma ex-mulher, uma ex-profissão e uma filha que jamais via. Rex e Beatrice e, até certo ponto, Helen, pareciam ter a idade dos pais dele e, como os pais, quase completamente inatingíveis.

— A ONU é um monte de baboseiras, conheço aquela gente — disse Rex respondendo a algum comentário de Helen sobre a necessidade de nacionalidades diferentes se relacionarem melhor. Helen acreditava firmemente na ONU.

— Ah, não vamos deixar que ele comece a falar na ONU — pediu Beatrice, revirando os olhos. Deu mais um gole no seu martíni.

— Ou nos Estados Unidos, um dos seus eternos temas favoritos.

— É. Não deixem que eu comece — disse Rex, enchendo sua bocarra de alface e respirando pesadamente.

— Charley sabe tudo sobre negros, quer dizer, os que vieram para Paris — disse Helen. Ele já foi professor, pode dizer quem escreveu o quê, onde morou e por quê, essas coisas todas. Mas ele não parece negro, parece?

— Nunca se sabe — Beatrice reagiu. — Não são como os franceses, identificáveis a quilômetros de distância.

— Pensei que você tivesse dito que era romancista — comentou Rex, com a cabeça inclinada, tentando enfiar uma fatia de carne num pedaço de batata para comer os dois juntos.

— Eu não disse isso — discordou Matthews, sacudindo a cabeça.

— Então, quem foi? — perguntou Rex, levando um garfo cheio até a boca.

— E que importância tem? — interrompeu Beatrice.

— Charley é um ro-man-cis-ta — disse Helen, com os olhos brilhando. — Ainda não li seu *ro-man*, mas vou ler. Quero ver se estou nele, uma parte é ambientada em Paris.

— Você não está nele — disse Matthews comendo rapidamente, mas sem ter idéia do que fazer quando terminasse. Helen devia estar sentindo dor, pensou ele. Era por isso que estava agitada — num instante, gentil; logo depois, pronta para atacá-lo. Também estava bêbada e, sem dúvida, tomando analgésicos.

— Josephine Baker está no livro? — quis saber Beatrice, continuando a comer.

— Estava pensando nela também — acrescentou Helen.

— Não. É tudo inventado. Não há pessoas reais — explicou Matthews. Mas tudo o que ele falava parecia bobagem. Gostaria de calar a boca, terminar de comer e levar Helen para casa.

— Pensei que só permitissem que negros ensinassem esse tipo de coisa. Também, estou aqui na França há tanto tempo que já esqueci como é lá na nossa terra natal.

— Essa foi uma grande exceção — disse Matthews.

— Você está falando sério? — duvidou Rex.

— Estamos pondo Charley na berlinda hoje — disse Helen.

— Não tem problema, eu serei o próximo — conciliou Rex.

De repente, Gordon deu três latidos agudos perto da árvore de Natal. Várias pessoas gritaram, depois riram. Então, todos ouviram um miado forte. Seguiu-se uma confusão de patas e latidos, e alguma coisa passou correndo pelas pernas de Matthews embaixo da mesa, com algo atrás. Os franceses — homenzinhos e mulherzinhas de suéteres em tons pastel e lindas jaquetas — pareciam vagamente consternados. Um homem levantou-se e passou pelas mesas, indo na direção por onde Gordon parecia ter fugido. O homem não estava nem um pouco surpreso, só preocupado.

Rex olhou para o homem quando ele passou pela mesa. — A seguir, virão os macacos — disse ele, provocador. — E os pássaros falantes. Este lugar vai virar um inferno.

— Todo mundo agora está indo para Praga, de qualquer modo — disse Beatrice — Paris acabou. Gostaria de ter aprendido tcheco, em vez de francês.

— Ou para Budapeste — disse Rex, pronunciando Budapesht, como os colegas de Matthews na Faculdade Wilmot. — É um lugar onde agora você pode realmente ganhar dinheiro. Podia tentar publicar seus livros em húngaro. Qual é o título dele?

— Budapeste é a Paris do leste — interrompeu Beatrice.

— Qual é o título? — repetiu Rex, empurrando seu prato vazio.

— Praga — disse Beatrice.

— Certo, estive lá, mas uma vez basta.

— Vejam, o chefe — disse Beatrice, referindo-se a Rex.

— Sou um homem que só pode se casar com uma mulher — informou Rex.

Matthews fingiu que não ouvira Rex perguntar o título do livro. Ele não queria ouvir sua própria voz dizendo as palavras, no mínimo por medo do que Helen pudesse falar depois. Na verdade, não queria ouvir a si mesmo dizendo nada. A metade de seu filé estava no prato. Helen não tinha tocado em nada do que pediu. Beatrice e Rex limparam os pratos. Matthews ficou pensando se ele e Helen podiam pedir licença e ir embora, dando como desculpa o *jet lag*.

O francês de suéter rosa e cachecol voltou pelo meio do restaurante, carregando um pequeno *poodle* escuro. O *poodle* parecia exausto, com sua lingüinha caída de lado. O francês sorria como se todos no Clancy's estivessem felizes por ver o cachorro. Do lado de fora da janela grande e limpa, começava a nevar.

— Sabia que Helen dançava muito bem? — perguntou Rex, passando a mão larga pela plantação de novos cabelos. — Estava a ponto de entrar para a Radio City.

— Sim, June Taylor — disse Helen. — Aparecia na tevê quando eu era menina. — Sorriu e balançou a cabeça como se a idéia fosse engraçada. — Isso foi em Pittsburgh.

— Mas o que aconteceu? — perguntou Beatrice.

— Helen era capaz de dançar até cair — contou Rex, colocando as mãos sobre a mesa, cruzando os dedos e olhando para Matthews. Não estava prestando atenção em Beatrice.

— Todos nós éramos, na época — aparteou Helen, parecendo prestes a chorar. — Estou cansada. Com *jet lag*, é isso. Desculpem.

— Esses dois eram algo especial — disse Beatrice para Matthews, como se quisesse explicar. — Caso você estivesse pensando nisso.

— Dançar até a música acabar — disse Helen, com os olhos brilhando por trás das lentes.

— Enquanto *nós* agüentássemos — disse Rex.

— Eles sempre fazem isso — disse Beatrice. — Ficam bêbados, depois não agüentam mais nada. Em geral, nessa hora eu saio.

— Não vá agora — disse Helen, sorrindo com doçura.

— *Turkwoz* — Matthews ouviu alguém dizer numa mesa próxima. — É egípcio, o melhor que existe, melhor do que a porcaria americana.

Rex virou-se para ver quem tinha dito aquilo. Por um instante, desligou-se da conversa e pensou em dançar com Helen na distante Pittsburgh.

— Isso foi numa outra época, muito antes de eu entrar em cena — disse Beatrice com um tom solene.

— Não acredito em épocas, acho que tudo é contínuo. Agora e depois, mulheres e homens — opinou Helen.

— Se você acha, ótimo — disse Beatrice, levantando-se para ver o que estava acontecendo no banheiro feminino, deixando os três para trás.

— Matthews ainda não se divorciou — contou Helen. — E tem uma filha que nunca vê. Não acredito que queira se divorciar, para dizer a verdade. Mas acho que ele precisa. Você precisa se divorciar, Charley.

— Helen está sempre cheia de conselhos — disse Rex, enquanto os garçons tiravam os pratos da mesa.

— Sei disso — observou Matthews.
— Não precisa ser muito obsessivo para ser escritor? — Rex repetiu.
— Não, acho que não. Não acho que eu seja.
— Não é? Engraçado, sempre achei que precisava. Isso mostra que já não sei nada. A respeito de nada — confessou Rex.

ESTAVA NEVANDO quando voltaram de táxi pelos Boulevards St.-Marcel e Arago, os flocos grandes e pesados não pareciam cair, mas ficar suspensos nos halos de luz amarela dos postes da rua, reforçados pelas lanternas traseiras dos carros e pela escuridão. Eles se despediram de Rex e Beatrice na calçada lateral cheia de neve do restaurante. Tinham resolvido não pedir sobremesa, Helen disse que não estava se sentindo bem, era apenas seu segundo dia na cidade e estava com o estômago revirado. Comida forte, muita bebida. Mencionaram a tradutora de Matthews. Precisavam dormir.

Beatrice e Rex tinham admiração por Helen porque ela continuava sendo o que era, enquanto eles tinham "seguido em frente" para serem o que eram concretamente: um homem de negócios de nada e um mal-humorado fracasso da contracultura, na opinião de Matthews. E pensou: Helen se saía muito melhor como Helen do que eles como Rex e Cuddles.

Helen ficou na neve da rua com seu vestido e seus sapatos pêssego acenando para eles, enquanto o táxi sumia nas luzes da Bastilha, seguindo na direção do lugar onde moravam, nos subúrbios atrás de Montreuil. Dentro do Clancy's, a festa continuava.

— Eu gostava do Rex — contou ela, enfiando na boca um comprimido que tirou da bolsa com alguma dificuldade. — Nossa, a memória é uma coisa terrível. Não sei quem inventou, mas gostaria de botar as mãos nele.

Quando o táxi passou pela estátua do leão no meio da Place Denfert-Rochereau, Helen olhou para os ricos prédios antigos de apartamentos no Boulevard Raspail. De repente, disse: — Você acredita em alguma coisa espiritual, Charley?

— O quê, por exemplo? Igreja? Minha família era protestante, nós nos convertemos.

— Não, a Igreja não — disse Helen suavemente. — Eu freqüentei a igreja, mas não é a mesma coisa que um sentimento espiritual — quer dizer, uma convicção sobre algo de bom que você não consegue ver. Esse tipo de coisa.

Matthews pensou em Lelia. Surpreendentemente, lembrou-se dela. Fazia mais de um ano e meio que não a via e não sabia quando a veria de novo. Ele acreditava no futuro dela, embora, no momento, não estivesse cuidando disso. Mas não queria dizer isto a Helen — ela o repreenderia, como já fizera.

— Acredito, acredito sim — afirmou ele.

— E como é esse seu sentimento espiritual? — perguntou Helen. Ela desenhou um pequeno arco-íris na janela embaçada e olhou para o céu cheio de flocos de neve.

— Como seria ele? Bem, acredito na idéia de mudança. Acredito que as coisas mudam para melhor, se possível. Às vezes pensamos que elas não podem mudar e é aí que entra a fé. — Ele não sabia por que dissera aquilo, e daquele jeito, como se estivesse explicando para um aluno. Mas não parecia errado, e depois que falou ficou satisfeito, porque era verdade. Gostaria que Penny tivesse ouvido. Teria sido bom para ela.

— Está bem — disse Helen, quando o letreiro de néon azul do Nouvelle Métropole apareceu, iluminando a noite.

— Bem, não era isso que eu queria, mas foi o que você disse. Então, eu aceito, mas é um argumento vago. *Você* é um pouco vago.

— Talvez seja, pode ser — concordou Matthews.

— Mas chega, certo? — disse ela, olhando para ele e sorrindo de um jeito não muito amistoso.

— Certo, basta — disse ele no assento escuro do táxi.

Foram para o quarto, que estava frio e com cheiro de umidade outra vez, já que passara do horário de funcionamento da calefação. A cama era o único lugar onde era possível conseguir um pouco de calor. Provavelmente, Paris não era sempre tão fria, pensou Matthews.

Helen entrou no banheiro, fechou a porta e trancou-a. Ele ouviu a torneira aberta, ouviu Helen dar a descarga várias vezes. Parecia estar vomitando, mas podia ser também apenas uma tosse. Helen não tinha comido e estava tomando alguns remédios, o que poderia causar enjôo. Ela estava com dor, Matthews teve certeza, e se comportava como se a dor fosse sua companheira. Câncer *significava* dor e aquelas manchas nas pernas eram do câncer que ela, com razão, não quis comentar.

Na verdade, ele não sabia o que fazer no quarto pequeno e frio. Sentiu uma tensão provocada por medo; a importância de Helen (de que outro jeito poderia chamar aquilo?) no esquema geral das coisas tinha ofuscado a importância dele mesmo. Sentou-se na cama e tentou visualizar a visita que faria à tradutora em breve, mas não foi o suficiente para distraí-lo. Tentou então pensar em Penny e Lelia, as duas passando um dia feliz. Época de Natal — como seria na Bay Area? Também não adiantou pensar nisso. Helen devia estar mal, era o que importava. Melhor admitir isso, embora esperando que estivesse errado.

Levantou-se e tentou afastar sua mala para que Helen pudesse sair do banheiro direto para a cama, sem precisar passar por cima da mala. Para isso, precisava fechá-la e mesmo assim teria de ficar em cima da outra. Isso deixaria o quarto mais arrumado, mas os impediria de mexer nas malas. Precisavam ser abertas no chão, só que aí não poderiam ver tevê ou ir ao banheiro. Resolveu deixá-las empilhadas, era melhor.

    Não queria se deitar. Helen não estaria disposta para bobagens sexuais, mas se ele estivesse na cama quando ela saísse do banheiro, isso poderia indicar que estava querendo e provocar problemas de natureza imprevisível. Helen tinha feito algumas observações desagradáveis sobre o desejo que ele sentia pelo tipo de sexo em que ela se especializou — "sexo-adulto", como ela chamava, ou "sexo sem usar as mãos". Mas ele *estava* pouco interessado no assunto. Por alguma razão, as mulheres agora pareciam sexualmente insaciáveis. Na faculdade, uma professora de Economia com quem ele saiu uma vez, na confusa primeira semana depois que Penny foi embora, quis fazer sexo sem parar, e ele não gostou muito disso. Ficou confuso. Não houve um *encontro*, nem se esperava por isso. Negar a ela alguma coisa poderia parecer uma ofensa. As mulheres sempre puderam dizer "não" ou "vamos devagar", ou "não estou disposta" — ou o que quisessem. E os homens tinham que achar ótimo. Agora, os homens não podiam dizer essas mesmas coisas sem estragar tudo. Então, se ele estivesse na cama, Helen certamente iria zombar dele por querer sexo, quando era óbvio que não estava interessada, mesmo se ele também não estivesse. Claro, era possível que ela *estivesse* interessada — apesar das manchas, da dor, do *jet lag*, do enjôo, do câncer — não importa. Podia ver no sexo um analgésico. Essa era mais uma razão para ele não ficou na cama, embora estivesse cansado e louco para dormir.

    Foi até a janela fria e olhou mais uma vez para fora. Podia sentir tanto o frio lá de fora quanto os últimos resquícios de calor na caixa de calefação sob a janela. Mas, do lado de fora, tudo era neve e escuridão. Via a Torre de Montparnasse com a maioria dos escritórios de luzes acesas. Estavam fazendo a limpeza, como se fazia em qualquer lugar. Mas a Torre Eiffel continuava invisível no lugar onde ele achava que ela deveria estar. Perdida na neve. Provavelmente, fechada — embora aquela fosse a hora de visitá-la, quando a Cidade-Luz estava iluminada. Ele certamente voltaria lá quando tudo aquilo tivesse terminado.

Poucos carros circulavam pela Rue Froidevaux. Não era tão tarde — meia-noite — mas ninguém queria dirigir na neve em Paris. Um carro de polícia passou devagar, com suas luzes azuis piscando, sem qualquer chamado para atender. Um homem numa motoneta parou na calçada em frente ao hotel. Devia ser o mesmo que fez todo aquele barulho na noite anterior, pensou ele. Troca de turno da noite.

Viu um homem baixo surgir à direita, provavelmente vindo da Rue Boulard, e que tinha uma espécie de saco de dormir amarrado nos ombros, estava de botas e com um casaco comprido, sem capuz. Atravessou a Rue Froidevaux passando entre os plátanos e foi acompanhando o muro do cemitério até quase se perder de vista entre os círculos amarelos dos postes da rua. Parou, acendeu um cigarro, soprou a fumaça, virou-se e olhou para os dois lados da rua quase vazia, depois subiu no muro, ajeitou o saco de dormir nos ombros, deu mais uma olhada em volta e, com muita agilidade, pulou o muro e sumiu do outro lado.

Matthews chegou bem perto do vidro gelado e olhou o jardim do cemitério, tão cheio de lápides de pedra branca e pequenas capelas mortuárias que parecia lotado — embora no dia anterior tivessem conseguido achar espaço para mais um morto. No meio de tantas sepulturas, da neve e da escuridão, ele não conseguiu mais ver onde estava aquela.

Matthews esperou que o homem reaparecesse, procurou por todo o círculo onde pensava que era o setor judeu, perto de onde ele tinha entrado. Mas não viu ninguém. O homem entrara escondido e sumira. Mas é claro que devia estar perto da sombra do muro. Devia haver um guarda lá dentro, uma ronda contra esse tipo de violação — com multas adequadas.

Houve então um movimento rápido, uma sombra mais escura no meio das estátuas claras. Um ziguezague. Matthews quase não percebeu, já que veio da direita, de um ponto distante do lugar onde o intruso tinha entrado, num canto mais afastado do cemitério, junto ao muro onde a Rue Froidevaux se encontrava com outra rua menor, sem nome. Foi apenas um bruxuleio, uma pequena interrupção no brilho da neve. Mas surgiu de novo, e então Matthews viu o homem — ou talvez outro homem com um saco de dormir nas costas. Ele pulava e se arrastava, depois escorregou rapidamente para trás de uma cova, surgiu do outro lado e sumiu de novo, caiu uma vez — ou foi o que pareceu — depois se arrastou de gatinhas, levantou-se e andou de um lado para outro como se estivesse sendo perseguido por alguma coisa que Matthews não conseguia ver, algo que estivesse tentando expulsá-lo de lá, ou coisa pior.

Matthews olhava, o nariz na vidraça gelada: o homem correu, escorregou e se escondeu atrás do muro do cemitério até ficar quase invisível no meio da neve e da escuridão. Mas, de repente, parou diante de um dos mausoléus de teto alto, igual a centenas de outros, virou-se e, como fizera antes do outro lado do muro, olhou para os dois lados, abriu com cuidado a pesada porta de grade do mausoléu, entrou, fechou a porta e sumiu.

— Que horas são agora na Califórnia? — perguntou Helen, que continuava no banheiro, na frente do pequeno espelho. Ele não tinha ouvido a porta se abrir.

— Não sei, por quê? — respondeu Matthews.

— Achei que você estivesse aí pensando na sua mulher e na sua filha.

— Não — disse ele, olhando para ela no outro lado do quarto frio e recém-arrumado. — Estava vendo um homem invadir o cemitério.

— É uma troca, a maioria das pessoas quer sair de lá. — Helen estava com um pijama de seda rosa de debrum escuro, que jamais tinha usado. Costumava dormir nua. Ela aproximou o rosto do espelho do banheiro e abriu a boca. — Hummm-mm — resmungou.

Matthews quis ser simpático, se era o que ela queria. Teve pena dela. Achou que devia ter pena de ambos.

— Gostaria de fazer amor — disse Helen, continuando a se examinar no espelho — mas estou muito cansada.

— Está bem.

— Arrume um vale-compensação para dias de chuva ou de neve — disse ela.

— Certo — concordou Matthews.

— Estou de pijama para você não ver minhas manchas feias. — Ela deu um suspiro, vendo sua imagem no espelho. — Há outras pelo corpo.

— Está bem — disse ele. Em algum lugar do céu, lá fora, ouviu o estrondo e o silvo agudo de um grande jato atravessando a noite nevada. Algum vento estranho devia ter trazido aqueles sons. Mas, se olhasse na direção do som, sabia que não veria nada. Ele e Helen podiam estar em qualquer lugar.

— Gostaria de ir dançar — comentou ela. — *Sei* dançar muito bem e nós nunca dançamos. Devíamos, pelo menos uma vez.

— Não podemos dançar noutro dia?

— Ah, talvez. Você sabe o que eu disse sobre épocas? Bea não gostou. Mas estava certo, não? Não existem épocas, só existe um tempo, contínuo.

— Nunca pensei nisso — disse Matthews, enquanto o barulho do jato ia sumindo ao longe.

Helen saiu do banheiro descalça e foi até a janela onde Matthews estava. Seu corpo tinha um cheiro quente e perfumado. As pontas de seus cabelos estavam molhadas. Naquele instante, ele se sentiu feliz só em pôr o braço em volta de seus ombros ossudos e puxá-la para perto. — Estou passando por uma mudança de vida. Além do mais, estou com câncer — disse Helen, sem alterar o tom de voz.

— Você achou que uma dessas coisas iria me fazer parar. — Ela não reagiu ao abraço, pareceu não notá-lo, apenas ficou vendo o espetáculo silencioso da neve flutuando. Estava ao lado dele, nada mais.

Mas, por um instante, ele ficou atordoado. Se ela não estivesse protegida por seu braço, pensou, ele teria dado um grito. Reclamado. Discutido. Feito uma espécie de reavaliação. Como é que qualquer outra coisa podia ser importante agora? As preocupações dele, suas esperanças, suas dores da vida? Tudo cedeu espaço para o que Helen tinha acabado de dizer. Ela podia até ter dito algo menos importante e, mesmo assim, teria acabado com as preocupações dele num segundo. Que qualidade era aquela? pensou ele. Uma queda pelo dramático? Um comportamento que não tolerava qualquer contrariedade? Uma certeza acima de outras? Qualquer que fosse essa qualidade, ele não a possuía, decididamente — pelo menos na mesma quantidade que ela.

Mas isso o fez sentir ternura por ela, mais do que no ano inteiro que a conhecia, mais até do que no começo, quando ela era aluna dele e os dois transavam na velha casa em Hickory Lane e tudo era animação, suor e um desejo de mais. Ele agora gostava mais dela do que nunca. Ela colocava as coisas na perspectiva adequada, avaliando a importância e a desimportância, criava uma prioridade usando sua própria vida — um padrão. E ele não quis ser o centro das coisas, tentou isso de todas as formas, agora tinha conseguido e sentiu-se aliviado.

— Olha, tem uma arvorezinha de Natal lá — disse Helen, mostrando a janela do apartamento alto, do outro lado da Rue Froidevaux. — Nós não íamos fazer uma canção? Natal em Paris, *da-di-da, da-di-da*. Você ia escrever a letra.

— Escrevo amanhã — prometeu ele. O pequeno triângulo escuro da árvore, suas luzes alaranjadas, vermelhas e verdes piscando através da neve e da noite, estava nitidamente delineado na janela do apartamento, quatro andares acima. Olhar para ela proporcionou um instante do mais puro prazer.

— Acho que você está com medo de mim. Agora, por uma outra razão — disse Helen.

— Não, você está enganada — reagiu Matthews, seguro. — Não tenho qualquer medo de você. — Puxou-a mais para perto, sentiu a seda do pijama sobre os ombros dela, respirou o perfume quente e um tanto pungente de seu corpo. Podia fazer amor com ela agora. Seria fácil.

— Mas o que você sente, então? Por mim, quero dizer.

— Eu te amo — disse Matthews. — É o que sinto.

— Ah, não venha falar nisso — reclamou Helen, e ele a sentiu hesitante, como se a tivesse ofendido. — Imagine outra coisa. Pense em palavras melhores. Essas já não deviam fazer parte do nosso acordo.

— Então, não sei o que dizer — falou Matthews, e não sabia.

— Bom, então não diga nada. Aproveite os momentos felizes em silêncio. Deixe as palavras de fora.

— Eu sou considerado bom em matéria de palavras.

— Eu sei — disse Helen, dando um sorriso fraco. — Mas você não pode ser bom o tempo todo, acho. — Beijou-o no rosto, deu uma olhada na noite nevada e foi para a cama.

DURANTE A NOITE, Matthews teve outra vez um sono profundo, vazio como a morte. Mas depois de algum tempo, viu que estava acordado e queria continuar assim. Percebeu quando Helen saiu da cama, deixou cair alguma coisa no chão do banheiro, disse algo, provavelmente deu uma risada e depois voltou para a cama.

Ele dormiu até que precisou ir ao banheiro. Quando terminou, olhou pela janelinha do banheiro que dava para um respiradouro. Viu que a neve tinha parado e a lua brilhava outra vez. Os fundos de todos os prédios se juntavam e o vento fazia uma placa de zinco ou aço bater de leve lá embaixo. Pelo espaço aberto, ele via um apartamento com as luzes acesas, onde quatro pessoas — jovens franceses, claro, duas mulheres e dois homens — estavam sentadas em sofás, conversando, fumando e bebendo cerveja. A luz no apartamento era amarela e o cômodo ao lado da sala de visitas também estava com a luz acesa. Nele, havia uma cama com casacos em cima e, do lado oposto, uma cozinha clara com uma jardineira na janela, provavelmente com gerânios vermelhos. Que horas seriam? pensou ele. Aquelas pessoas estavam conversando bem tarde. Ou talvez ele não tivesse dormido muito, apenas teve um sono profundo. Mas tinha certeza de que logo veria um casal ir embora e o outro começar a arrumar a casa e a se preparar para dormir. Seria interessante observá-los — não para vê-los se despir ou fazer amor, discutir ou brigar ou se abraçar, mas só olhá-los fazendo as coisas comuns, as de sempre. Seria tão bom ver isso. Ele teve certeza de que, durante anos, outras pessoas tinham feito o que estava fazendo: olhar — talvez, olhar aquelas mesmas pessoas — escondido para aquelas estranhas salas, em horas tardias, se sentindo só. Extasiado. Irritado. Desnorteado. Depois, voltar para a cama sentindo uma certa satisfação. Ele compartilhou daquela experiência. Provavelmente, até com Langston Hughes — não sabia por que pensou nele — e com muitas outras pessoas. Todos eles fizeram isso em Paris, naquele mesmo banheiro. Bastava estar ali para desfrutar.

Quando voltou para o quarto escuro, ainda sentia uma certa euforia e não quis ir para a cama, embora estivesse com frio. Havia um estranho cheiro de carne assando, bem temperada, vindo de algum lugar. Pensou ter ouvido um riso e o som de cartas sendo embaralhadas. O luar invadia o quarto, deixando-o claro e luminoso. Sentou-se na cadeira e ficou olhando os quadros de arte árabe, levantou-se e observou mais de perto — os camelos, o oásis, os homens sentados conversando. Tudo combinava. Os desenhos eram mais sutis do que ele tinha percebido. Achava que aquele quarto era uma cova, um buraco barato, sujo, horrível. Mas sentiu-se melhor em relação ao lugar. Podia ficar ali. Se Helen fosse para casa, podia reservar o quarto por um mês. As coisas poderiam mudar. O hotel ficaria com outra aparência, se as circunstâncias fossem diferentes. Ele podia conseguir uma mesa e escrever ali, embora não tivesse nada em mente (Madame de Grenelle poderia ser importante para isso.) Mas não havia como saber, a menos que tentasse. Tinha visto fotos de quartos de artistas famosos — quase sempre em Paris — e todos eram piores que o do Nouvelle Métropole. Muito piores. Pensando bem, pareciam perfeitos, eram lugares onde se gostaria de estar, o único lugar em que aquele romance ou aquele poema poderiam ter sido criados. Confiar na intuição. Isso era tudo. Tentou pensar no verso que de vez em quando lhe vinha à cabeça. De que poema era? Não conseguiu lembrar na hora, nem quem o havia escrito.

Olhou para Helen adormecida. Aproximou-se, inclinou-se sobre ela, pôs o ouvido perto do rosto dela para saber se estava tranqüila e ouviu sua respiração, leve e suave. Ela tomava comprimidos. Podiam matar. Ele ia precisar achar um médico no dia seguinte. Teria de procurar uns números no catálogo.

Estava errada, pensou ele, ao impedi-lo de manifestar o seu amor. Era o que ele sentia e deveria poder dizer. Amor nunca é inadequado; não faz mal. Não era, claro, a coisa espiritual que ela perguntara, nada disso. Se ele tivesse dito "amor", ela teria caído na gargalhada.

De algum lugar na rua veio um som alto, um estouro, algo que ele nunca tinha ouvido antes. Sentou-se outra vez, bem quieto, esperando outros barulhos depois daquele, sem pensar em mais nada.

Helen continuou como estava, de lado, mas acordada, olhando para ele.

— Por que você acordou? — perguntou ele, baixo. Ajoelhou-se ao lado dela e tocou seu rosto, que estava frio.

— O que está fazendo? — disse ela baixinho, sem se mover, e suspirou.

— Estava sentado.

— Amanhã parece um dia estranho, não?

— Vai ser ótimo. Não se preocupe com amanhã — tranqüilizou ele.

— Você está dormindo? — Ela fechou os olhos.

— Sim, estou — respondeu Matthews.

— E deve mesmo — disse ela, e dormiu de novo, exatamente naquele frágil instante.

Matthews voltou a sentar-se e esperou um pouco, tentando ouvir mais barulhos na rua. Uma sirene ou uma buzina tocando, algo que desse um ritmo ao barulho anterior, o estouro. Ouviu um carro passando pela rua cheia de neve, derrapando um pouco, freando e depois seguindo. Ele então entrou na cama de gatinhas, sentindo a parede fria de gesso e pensando que não iria dormir agora, porque seu coração estava disparado e porque, na verdade, o dia seguinte seria, como disse Helen, um dia estranho.

ACORDOU ÀS DEZ E MEIA. A luz que entrava pela janela era mais luminosa do que ele esperava. A camisa que usara na noite anterior estava com um traço amarelo de luz.

Vestiu as calças e foi até a janela. Pensou que veria uma paisagem inteiramente nova de Paris. O quarto não estava tão frio. Tinha dormido bem e bastante.

E ele estava certo. A neve da noite não tinha desaparecido. Algumas manchas irregulares continuavam no cemitério e sobre um ou outro carro estacionado na rua. Mas de repente parecia primavera, o tronco dos plátanos úmidos e escuros, o chão molhado, uma névoa fina subindo das sepulturas quando o sol batia nelas, transformando o cemitério num parque. Claro, não havia qualquer sinal do homem que tinha dormido num túmulo, não saberia dizer em qual deles. Poderia ter sido um sonho. Ele tinha bebido muito. Até Rex e Beatrice pareciam uma fantasia — pesadelos poderiam ser esquecidos.

Helen estava completamente imóvel, com a cabeça sob o travesseiro, sem qualquer sinal de respiração nas cobertas. Pela segunda vez — ou, talvez, a terceira — ele se inclinou para ouvir. A respiração dela estava forte e profunda. Era capaz de dormir até a tarde. Estava fraca, pensou ele. Seria bom para ela descansar.

Mas o que faria até ela acordar? Ler um dos romances policiais dela. Seria errado sentar-se para ler ao lado da cama de Helen enquanto a cidade ficava mais quente e mais (talvez, só por pouco tempo) agradável. Era muito parecido com um hospital: querer estar ali quando o paciente acordasse da cirurgia. Mas não havia nenhuma cirurgia, não havia nada. Era possível que Helen estivesse apenas com *jet lag*, ou exagerando os sintomas por estar passando por uma mudança de vida. Algo involuntário. Isso acontecera com a mãe dele, deixando o pai desesperado. Até que um dia aquilo passou. Ele não *sabia* se Helen tinha câncer ou estava com dor. Essas coisas só se confirmam com provas, vendo os resultados dos exames. Havia as manchas, mas podiam ter motivos simples — e não significar que ela estava mentindo.

Se fosse Helen, ele gostaria de ficar dormindo até se sentir melhor. Até ela acordar, poderia andar pelas ruas de Paris sozinho pela primeira vez e ver a cidade como devia. De perto. Sem intermediários.

Em meia hora ele tomou um banho e vestiu-se, achou seu guia Fodor's, fechou as cortinas sobre a manhã clara e deixou um bilhete para Helen, que colou no espelho do banheiro com pasta de dente. H. *Volto à uma da tarde. Não saia. Vamos fazer um passeio de barco. Carinhos, C.*

NA RUE FROIDEVAUX, a manhã *parecia* primaveril, a luz pálida e densa, um novo calor estranho e passageiro na brisa, que dava o tom do dia. Pensou em andar em qualquer direção até achar uma loja de brinquedos tipicamente francesa, que oferecesse objetos que as crianças americanas não conhecessem, e lá comprar um presente de Natal para Lelia. Algumas semanas antes, ele tinha carregado pilhas de brinquedos americanos óbvios. Todos de um centro comercial de Ohio. Mas algo especial da França seria perfeito. O presente que faria toda a diferença. Ignorava se Lelia sabia que ele estava na França, se tinha contado quando falaram pela última vez, depois do Dia de Ação de Graças.

Consultou o mapa Fodor's e fez um roteiro para ir até o Boulevard Raspail, virar à esquerda, ficar um tempo em torno do Boulevard du Montparnasse — ruas famosas, na pesquisa que fizera no mapa antes de escrever *O dilema* — e descer a Rue Vavin até o Jardin du Luxembourg. Em algum lugar, naquelas ruas cheias de casas de vários andares, tinha certeza de que encontraria a loja que queria; depois faria outro roteiro, que o levaria de volta ao Nouvelle Métropole à uma hora para ver como estava Helen. Poderia ser necessário ir a um médico com ela, embora desejasse que não.

Ficou imaginando se ela teria uma cópia do livro dele guardada em algum lugar. Pensara em dar uma busca na mala dela quando estava arrumando o quarto e ela estava no banheiro, mas acabou esquecendo. E, sinceramente, agora não se importava mais com isso. Até mesmo quando uma fotografia faz uma pessoa parecer melhor do que jamais poderia ser, ela não gosta. As biografias tinham muitos problemas por causa disso. Helen, no entanto, era capaz de entender que um personagem era apenas um personagem, um jogo de palavras — praticamente, tudo inventado — e não a transposição da pessoa real para o papel. Pessoas de verdade têm sempre tendência a serem elas mesmas e não tão moldáveis como os personagens deveriam ser para que possam ocorrer fatos importantes. (Este, certamente, era um dos problemas de O *dilema*.) Pessoas de verdade eram sempre mais difíceis.

No atual estado em que Helen se encontrava, claro, era difícil saber como ela encararia o fato. Era possível que, em vez de ficar furiosa, até achasse graça ou ficasse lisonjeada. A verdade é que ninguém deveria se envolver com um escritor, se não quisesse aparecer num livro. Melhor tentar se envolver com um carpinteiro, um serralheiro ou um vendedor de ferramentas.

Ele estava se sentindo melhor em relação a tudo. E, andando pelo amplo e apinhado Boulevard Raspail — uma avenida famosa sobre a qual não sabia nada especificamente — sem destino, sabendo pouco de francês, sem qualquer idéia sobre a moeda local, as distâncias e os pontos cardeais — tudo isso fez com que ele se sentisse uma parte pequena, mas viva, de uma experiência mais vasta, não mais restrita. Helen dominava a vida, deixava o resto de lado, visualizava suas metas com clareza e fazia de conta que compartilhavam dos mesmos interesses. Mas ele sequer a culpava. Respeitava-a por isso. Se a vida dele tinha sido limitada, a culpa era dele mesmo, por isso se sentiu menor ainda ao cruzar Montparnasse na altura do Le Dôme, onde Lênin e Trotsky almoçaram e onde — lembrava-se de ter ensinado isso — o grande Harry Crowder cantou uma música de Samuel Beckett em 1930. Resolveu que, se mais tarde achasse o caminho e fosse capaz de pedir *soupe de poisson* em francês, almoçaria no Le Dôme.

A melhor coisa a dizer sobre Helen era que ele não era adequado às necessidades e exigências dela devido às necessidades e exigências dele mesmo, e que ele deveria deixar as coisas como estavam e depois se separar dela quando voltassem para os Estados Unidos. Teve a mesma sensação — de escapar por pouco — quando desistiu de ser professor. Se tivesse ficado preso lá na faculdade, também se culparia. Helen não era nenhuma ameaça séria. No final das contas, era uma mulher ótima.

Mas alguma coisa, sem dúvida, estava mudando em sua vida agora — e mudando para melhor. O fato de não se incomodar de estar "perdido" e sozinho em Paris era apenas uma pequena prova. O comentário que Blumberg fizera, de que ninguém o conhecia ali, pareceu na hora (dois dias antes) uma grande sombra escura prestes a esconder o sol, mas agora parecia ótimo. Você reconhece as mudanças em si mesmo, acreditava ele, não pelo que os outros sentem a seu respeito, mas pelo que você sente em relação a si mesmo. E em vez de se preocupar por não poder usar em Ohio a experiência adquirida em Paris, era possível agora se transformar no que acontecesse em Paris — algo que ele nunca imaginou quando dava aulas de Romance Afro-americano na Faculdade Wilmot.

Tudo isso fez com que o plano de visitar Madame de Grenelle fosse ainda mais importante, já que a tradução de *O dilema* parecia ser o primeiro passo para se transformar em alguém pronto a tirar mais proveito da vida. Era por isso, sem dúvida, que os artistas negros tinham vindo aos bandos para Paris: porque, ao saírem do centro de terríveis acontecimentos em seus locais de origem, os negros encontraram formas de obter mais da vida e, ao fazer isso, desapareceram, mas, ao mesmo tempo, se tornaram visíveis para si mesmos. "Paris recebeu de braços abertos os escritores negros" — foi a frase que leu nos livros e que repetiria durante anos, aceita sem pensar ou sem acreditar que ele próprio tivesse algo em comum com os escritores negros. Mas talvez Paris pudesse abrir seus braços para Charley Matthews. Ele não era louco por querer isso agora. Muitas coisas mais estranhas tinham ocorrido.

Dobrando o Boulevard Raspail e seguindo até a estreita Rue Bréa, encontrou a loja de brinquedos que estava procurando, uma vitrine pequena num quarteirão de joalherias caras e galerias de segunda classe exibindo arte tibetana. SI J'ÉTAIS PLUS JEUNE (Se eu fosse mais jovem), dizia a placa da loja.

Dentro da loja, especializada em brinquedos suíços, encontrou uma incrível variedade de coisas maravilhosas, tudo ridiculamente caro e, provavelmente, nada que pudesse ser enviado para um lugar tão distante quanto a Califórnia sem chegar quebrado e depois do Ano-Novo. Talvez fosse melhor comprar algo pequeno, guardar e entregar depois — no aniversário de Lelia, em março.

Mas aquilo não ia adiantar. *Tinha* de chegar alguma coisa de Paris, quer Lelia soubesse ou não que ele estava lá, e precisava chegar antes do Natal — que era dali a uma semana. O preço não era problema.

Continuou andando pela loja, olhando estranhos veleiros esculpidos em mogno e trens artesanais, de diversos tamanhos e pintados em cores brilhantes; lindos ursos, leões e lhamas feitos — era o que parecia — de caxemira e pedras verdadeiras; palcos de marionetes muito bem acabados, com bonecos de seda que realmente falavam em francês, alemão ou italiano, graças a um dispositivo eletrônico. Ele queria perguntar à jovem vendedora (que era, obviamente, uma entediada manequim de moda) o que a loja teria que fosse pequeno, fácil de carregar, diferente, e que uma menina de seis anos, residente em South Bay, gostaria de ganhar, não importava o preço. Percebeu que a vendedora era capaz de falar inglês ou francês, alemão e italiano e, provavelmente, sueco e croata, mas ele achou que deveria se dirigir a ela em francês, como Helen faria. Só que não sabia nem como começar. Infelizmente, o que ele queria dizer estava enrolado em verbos desconhecidos, indecifráveis expressões idiomáticas e sentidos implícitos em francês e, ainda por cima, com números em francês — grandes números, que a língua francesa propositalmente complicava e dos quais ele não sabia falar nenhum acima de vinte: *vingt*.

A vendedora continuou sentada de pernas cruzadas numa cadeira de metal *high-tech*, lendo *Elle* e vestindo uma saia ridiculamente curta de couro vermelho. Matthews passou, sem jeito, duas vezes ao lado da caixa e, na terceira, parou, olhou para a moça, deu um sorriso humilde, balançou a cabeça e, sem saber por quê, fez um movimento circular com o dedo indicador — querendo dizer que havia tantas coisas ali para ver e comprar que não conseguia escolher. Por isso, ia embora e voltaria mais tarde. Mas a jovem olhou, sorriu, fechou a revista e disse com uma voz surpreendentemente americana do meio-oeste: — Se quiser alguma ajuda, pode pedir. Não estou muito ocupada, como pode ver.

Depois de dez minutos, Matthews tinha dito à jovem o que queria, seus receios e o tempo de que dispunha para enviar o presente. A moça era canadense e sabia tudo sobre remessas para o estrangeiro, empacotamento, declarações de alfândega e limites de valor das encomendas para os Estados Unidos. Chegou até a achar, consultando um livro, o tipo exato de presente recomendado para meninas francesas de seis anos, e Matthews escolheu na lista um painel amarelo-claro, de plástico, para escrever recados que podiam ser apagados eletronicamente e recuperados quando se apertava um botão lateral vermelho. Ele não tinha certeza se Lelia iria gostar daquilo, já que ela era melhor em matemática do que em redação, mas podia fazer contas no painel, se quisesse. O brinquedo não era americano e tinha frases em francês — *Hallo?* (Olá) *On y va?* (Vamos?) *Ça va bien?* (Vai bem?) *N'est-ce pas?* (Não é?) — na moldura amarela de plástico, além de imagens da Torre Eiffel, do Arco do Triunfo, da Bastilha, do Panteão e uma espécie de ponte — tudo, menos o túmulo de Napoleão.

O presente, prometeu a vendedora, seria cuidadosamente embalado para não quebrar e enviado pelo correio para a casa de Penny em Palomar Park, no máximo até a véspera do Natal. Tudo custou menos de mil francos, que Matthews pagou com o cartão de crédito. Ele pôs um bilhete dentro da caixa. *Querida, você e eu passaremos o próximo Natal juntos em Paris, n'est-ce pas? On y va. Voilà. Papai.*

Graças a essa compra bem-sucedida, sentiu que o dia estava ganho e achou-se mais livre do que nunca para fazer exatamente o que bem entendesse. Saiu na Rue Bréa, onde os raios oblíquos do sol do final da manhã sobre as pedras da rua pareciam ainda mais quentes do que antes, como se a primavera fosse chegar logo depois de dezembro. Paris não era ameaçadora; ele estava certo a respeito disso no dia anterior. E ele era capaz de se movimentar ali mais ou menos por conta própria, exatamente como pensara, embora se incomodasse por não saber a quantidade suficiente de palavras para perguntar o caminho, nem para entender, se alguém respondesse. Tinha de se fixar nos simples objetivos turísticos — comprar um jornal, pedir um café, ver o preço da corrida num taxímetro — mas essa dificuldade logo seria superada. Sabendo ou não a língua, ele podia ir aonde quisesse — mesmo que só conseguisse pedir um café quando chegasse lá. A melhor idéia era tratar Paris como um lugar que conhecia e onde se sentia bem, sem se importar com a possibilidade de a cidade se mostrar pouco receptiva e exótica. Resolveu comprar flores para Helen e deixar que essa fosse sua primeira compra inteiramente francesa. Uma banca de flores iria aparecer, como apareceu a loja de brinquedos.

No final da Rue Bréa, virou à esquerda, onde o Fodor's indicava que estaria o Jardin du Luxembourg, esperando dar uma caminhada pelas alamedas ensolaradas, ver as crianças manobrarem seus barquinhos no lago (Helen tinha falado nisso) e talvez passar pelo Panteão e descer até a Sorbonne, a caminho, se conseguisse encontrar, da igreja de St.-Sulpice e da Rue du Vieux-Colombier, onde o famoso Club 21 tinha funcionado e onde Sidney Bechet e Hot Lips Page tocaram nos anos cinquenta. Resolveu ir até lá — por que não? — depois de ter passado tantas horas falando sobre lugares e pessoas que nunca vira. Não tinha a menor idéia do motivo pelo qual o lugar ficara na sua cabeça, ou do que esperava ver. Talvez o Club 21 já tivesse desaparecido — só existisse nos livros. Mas não no livro *dele*. Não fizera referência a nenhum clube de negros em *O dilema*. Eles não tinham nada a ver com a estada infeliz de sua personagem — Greta — em Paris. Além do mais, Matthews não entendia nada de jazz, nem se interessava muito.

O presente enviado para Lelia fez com que Penny voltasse à cabeça dele — uma visitante indesejada. Percebeu que, depois que Penny foi embora — não importa como ele se sentisse na época, ou quantos romances sua partida pudesse ter provocado, ou quão profundas fossem as trincheiras de desalento que pudessem se abrir em sua vida — sempre supôs que, a certa altura, ele simplesmente se "desligaria". Se *desligaria* de Penny e se *ligaria* em alguma outra coisa ou pessoa. Era o que ele imaginava que as pessoas faziam, se a vida tinha que continuar. Os sobreviventes de acidentes aéreos, os imigrantes, os fugitivos de guerra — todos traçaram para si mesmos, ou alguém traçou por eles, uma linha de demarcação que eles atravessaram. Sem volta.

Mas agora, com a cabeça desanuviada pela primeira vez em vários dias, percebeu que essa conclusão sobre linhas de demarcação podia não ser totalmente realista; que sobreviver como exilado era provavelmente um processo mais lento e mais demorado, que não se completaria antes da morte (filhos dificultavam o processo). E, embora às vezes pensasse que não importava se ele e Penny se divorciassem ou não, ou se às vezes sentisse como se Penny tivesse morrido num acidente aéreo e que nunca mais se ouviria falar nela, nada disso era verdade — era preciso tomar atitudes mais drásticas para chegar aos resultados desejados. Em outras palavras, ao divórcio. Até então ele estava relutante, despreocupado ou desatento em relação ao assunto. Mas agora, não. O divórcio seria seu primeiro ato oficial quando voltasse para Ohio. Se Penny pensava que queria se divorciar dele, não podia imaginar o divórcio que ele estaria iniciando no mesmo dia em que chegasse. Ele e Penny estariam "desligados" em fevereiro, era garantido.

Ele sabia que isso estava ligado ao desejo de não querer ser o centro das coisas, à vontade de se perder nos acontecimentos e até de se adaptar à normalidade num outro país — embora fosse bobagem pensar em normalidade, claro. — Olhe em volta — sem querer, ele falou isso alto. Jamais se *sentiria em casa* em Paris. Mas não havia razão para não *estar* ali, tendo os motivos certos, até morar ali, encontrar um apartamento, conhecer as ruas e o suficiente da língua para poder seguir uma indicação. Se não era possível desligar-se completamente, ou ligar-se, era possível fazer movimentos claros e decisivos para alcançar pelo menos alguns dos resultados desejados. Para poder ter uma parte do que queria.

Chegou onde o mapa indicava ser a Rue d'Assas, com o Jardin du Luxembourg exatamente do outro lado da rua. Mas ali encontrou uma outra rua, Rue Notre-Dame-des-Champs, e diante dele não estava o grande jardim com o palácio do século 17 construído pelos Médici mas, outra vez, o Boulevard Raspail, um trecho por onde Matthews ainda não tinha passado. Mesmo assim, o Jardin du Luxembourg tinha que estar à direita dele. Poderia simplesmente pegar a primeira rua naquela direção, embora para isso tivesse de voltar para o Raspail, atulhado de carros buzinando, parados nas duas direções. Era melhor estar a pé, concluiu.

A primeira rua que saía do congestionado *boulevard* era a Huysmans, que começava à direita e se bifurcava em duas. A rua que Matthews pretendia pegar para chegar ao Luxembourg estava fechada para pedestres devido a uma operação policial. Vários carros brancos da polícia com luzes azuis piscando e muitas motocicletas brancas com homens de coletes pretos, capacetes e armas automáticas cercavam um homenzinho careca que estava sentado no meio da rua, com as mãos na nuca. Alguns transeuntes pararam para olhar, mas um jovem policial, também de jaqueta e capacete pretos, tentava afastá-los com sua metralhadora para a rua estreita onde Matthews não quisera entrar, a Duguay-Trouin. Olhando para o homem sentado na rua, ele se perguntou se haveria alguma ligação entre esse fato e os estalidos — sons de tiros — que ouvira na noite anterior. Provavelmente, sim.

Havia alguma coisa familiar na Rue Duguay-Trouin, que ele começou a descer com relutância seguindo a ordem indecifrável do policial que sinalizava com a metralhadora. Claro que ele nunca tinha estado naquela rua de apenas um quarteirão, que terminava de repente numa avenida movimentada e ampla, que Matthews supôs ser o Boulevard Raspail outra vez.

Dos dois lados apinhados e arborizados da Rue Duguay-Trouin havia uma sucessão de prédios de apartamentos não muito velhos, cor de areia, com recuo e entradas modernizadas com vidros que se abriam para pátios. Neles, Matthews podia ver jardins internos com esparsas flores geladas e alguns carros estacionados. Era uma rua que tinha sido revitalizada, ao contrário da Rue Froidevaux. Não havia nenhum carro estacionado junto ao meio-fio e só dois pedestres encasacados estavam na calçada, passeando com seus cachorros. Sem sol, a rua estava mais fria do que quando ele saiu da loja de brinquedos. Ainda havia algumas crostas da neve da noite anterior nas fendas do concreto das fachadas e a rua tinha um aspecto geral pouco acolhedor. Ele não conseguia imaginar por que a Duguay-Trouin parecia familiar — provavelmente, por alguma citação num romance que ele dera em aula, ou uma casa onde James Baldwin, James Jones ou Henry James viveram e fizeram Deus sabe o quê, e era preciso lembrar e fingir que ficava encantado. Ele estava feliz por esquecer.

Mas quando chegou quase no fim da rua, onde ela ficava mais clara e mais larga, num cruzamento movimentado, seus olhos bateram por acaso no número 4 e numa outra plaquinha de metal onde estava escrito *Éditions des Châtaigniers*. Olhou para a placa uma vez, sem se dar conta, e voltou a olhar: Éditions des Châtaigniers. Número 4, Rue Duguay-Trouin. 75006, Paris. Era ali seu editor. Teve apenas um pequeno choque.

Da calçada, ele via a fachada amarelada do prédio. Quatro andares, pequenas janelas com balaustradas perto do topo e acima um andar de ateliês com janelas dando para o telhado, chaminés e o que pareciam ser jardineiras de gerânios. O escritório deveria ser um dos ateliês, pensou ele. Sem dúvida, a empresa era mais modesta do que se poderia imaginar. Ao mesmo tempo, era bom ver que Paris era suficientemente pequena e reconhecível para lhe permitir encontrar por acaso o endereço de seus editores no segundo dia em que estava lá.

Era ali, claro, que devia ter encontrado François Blumberg para uma rápida mas esclarecedora conversa antes de irem ao Le Dôme ou ao La Coupole para um longo e inesquecível almoço que poderia ter durado até o anoitecer, e onde uma forte amizade se firmaria, e que terminaria com ele andando pelo Boulevard du Montparnasse até o hotel (um hotel melhor, nessa edição revista), fumando um charuto cubano enquanto o trânsito vespertino ficava mais intenso e as luzes amarelas das *brasseries*, das pequenas livrarias e dos restaurantes elegantes da calçada começavam a aquecer o céu noturno. Foi isso que ele pensou, e foram pensamentos maravilhosos. Não contou a ninguém, porque ninguém teria se importado, exceto, talvez, seus pais, que não teriam compreendido. *Châtaignier* — ele tinha procurado no dicionário — significava castanheiro.

Mas lá estava ele, pelo menos. E se sentiu seguro por esse pequeno contato, embora a editora estivesse fechada por causa dos feriados. Ele estava bem perto dela e um dia certamente estaria mais perto ainda — quando alguém o conhecesse em Paris.

Aproximou-se da entrada envidraçada do número 4 e deu uma olhada no interior do corredor. Num pequeno pátio de tijolos, viu um carro estacionado e um homem varrendo a neve como se fossem folhas mortas, jogando-a num ralo com uma vassoura artesanal, de palhas compridas. O homem não lhe deu atenção e logo sumiu de vista.

Ao lado da porta de vidro havia um painel de metal com botões numerados de um a dez, e outros com letras, de A até E. Não havia nenhum nome, ao contrário do que ocorre nos Estados Unidos. Era preciso teclar um código para entrar. Ele pensou: a França era um lugar muito mais fechado do que os Estados Unidos e, ao mesmo tempo, estranhamente mais livre. Os franceses sabiam a diferença entre privacidade e intimidade.

Olhou de novo para o alto, vendo a fachada íngreme do prédio — pedra lisa de um castanho-amarelado que terminava num extraordinário céu azul. Conferiu o nome da Rue Duguay-Trouin. Só se via na rua uma loura, com um pequeno *spaniel* inglês na coleira, conversando com o policial de metralhadora. Balançavam as cabeças como se discordassem de alguma coisa. O barulho abafado do trânsito vinha do outro lado, da avenida.

Matthews queria tocar os botões de metal só para experimentar. Claro que nada iria acontecer, mas ele podia estar com sorte e tocar o da editora. Rapidamente, apertou o C de Châtaignier e a data de seu aniversário, 22-3-59; esperou, olhando para o escuro corredor depois do estacionamento, onde uma crosta de neve se acumulava sobre o ralo. Não esperava que ninguém aparecesse. C-22-3-59 não era nada. Mas não se surpreenderia se alguém — uma jovem secretária ou uma bonita mas exausta assistente do editor — de repente virasse a esquina, sorridente, um pouco ofegante, sem reconhecê-lo, mas feliz de deixá-lo entrar, e o levasse até a editora. Imaginando essas remotas possibilidades, ele falaria francês, como no sonho que teve; a assistente seria seduzida, ele lançaria olhares provocantes e mais tarde pagaria um jantar para ela, e (outra vez) percorreria à noite o Boulevard du Montparnasse.

Só que nada disso aconteceu.

Matthews ficou do lado de fora olhando, com as mãos enfiadas nos bolsos da capa, sem que sua silhueta se refletisse no vidro. Teve a súbita sensação de que estava sorrindo: se pudesse ver seu rosto, veria um sorriso quase beatífico, que certamente seria impróprio, se alguém aparecesse. Observou o painel outra vez, brilhante e frio. Impenetrável. Apertou com força os botões F-1-7-8-9 e esperou algum som, um fraco e distante bizzz que o deixasse entrar. Viu o policial na esquina da rua, onde agora estava sozinho, olhando em sua direção. Nenhuma campainha soou. E ele apenas virou-se e afastou-se da porta da sua editora, esperando não parecer suspeito.

O Jardin du Luxembourg agora parecia uma oportunidade perdida. A rua larga e congestionada no fim da Duguay-Trouin era a Rue d'Assas, mas no mapa do Fodor's a Duguay-Trouin sequer aparecia. Assim, ele não sabia ao certo onde ficava o jardim, mas não fazia mais questão de caminhar em seus espaçosos gramados ou sob os seus castanheiros — estariam no mesmo lugar quando ele voltasse a Paris. A Sorbonne também. O Panteão, idem. Nunca tinha visto nada disso. Não os perderia.

Mas não tinha muita certeza do que iria fazer. Helen teria ido ao lugar onde as pessoas eram guilhotinadas, ou feito um passeio de barco, ou, provavelmente, visitado o Louvre. Mas ele não tinha curiosidade de conhecer esses lugares. Estava frio para um passeio de barco. O Louvre tinha os japoneses. (Ele achava que a maioria dos parisienses nunca tinha posto os pés no Louvre e não sabia dizer onde ficava a Sorbonne. Claro que a maioria dos americanos nunca viu o Grand Canyon ou o edifício Empire State.) Ele achava que poderia encontrar no mapa o caminho para St.-Sulpice e para o que restasse do clube da Rue Vieux-Colombier, 21; depois, se tivesse tempo, daria uma caminhada por St-Germain para conhecer. Podia também, no caminho, encontrar um telefone público e fazer uma ligação que ele pensava que não teria oportunidade de fazer, mas agora tinha — um pouco de fantasia, uma pequena indulgência.

Nos três últimos e melancólicos anos que passou na Faculdade Wilmot (não conseguiu lembrar a data exata, só que Bush era o presidente), ele se permitiu uma pequena escapadela do casamento. Não era para ser nada duradouro, apenas um encontro repentino de dois seres que estavam precisando de atenção e de expressão para suas necessidades. (Vários desses encontros ocorreram no banco de trás de seu Mazda; uma ou duas vezes no chão frio de seu escritório; uma vez na cama dele e outra na dela.) Ela, no caso, era Margie McDermott, casada com um professor do departamento de História e uma mulher que estava aos poucos perdendo o juízo no leste de Ohio. (Mais ou menos como aconteceu com Penny pouco depois, provavelmente pelo mesmo motivo, pensou Matthews.)

A ligação com Margie McDermott terminou do jeito que começou — sem drama, embora subitamente, e sem muitos comentários. Um dia, eles se encontraram numa loja de subsolo numa cidadezinha à beira de um rio, perto de Wilmot, e resolveram que estava tudo acabado e que teriam muitos problemas se não terminassem naquele momento. Eles se olharam, um de cada lado de uma mesa de fórmica, admitiram que estavam mais satisfeitos com o casamento do que com o adultério e se consideraram muito espertos por perceberem isso tão cedo. No final de um almoço rápido, saíram cada um em seu carro, tomando direções diferentes e sentindo-se — Matthews tinha certeza — muito aliviados por terem terminado daquele jeito.

Claro que seis meses depois Margie abandonou Parnell, o marido, e um ano depois Penny abandonou Matthews. Se eles pelo menos tivessem admitido essa semelhança, Matthews pensou, podiam ter continuado como estavam e aproveitado a vida um pouco mais, antes de a cortina se fechar sobre seus atos.

Margie McDermott foi diretamente para Paris, deixando os três filhos em Ohio com o marido. Tinha um ex-namorado de Oberlin que vivia como pintor em Paris e com quem ela não mantinha contato há anos, mas que dissera que podia sempre contar com ele, se as coisas ficassem muito difíceis — e tinham ficado. Margie morou com Lyle e a namorada dele, Brigitte, por seis meses, tentou todos os tipos de emprego, procurou um apartamento, estudou francês, pediu dinheiro emprestado a Parnell, depois aos pais dele e, finalmente, após vários falsos começos e dramas, encontrou um emprego de recepcionista do American Express, ganhando quatrocentos dólares por semana.

Margie contou tudo isso a Matthews numa carta que chegou de repente ao novo endereço dele, na arborizada extremidade leste de Wilmot. Ele não tinha idéia do modo como ela descobrira o endereço, do motivo pelo qual queria um contato ou explicar sua situação. Nunca mais se falaram depois que saíram em seus carros da loja de subsolo na auto-estrada Marietta, em mil novecentos e noventa e alguma coisa. Uma ou duas vezes ele viu Parnell no mercado dos fazendeiros das manhãs de sábado, parecendo desamparado e atormentado, cercado de crianças choronas que se pareciam com a ausente Margie e nem um pouco com Parnell.

Na carta, Margie convidava Matthews a procurá-la, caso algum dia viesse a Paris. Ela poderia, dizia a carta, fazer um excelente *coq-au-vin* e "lastimava muito" que nunca, "naquela época tão louca", tivesse preparado para ele "um jantar adequado", que permitisse a Matthews "sentar-se e comer como uma pessoa civilizada." Ela anexou o endereço e o telefone. "Meu apartamento é simples, mas num bairro muito elegante, o sexto *arrondissement*." Ele jamais respondeu.

Mas ele tentara imaginar Margie McDermott, esguia, miúda, rosto pálido, uma moreninha de beleza delicada que usava saias de veludo cotelê e meias azuis, e parecera sempre passiva, conformada, e um pouco derrotada pela vida, mas que na verdade não era. (Nunca se pode prever essas coisas.) Pensou nela primeiro em Ohio, depois em Paris — em locais que ele só podia imaginar. Mas não era, concluiu, uma mudança impossível: de Ohio para Paris. Embora achasse que a vida difícil, e um pouco limitada de recepcionista do American Express, em vez do papel de esposa adúltera e infeliz de um professor de História, mãe de três filhos, provavelmente contribuiria para acentuar o lado apagado e frustrado de Margie, e não as características de aventura, liberdade, compreensão e segurança que tinha demonstrado no banco traseiro do Mazda.

De qualquer modo, enquanto planejava a viagem Matthews tinha pensado que talvez valesse a pena dar um telefonema, fazer uma visita rápida, mas só se conseguisse sair de perto de Helen pelo tempo necessário, o que não seria fácil, mas também não tinha muita importância. E nem tinha idéia do motivo pelo qual poderia querer encontrar Margie McDermott, já que não sentira a menor falta desde o último encontro. Concluiu que queria vê-la simplesmente porque podia, porque estava em Paris e porque visitar uma mulher nesta cidade, ainda que não muito desejada, era algo que nunca tinha lhe acontecido na vida.

A Rue d'Assas, no cruzamento com a Rue de Vaugirard, fazia uma volta e parecia indicar um retorno ao plano inicial de Matthews de dar um passeio pelo Luxembourg. Mas ele tinha perdido o gosto pelas paisagens e estava mais disposto a procurar um telefone público e ligar para Margie McDermott, que devia morar em algum lugar próximo, embora ele não conseguisse achar a rua — Rue de Canivet ou, talvez, Canivel — no Fodor's. Talvez fosse uma rua pequena demais para aparecer no guia.

Foi direto pela movimentada avenida comercial, a Rue de Rennes, que *conseguiu* ver no mapa e dava em St.-Sulpice, ou pelo menos perto de uma rua que ligava a ela, e parecia ser a Rue du Vieux-Colombier, onde ficava o famoso clube e onde tinha certeza de que encontraria um telefone.

Era o começo do último fim de semana antes do Natal; a temperatura mais quente e um sol inesperado tinham empurrado os parisienses para as calçadas molhadas, fazendo-os se aglomerar diante das vitrines das lojas que deveriam estar com liquidações e fazer fila para pegar o ônibus rumo a algum lugar onde encontrariam pechinchas ainda melhores. Ele ficou imaginando se ali seria o verdadeiro centro de Paris, o centro oficial reconhecido por todos, ou se Paris nunca teve um centro e era, na verdade, apenas uma série de aldeias ligadas ao longo do tempo pelo comércio — como Londres. Eram fatos que ele um dia descobriria. Talvez o *centro* fosse uma idéia americana, algo de que os franceses achariam graça se soubessem do que se tratava — pensou ele, enquanto abria caminho pela calçada apinhada. Em frente, na longa avenida (que descia em direção ao Sena, tinha certeza), estava St.-Germaindes-Prés e, ele deduziu, o Deux Magots, a Brasserie Lipp, o Café de Flore — uma das grandes confluências da Europa. Não havia lugar mais famoso. Descartes estava enterrado na igreja. Tinha de ser o centro de alguma coisa.

Na esquina da Rue de Mézières, ele achou um telefone público na frente de um *tabac,* onde operários estavam em pé junto ao balcão comprido, tomando café e fumando. O telefone não aceitava moedas, mas a agente de viagens de Helen tinha pensado em tudo e fornecera dois cartões telefônicos para emergências, e ela deu um para Matthews no aeroporto de Pittsburgh.

O cartão marcou cinqüenta unidades de alguma coisa na abertura verde-clara do telefone. Um vento úmido e cortante começou a soprar pela Rue de Mézières, e olhando em frente, Matthews viu uma torre redonda que deveria ser da igreja de St.-Sulpice. Percebeu que perto do rio fazia mais frio — exatamente como em qualquer outra cidade.

Não tinha idéia do que poderia esperar da ligação e teve a tentação de esquecer tudo. Não teria tempo para se encontrar com Margie, a não ser que ela morasse a meia quadra de onde ele estava — o que, claro, era possível. E Margie podia estar diferente. O que ele tinha achado desinteressante nela em uma cidade universitária de Ohio (naturalmente, ela achou o mesmo a respeito dele), podia ter mudado em Paris. Alguma coisa que estava oculta devido às circunstâncias, que inibia a visão das pessoas a respeito de tudo e de todos, podia ter se revelado ali em Paris. Todas as coisas eram possíveis. No mínimo, eles podiam retomar contato (ela *escrevera* para ele), tomar um café no Deux Magots ou entrar no *tabac* e talvez fazer planos para o eventual retorno dele a Paris. Ou em cinco minutos ela apareceria, ofegante, ansiosa, vestindo apenas um casaco de tecido verde. Aí, eles iriam rápido para o "pobre apartamento" dela, de onde ele só sairia para o Nouvelle Métropole à noite, ou talvez nunca. Isso, claro, não era possível devido à situação em que Helen se encontrava. Mas houve um momento, saindo da loja de brinquedos, em que pensou em não voltar e ter um longo almoço sozinho, comprar o charuto que imaginou e fazer uma longa caminhada.

Estava com o número de Margie na carteira, escrito na letrinha de passarinho dela, num pedaço de papel. O telefone chamou uma, duas, três vezes, e Margie McDermott de repente atendeu.

—*Oui, c'est Mar-gee* — disse ela numa voz nasalada de menina, parecendo uma camareira francesa.

— Olá, Margie, aqui é Charley Matthews — disse, involuntariamente, de um jeito despreocupado, que quase o fez desligar e ir embora. O problema era a necessidade horrível de explicar a Margie McDermott quem era ele. As palavras "Faculdade Wilmot", "Ohio", "lembra de mim?" e até o nome dele eram sem graça, metálicos, quase amargos. Deu uma olhada na fila de homens no bar enfumaçado, tomando café e conversando calmamente. Gostaria de saber falar francês. Seria perfeito. O inglês era a língua errada para aquele tipo de situação. — Charley Matthews — repetiu ele, baixo. — Lembra de mim, de Ohio? — Sentiu o mesmo sorriso, sem querer, surgir nos cantos de sua boca.

— Claro — disse Margie, alegre, felizmente sem sotaque francês. — Como vai, Charley? Está em Ohio?

— Não, não estou — embora, de repente, ele não quisesse estar em Paris. O som da voz de Margie, baixa, melosa e insípida, trouxe de volta as sólidas razões que os levaram a dar o caso por encerrado — há quanto tempo foi isso? — e invadiu seus ouvidos como uma máquina barulhenta. — Na verdade, estou em Pittsburgh — disse ele.

— Está? O que faz aí? — perguntou ela, dando uma risadinha esquisita, como se Pittsburgh fosse o lugar mais estranho na face da terra para alguém estar. Isso o incomodou.

— Não importa — disse Matthews — Eu estava pensando em você, o que é estranho. Você me mandou seu telefone, lembra?

— Ah, claro, mandei sim — confirmou Margie; depois houve um silêncio, ou, pelo menos, nenhum dos dois falou. Ele estava cercado pelos ruídos de Paris, mas barulho de rua é igual em todo lugar, a não ser que uma sirene de polícia começasse a tocar de repente na Rue de Rennes. Podiam até ouvir a mesma sirene, se ela morasse perto dali; Matthews precisaria cobrir o bocal do telefone. — Você pretende vir a Paris? — perguntou Margie.

— Ah, não sei — disse Matthews, olhando atento para a Rue de Rennes, onde passavam carros, ônibus e motonetas. Pôs a mão sobre o bocal para abafar o ruído. — Talvez um dia, nunca se sabe.

Houve mais um silêncio. Eram seis horas em Pittsburgh, ou um pouco mais, pensou ele.

— Você continua dando aula? — perguntou Margie.

— Não, parei.

— Você e Penny se divorciaram? Acho que Parnell comentou isso — acrescentou ela.

— Ainda não, mas vamos, em breve. — O vento cortante bateu no rosto dele. — Como está o tempo em Paris?

— Tem feito muito frio, mas hoje esquentou um pouco — disse ela. — Está um dia bonito. Parnell mudou-se para cá com as crianças, estamos morando juntos outra vez. A situação melhorou bastante.

— Ótimo — disse Matthews, imaginando Parnell meio perdido, arrastando as três crianças parecidas com Margie no mercado de fazendeiros, em Wilmot. Pensou então que ele próprio devia estar parecido com Parnell agora. Frio, distante, vagamente idiota. Que forças teriam provocado algo tão indesejado? Talvez pudesse perguntar a Parnell e aprender alguma coisa.

— Então, você só ligou para dar um alô? — provocou Margie.

— Foi, estou num telefone público.
— Não está frio aí? Pittsburgh é frio nessa época, não?
— Está ventando, talvez como em Paris. — Matthews olhou para a torre de St.-Sulpice, a dois quarteirões. Havia uma barraca que vendia flores na praça da igreja. As pessoas faziam fila para comprar flores de Natal.

Houve um terceiro silêncio, mais longo ainda, entre ele e Margie McDermott. Ele fechou os olhos e nesse instante *havia* seis mil quilômetros de distância entre os dois. *Estava* em Pittsburgh. *Estava* fazendo uma brincadeira. Só queria ouvir a voz dela e imaginar a possibilidade de algo excepcional ocorrer. Quando abriu os olhos desejou estar vendo Pittsburgh.

— Charley, o que houve? Você está bem? — perguntou Margie.
— Claro, estou ótimo. Foi um problema na ligação. Tem um eco.
— Deste lado, a ligação está ótima — disse ela.
— Gostei de ouvir sua voz, Margie. — O marcador de ligações estava quase em quarenta.
— Eu também, Charley. Não fizemos nada de errado, não é?
— Não, de jeito nenhum. Agimos muito bem.
— E fomos sensatos de sair naquela hora, não?

Matthews não sabia se ela estava querendo dizer sair dos respectivos casamentos, do caso que tiveram ou apenas de Ohio.

— Foi — concordou ele.
— Gostaria de ver você — disse ela de repente.
— Eu também — mentiu Matthews.
— Acho que tudo é possível. Se você vier a Paris, tem que me ligar. Certo? Parnell viaja muito agora, está trabalhando com vendas. As crianças vão para a escola. Nós acharíamos uma horinha para um encontro.
— Gostaria muito — disse ele.

— Eu também.
Ele fez de conta que ela estava mentindo e que sabia que estava, e que ele mentia, mas não tinha importância.
— Acho que é melhor desligar, tenho que voltar de carro para Wilmot esta noite. Quer dizer, hoje de manhã.
— Guarde meu telefone, sim? — pediu Margie.
— Ah, claro — disse ele.
— Um grande abraço, Charley. Até a próxima.
— Um grande abraço. Grande abraço. — E desligou.

Devia ser uma hora. Ele estava com a *soupe de poisson* na cabeça. Todos os parisienses estavam indo almoçar, enchendo os restaurantes em volta de St.-Germain. Talvez ele devesse almoçar com Margie, já que estava com fome e não comia desde o Clancy's. Mas como podia almoçar com ela se não agüentava o som de sua voz? Além do mais, ele estava em Pittsburgh e não na rua fria e que esfriava ainda mais. Pensou outra vez em almoçar sozinho, comprar o *Herald Tribune*. Mas como todos os restaurantes estavam cheios, os garçons estariam apressados e impacientes. O francês dele não seria suficiente e o almoço acabaria numa discussão áspera e num mal-entendido — aquelas histórias horríveis que as pessoas contavam.
Ele já tinha ficado muito mais tempo na rua do que prometia o bilhete que deixara para Helen. Ela estaria acordada, pensando e, talvez, mais doente ainda. Ou podia estar muito melhor e pronta para tudo. Podiam almoçar juntos. Parecia estranho que não tivesse pensado em voltar, mas em deixar Helen no hotel.
Achou que devia voltar.
O metrô seria o caminho mais rápido para a Rue Froidevaux, já que percorria a cidade inteira. Mas, parado diante do *tabac*, que também estava enchendo de gente, Matthews não conseguia en-

contrar Froidevaux no mapa do metrô do Fodor's. O cemitério de Montparnasse era um bom ponto de referência, mas não constava do mapa e ele não conseguia lembrar o nome da estação certa que Helen disse. Talvez fosse Denfert-Rochereau, mas podia ser Mouton Duvernet, ele viu as duas e ambas pareciam certas. Se estivesse errado, ou se pegasse o metrô expresso ou um trem na direção contrária, podia acabar no aeroporto. Era arriscado.

Melhor subir a Rue de Rennes, longe do rio, e pegar um táxi na estação Montparnasse, ou então percorrer o Boulevard Raspail inteiro até encontrar a estátua do leão, depois ele sabia o caminho. De uma forma ou de outra, levaria meia hora. Conhecia bem Paris para saber isso.

Esta viagem, pensou ele, subindo a avenida fria, fora prevista para ser uma coisa e acabou sendo outra: uma espécie de enfermaria. Não tinha a menor graça. Helen provavelmente se transformaria num problema que ele não saberia como solucionar. Se surgissem problemas sérios de saúde, teria de dar a viagem por encerrada. Talvez ele pudesse ligar para Rex e Beatrice, se Helen tivesse o número deles. Ou apenas aparecer no hospital, como as pessoas faziam agora lá nos Estados Unidos. Nos hospitais se fala inglês.

Não daria para ir a Oxford. Nesses dois dias, nem tinha pensado em Oxford. Ele queria se certificar — comprovar era uma palavra melhor — do idílio que manteve durante todos esses anos. A "doce cidade com suas oníricas torres de igrejas". Era Matthew Arnold. Ele teve um incentivo quinze anos antes, escreveu seu ensaio sobre o Mont Blanc estabelecendo semelhanças com Thoreau, mas lançando dúvida sobre a visão de Shelley do mundo físico como animado. Ganhara um prêmio na faculdade. Mas foi assim. Ele não conseguiu ir a Oxford na primeira vez. Esta seria a segunda.

Chegando ao cruzamento com Montparnasse, viu uma fila no ponto de táxis, onde ele e Helen esperaram para ir a Invalides no dia anterior. Os trens franceses devem chegar todos juntos, pensou ele, já que trinta pessoas estavam na fila com suas malas. Só um táxi livre apareceu na avenida. Matthews achou que ficaria ali o dia inteiro, mas levaria vinte minutos no máximo se fosse a pé. Poderia ligar para o hotel, mas gastaria mais tempo e Helen poderia ainda estar dormindo.

Sem uma razão especial, ele excluiu o Club 21 e St.-Germain do seu roteiro. Tudo estaria diferente quando voltasse a Paris e seu livro fosse publicado — o livro que Helen devia estar lendo na cama enquanto ele vagava pelas ruas. Na próxima vez, viria sozinho. Sua orientação em relação à cidade mudaria. Primeiro, o esquálido Nouvelle Métropole não seria o epicentro. Provavelmente nem conseguiria encontrá-lo, embora agora o hotel fosse a sua "casa". Na próxima vez, ficaria mais perto de St.-Sulpice e do Luxembourg — o coração de Paris.

Pensar em Helen lendo *O dilema* no quartinho atravancado e malcheiroso fez com que ele se sentisse, estranhamente, não como o autor do livro, nem mesmo como um escritor — não imaginou que se sentiria assim quando pensou em ocupar o mesmo quarto durante um mês, esperando criar algo ali. Mas podia ser um sinal positivo não pensar em si mesmo como escritor ou simplesmente não pensar em si. Só os idiotas pensavam em si mesmos como sendo isso ou aquilo. O egocentrismo era o inimigo.

De todo jeito, jamais poderia escrever sobre Paris — a *verdadeira* Paris. Jamais conheceria a cidade o suficiente para isso. Poderia simplesmente enriquecer, usar um efeito, dar um colorido às suas palavras. Mas nunca poderia, por exemplo, pensar novamente no Natal com o mau gosto e o espalhafato do estilo americano. Paris tinha sido um acréscimo. E experiências diferentes eram capazes até de melhorar a sua capacidade intelectual. Matthews leu em algum lugar que a maioria das pessoas usa apenas a décimasexta parte de sua capacidade mental. Mas o que aconteceria se usassem a oitava? O mundo mudaria da noite para o dia. Segundo o mesmo artigo, os grandes escritores usam um quarto do cérebro. O leão de pedra estava bem em frente agora, no retorno do Boulevard Raspail. Denfert-Rochereau vinha da esquerda. Era essa a estação do metrô. No canteiro central da Rue Froidevaux, crianças jogavam pingue-pongue em mesas de concreto verde, duas de cada lado. De vez em quando, uma rajada de vento fazia com que a bolinha caísse no chão, as crianças pegavam-na e recomeçavam logo o jogo — seus saques passavam bem acima das pequenas divisórias de concreto que serviam de rede. Elas riam e gritavam:

— *Allez! Allez! Su-per, su-per!*

Ficou imaginando o que teria acontecido com o homem na noite anterior, o homem que dormira na sepultura em seu saco de dormir. Ao lado do muro do cemitério, Matthews via a copa das árvores, desfolhadas e avermelhadas. Será que era o mesmo homem todas as noites ou tinha sido aquela a primeira vez que ele subiu no muro para procurar abrigo? Uma decadência assim não tem volta, pensou Matthews.

No saguão quase sem móveis do Nouvelle Métropole, um indiano — ou talvez paquistanês — se aproximou quando ele entrou pela porta giratória. Parecia que o homem estava esperando por ele. Matthews não lembrava se já o vira antes, provavelmente quando eles se registraram no hotel — um gerente. O homem usava um terno azul-escuro, camisa branca e gravata verde-escura, seu cabelo preto estava bem repartido e penteado. Ele sorriu sem jeito e sua boca mostrou uma gengiva escura. Parecia, pensou Matthews, preocupado com alguma coisa — o tempo que eles ficariam hospedados no hotel ou algum problema com o cartão de crédito. Tudo já tinha sido resolvido com o outro funcionário do hotel, que obviamente não transmitiu para esse. Estava tudo acertado. Dentro de dois dias, encontraria Madame de Grenelle e aí, se Helen estivesse bem, eles iriam embora.

— Há um problema — o gerente indiano disse em inglês, aproximando-se de Matthews, como se quisesse cochichar. Mas falou muito alto. — Um problema sério — continuou. Matthews já tinha preparado uma resposta em francês sobre cartões de crédito.

— Que problema sério? — perguntou Matthews. Um indiano mais jovem estava sozinho atrás do balcão, com as mãos apoiadas nele e olhando para Matthews. Ele também parecia preocupado.

— A mulher do apartamento quarenta e um — informou o gerente e olhou para a recepção. — Desculpe, o senhor está no quarenta e um, não? Confirma? — Os cantos de sua boca escura estremeceram de leve. Talvez estivesse evitando sorrir. O que Helen teria feito de engraçado?

— É minha mulher, está com *jet lag*. Se vocês querem limpar o quarto, podemos sair para almoçar — disse Matthews.

— Sinto muito — lamentou o gerente indiano, que juntou as mãos na altura da cintura, mexeu na fivela do cinto e piscou. Sua boca estremeceu outra vez e ele só conseguia repetir: — Sinto muito.

— Mas o que houve? Por que sente muito? O que aconteceu? — Matthews olhou para o gerente, piscou também, deu um suspiro e esperou para saber qual era o problema, o que viria a seguir, qual seria a próxima confusão que teria de enfrentar. Essas coisas eram sempre as mesmas — não eram fáceis, mas eram simples. Nada era muito fácil, era a única coisa de que ele tinha certeza.

E então o homem começou a explicar qual era o problema.

O QUARTO DELES ESTAVA com um cheiro diferente de antes. As cortinas e a janela tinham sido abertas e o ar estava frio mas, mesmo assim, o cheiro era diferente. Não era cheiro de morte, mas um odor de limpeza, adstringente, como se o quarto tivesse sido lavado, esfregado e arrumado. Lá fora, um cachorro latia, um latido lento e insistente, para algo que via, mas não sabia o que era. Um mistério. Algo que não combinava com o mundo dele.

A bagagem continuava no mesmo lugar em que ele a colocara na noite anterior. Nada havia mudado no quarto. As fotos árabes eram as mesmas. A lâmpada fluorescente estava acesa. Havia um garrafa vazia de gim Bombay. E vários — talvez uns quatro — sacos plásticos de *freezer*, vazios. Um copo do banheiro, também vazio. Um cinzeiro com dois cigarros apagados. Mas todo o resto estava arrumado. Será que limparam o quarto? pensou ele. Quem abriu a janela? Sentiu uma leve tontura.

Helen estava deitada na cama, de lado, com a mão direita espalmada sob o rosto e a esquerda sob as cobertas. Usava a parte de cima do seu pijama rosa-claro de debrum nos punhos. Seus óculos estavam na mesa ao lado dos sacos plásticos de *freezer* e do bilhete. Ela estava extremamente pálida, com a expressão imóvel. Seu cabelo farto estava arrumado e seu lábio inferior parecia grudado no superior, escondendo os dentes. Parecia dormir.

Ele ouviu a porta do elevador se abrir e pessoas falando baixo. Uma mulher e um homem sussurravam. De repente, uma jovem indiana entrou — era uma das camareiras, vestia uma túnica solta, de algodão leve. Era uma moça grande. Ela se inclinou, olhou para a cama, respirou fundo e sumiu. Um instante depois, a porta do elevador se fechou.

Na mesa-de-cabeceira havia dois envelopes brancos. Num deles estava escrito em francês: APENAS *para a gerência do Hotel Nouvelle Métropole.* Matthews sentou-se na cadeira verde e abriu esse envelope, onde estava escrito num papel de bloco branco, dobrado: *Sou a única responsável por meu fim. O Sr. Matthews não é meu marido.* E assinado: *Helen Carmichael.* O passaporte dela estava junto.

O outro envelope estava endereçado ao Sr. Matthews, também num pedaço de papel dobrado, em que ele leu:

> Meus últimos pensamentos...
> Tenho pressa, não quero que você volte e me encontre. *Viva!* A morte é meu segredinho. Gostaria de ficar na França. Por favor, consiga isso. Eu realmente não agüento mais. Ficar entre os vivos, quero dizer. É apenas isso, muito simples. (O remédio parece já estar fazendo efeito!)
> Acho que uma boa vida é aquela em que se morre sem saber nada. Ou talvez morrer sem conhecer ninguém. Bom, quase consegui as duas coisas.
> Só no paraíso a morte deixa de atingir os fracos — é uma frase que sempre guardei, não lembro onde a ouvi. Talvez na tevê. O remédio *está* fazendo efeito.
> Nós nunca estivemos apaixonados. Não me entenda mal. Vai fazer esse problema todo ficar mais simples. Uma célula cancerosa é apenas um organismo que se desenvolve. Pensei que fosse como um romance que tivesse todos os componentes da vida e assim nós tínhamos isso em comum. Mas não é, não é uma metáfora.
> Por favor, não abra o outro envelope. Adeus. Boa sorte.
>
> > Carinhosamente,
> > Helen

ELE AGORA PODIA ver as duas torres: a de Montparnasse e a Eiffel, embora estivessem meio ocultas por nuvens e só as partes de baixo fossem visíveis. Claro que ele pensou que os dois voltariam para casa. E foi preciso tão pouco, tão pouco tempo, só um rápido planejamento. Ele não sabia por que tinha ido tão longe. Na noite anterior, tinha dito que a amava e ela discordou. Mas, se não se amavam, pensou ele, o que eram? E qual era o componente espiritual que ela queria, aquilo em que, para seu descrédito, não tinha pensado? Ele a havia deixado.

Ficou se perguntando se Helen estivera lendo seu livro. Nada indicava, na mesa-de-cabeceira ou no chão, na cama, em lugar nenhum. Talvez tudo aquilo fosse uma brincadeira. Alguém estava correndo em torno do muro do cemitério, no sentido horário. Uma mulher num macacão de corrida amarelo-brilhante. Ele não acreditava que ela fosse francesa. As francesas eram diferentes: o jeito delas, o andar, a distância que mantinham ou não. Uma mulher francesa jamais correria em volta de um cemitério com um macacão amarelo-brilhante.

As nuvens faziam com que a escuridão chegasse mais cedo. O cachorro parou de latir. Um relógio estava tocando. A árvore de Natal no andar alto em frente, na Rue Froidevaux, brilhava suavemente, no fim do dia. Ele ouviu outra vez os sons de cartas sendo embaralhadas do outro lado da parede.

— SINTO MUITO por sua esposa — disse o gerente. Eles estavam esperando. As pessoas que vieram decidiram esperar.

— Ela não era minha esposa — explicou Matthews — mas..., mas eu a conhecia bem. — Ele estava gaguejando. Ficou pasmo. Era a primeira vez em anos que aquilo acontecia. Quando criança, era gago e teve outras dificuldades, demorava a aprender as coisas, mas tinha superado isso.

— Claro — disse o indiano, fazendo o leve ruído ofegante, a rápida inspiração que, naquela situação, significava compaixão.

Era esse o sentido do casamento, pensou Matthews — o que você fazia no final dele. O que você pensava, como se sentia, o que dizia. Suas responsabilidades eram diferentes. De repente, percebeu que esquecera de comprar flores. Tinha dito a si mesmo que ia comprar e não comprou. Era mais um erro e pensar nisso fez com que seu coração de repente disparasse.

Lá fora, no ar da tarde, rajadas de vento açoitavam os telhados, as chaminés e a parte acima do cemitério. Ele estava com muita fome. Não comia desde a noite anterior. Mais tarde, pensou, teria de encontrar um lugar que fosse perto, usar o seu francês, jantar sozinho.

Sua única outra viagem à Europa tinha sido para a Espanha. Para Madri, disse ele. Tinha quinze anos. Em mil novecentos e setenta e quatro. Um grupo de jovens. Ficaram perto do Parque del Buen Retiro e do Prado e andaram sem parar, era o que ele lembrava. Claro que não gostou de algumas coisas. No último dia, os colegas o obrigaram a assistir a uma tourada. Ele não queria de jeito nenhum. Tomaram o metrô até a praça de touros e sentaram-se no sol, de frente para uma legião de velhos espanhóis bêbados. Só homens. Passavam sanduíches de mão em mão. No total, seis touros foram mortos, embora nenhum de uma forma limpa. A maioria deles, Matthews lembrava, não parecia dispostas a lutar. Às vezes, eles apenas ficavam parados, observando o que lhes estava acontecendo. Matthews contou para ela que detestou e tentou ir embora. Mas todos — seus colegas de escola — insistiram para que ficasse. Nunca mais veria um espetáculo daqueles. Às vezes, os espectadores jogavam almofadas na arena.

— Sim — disse Madame de Grenelle. Ela contou que havia morado no sul. Numa cidade chamada Perpignan, onde viveu sozinha.

Lá fora, as crianças perseguiam os pombos com varas num pequeno jardim. Estavam perto do Parque Montsouris. Ela morava com outra mulher numa casa de pedra clara construída nos anos vinte, que tinha um reluzente piso de madeira que rangia e altas janelas nas duas extremidades do comprido estúdio do andar de baixo. Parecia haver um parque de cada lado. As paredes tinham fotos em preto e branco mostrando o que ele achou que fossem africanas sentadas no chão, tecendo cestos numa aldeia suja, lavando roupas num rio caudaloso ou carregando bebês amarrados ao corpo. Todas olhavam languidamente para a máquina fotográfica. Ele tinha trazido flores, anêmonas roxas.

O tipo físico de Madame de Grenelle mostrava uma mistura de raças. Era só o que ele podia perceber. Alta e esguia, cabelo pintado de preto, nariz achatado, mãos grandes e olhos azul-claros. Talvez, pensou ele, fosse berbere — por causa dos olhos e porque usava uma túnica marrom comprida e grossa, com desenhos octogonais azuis e roxos. Ele achou que fosse marroquino. O pai dela tinha sido professor de inglês em Toulouse.

— Os tradutores não têm vida própria — disse ela, divertida. — Vivemos a vida dos outros. Às vezes, com muito prazer. — Ela sorriu. Estavam sentados em cadeiras no centro de uma sala comprida, com a luz fraca vindo de fora. Devia ter uns cinqüenta anos, pensou ele. Fumava cigarros americanos. Chesterfields. Pôs as flores dele num jarro sobre uma mesa próxima. Ele não sabia o que responder. — Seu livro tem um toque de atualidade, é fascinante — elogiou ela.

Ele não sabia se queria dizer que o livro era verdadeiro ou apenas parecia ser. Escolheu a última possibilidade e aprovou: — Que bom.

— Acho que é a sua história. O dilema.

— Não é — mentiu Matthews.

— Não? — e ela sorriu de um jeito instigante.

— Eu quis que ele *parecesse* verdadeiro — confessou ele.

— Sei — duvidou ela. O livro estava na mesa ao lado das flores. — É difícil definir a palavra dilema em francês. — Ela fumava.

— Às vezes, você descobre sobre o que é seu livro depois que o escreve. Outras vezes, depois que alguém o traduz e diz para você.
— Pode ser. Acredito — disse Matthews.
— Seu livro vai ficar melhor em francês, eu acho — comentou ela. — Ele tem humor, precisa ter. Em inglês não tem muito, concorda?
— Não pensei que tivesse humor — disse ele, pensando no nome das ruas que tinha inventado. As partes sobre Paris.
— Bom, a cabeça de um artista busca lógica onde ela não existe. Por isso costuma ficar incompleta. É difícil. Só os grandes gênios podem terminar o que inventam. Em francês, dizemos que...
— E ela disse algo que Matthews não entendeu, nem tentou. — Você fala francês? — Ela sorriu gentilmente.
— O suficiente para entender tudo errado — disse ele, e tentou sorrir também.
— Não tem problema — disse Madame de Grenelle, e fez uma pausa. — Então. O livro não está completamente terminado em inglês porque você não pode confiar no narrador. O *eu* que foi abandonado. O tempo todo, a pessoa nunca sabe se pode ser levada a sério. Não é inteiramente compreensível desta forma. Concorda? Talvez não. Mas talvez ele tenha matado a esposa, ou trata-se de um longo sonho ou de uma fantasia, um ardil — ou há outra explicação. Parece estar zombando.
— Pode ser, acho que sim — concordou Matthews.
— A confiança é importante. Essa é a parte que não está terminada. Deve ter sido muito difícil. Até para Flaubert...
— Sei — disse Matthews.
— Mas em francês, posso deixar bem claro que não podemos confiar no narrador, embora seja preciso tentar. O livro é uma sátira, com a intenção de divertir. É o que os franceses esperam, pois é assim que vêem os americanos.

— Como eles nos vêem? — perguntou ele.

Madame de Grenelle sorriu. — Como bobos que não entendem muito bem as coisas. E, por isso, pessoas interessantes.

— Sei — disse Matthews.

— Sim, mas até certo ponto — disse ela.

— Compreendo. Acho que entendi muito bem.

— Então, ótimo, podemos começar — disse ela.

NA RUA, RUE BRAQUE, ele viu que podia achar o metrô, próximo de onde o táxi o tinha deixado no Boulevard Jourdan. Havia uma universidade perto. Ele se lembrava de Denfert-Rochereau. Mas tinha perdido o Fodor's num daqueles dias.

No pequeno parque, as crianças tinham parado de perseguir os pombos e estavam sentadas num banco de madeira fazendo um piquenique. Estava quente outra vez. Achou que devia comprar o charuto que quase comprara dois dias antes, quando Helen morreu. Sentia falta dela, pensou muito nela, gostaria que não tivesse sofrido e tivesse tido mais esperança. Mas ela se *acomodou*, pensou ele. Aquilo não era direito. Ela devia estar ali, mas as coisas tinham de prosseguir. Não havia muito mais a fazer, só algumas providências, em que a Embaixada iria ajudar. Helen voltaria para casa, é claro. O enterro em Paris era só para os franceses. Uma irmã tinha sido localizada. Ele apenas assinaria documentos. No final das contas, não foi tão complicado.

Depois ele iria a Oxford e então — talvez após o Ano-Novo — para casa. Tinha a sensação de ter passado por uma longa batalha. Sabia que boa parte era por causa do estranhamento, o começo de um estado de solidão e saudade que ele sentiria se ficasse. Isso vinha logo depois de todos os sentimentos de que ele gostava. Podemos passar dez anos em Paris e nunca fazer a mesma coisa duas vezes, mas no fim, seremos dominados por pensamentos de vazio e inquietação.

Foi uma boa conversa, embora não tivesse sido fácil pensar no livro. Madame de Grenelle citou Flaubert e ele tentou se lembrar das primeiras frases de *Madame Bovary*, alguém chegando numa escola, um estrangeiro. Seriam frases famosas?

Mas ele tinha aprendido uma coisa. Tinha começado uma nova fase em sua vida. Havia *fases*. Isso era inegável. Dali a dois dias seria Natal. Eles, ele e Helen, não tinham nem inventado uma canção. E mesmo assim, por estranho que fosse, era Natal. Ele nem mesmo escrevera uma carta para os pais. Mas escreveria no tempo que ainda ficaria ali. Uma longa carta em que tentaria, da melhor forma possível e com as muitas complicações que precisaria detalhar, explicar-lhes tudo o que havia acontecido ali e quais as novas idéias que tinha para o futuro.

Este livro foi composto na tipologia Goudy
Old Style em corpo 12/15 e impresso em
papel Chamois Fine 80g/m² no Sistema Cameron
da Divisão Gráfica da Distribuidora Record.